O Solteirão

Título original: The bachelor

Coordenação editorial: Débora Guterman
Preparação e revisão: Tulio Kawata
Capa: Joana Figueiredo
Ilustração de capa: Fabiana Shizue
Projeto gráfico e diagramação: Renata Milan

Dados Internacionais de Catalogação na Publicação (CIP)
(Câmara Brasileira do Livro, SP, Brasil)

Phillips, Carly
O solteirão / Carly Phillips ; tradução Lilia Rizzo. – São Paulo : Editora Planeta do Brasil, 2008.

Título original: The bachelor.
ISBN 978-85-7665-382-0

1. Romance norte-americano I. Título.

08-07529 CDD-813

Índices para catálogo sistemático:
1. Romances : Literatura norte-americana 813

2008

Editora Planeta do Brasil Ltda.
Avenida Francisco Matarazzo, 1500 – 3º andar – conj. 32B
Edifício New York
05001-100 – São Paulo-SP
www.editoraplaneta.com.br
vendas@editoraplaneta.com.br

Carly Phillips

O Solteirão

tradução
Lilia Rizzo

essência/Planeta

Para mamãe e papai, por me fazerem crer
que eu conseguiria fazer tudo a que me propusesse.

Para Phil, por seu amor e apoio.

E para Jackie e Jen, que fizeram tudo valer a pena.

Agradecimentos

OBRIGADA A TODOS QUE TORNARAM este livro possível: Maureen Walters, extraordinária agente que acreditou em mim desde o primeiro dia. Beth De Guzman, por receber-me de braços abertos, e Karen Kosztolnyk, por fazer dessa experiência a melhor possível.

Um agradecimento especial às pessoas que contribuíram com seu conhecimento e responderam a perguntas intermináveis: Lynda Sue Cooper, a *expert* em assuntos policiais, e Terri Hall, *expert* em jornalismo. Assumo a responsabilidade por qualquer erro ou invenção.

E, por último, ainda que não menos importante, desejo expressar meu agradecimento às melhores amigas críticas que uma mulher pode ter. A Kathy Attalla, por sua grande capacidade de argumentação, e a Janelle Denison, por sua experiência em roubo de meias. Sem a paciência infinita de vocês e sua disposição de reler os originais, teria perdido a cabeça há muito tempo.

Prólogo

"Sra. Chandler, nenhum problema com sua saúde. O eletrocardiograma está normal, assim como a pressão sanguínea. Nada mais que uma forte indigestão. Um antiácido e repouso e a senhora estará ótima." A médica pendurou o estetoscópio em seu pescoço e fez outra anotação na ficha.

Um alívio tomou Raina Chandler com a mesma intensidade da dor que a castigara antes. A sensação de fogo no peito e no braço a pegara desprevenida. Desde que perdera o marido com um ataque de coração aos trinta e sete anos, Raina nunca desprezara qualquer dor súbita. Tornara-se cuidadosa com a saúde, controlava o peso e iniciara uma rotina de caminhadas a passo rápido que não negligenciava um só dia.

À primeira pontada da dor, pegou o telefone e ligou para o filho mais velho. Nem mesmo a lembrança do cheiro de antissépticos do hospital ou o desbotado das paredes a impediriam de cuidar da saúde. Tinha uma missão a cumprir antes de abandonar este mundo.

Espiou a jovem e atraente médica que a atendera na sala de emergência. Qualquer mulher que continuasse atraente naquela roupa hospitalar verde tinha potencial. "Você é nova na cidade, não?" Porém, Raina já sabia a resposta antes que a outra confirmasse.

Conhecia todas as pessoas em Yorkshire Falls. Eram 1723 habitantes, em breve seriam 1724, assim que o bebê do editor da *Yorkshire Falls Gazette* com sua esposa nascesse. Seu médico sempre fora o dr. Eric Fallon, um amigo próximo de muitos anos. Viúvo como ela, Eric, recentemente, havia se rendido ao desejo de aproveitar mais a vida e trabalhar menos. Sua nova associada, a dra. Leslie Gaines, foi a solução para reduzir o cansaço.

Era recém-chegada à cidade e, da perspectiva de Raina, isso a tornava não só interessante, mas nova, esposa potencial um de seus enfastiados filhos. "É casada?", perguntou Raina. "Espero que não se importe com a curiosidade, mas tenho três filhos solteiros e..."

A médica riu. "Estou aqui há apenas algumas semanas e a reputação dos seus filhos já os precedeu, sra. Chandler."

O peito de Raina se encheu de orgulho. Eram homens bons, esses meninos. Constituíam sua maior alegria e, recentemente, a causa de uma frustração ininterrupta. Chase, o mais velho, Rick, o policial predileto da cidade, e Roman, o correspondente internacional, o caçula, que atualmente estava em Londres cobrindo um encontro econômico.

"Veja, sra. Chandler..."

"Raina", corrigiu, inspecionando a médica. Risada simpática, senso de humor e uma natureza protetora. Raina de imediato descartou a médica como uma companheira para Roman ou Rick.

O comportamento prático entediaria Roman e os horários de médica não dariam certo com os do policial Rick. Mas seria a mulher perfeita para o filho mais velho, Chase. Desde que assumira a direção da *Yorkshire Falls Gazette* no lugar do pai, há quase vinte anos, se tornara muito sério, prepotente e superprotetor. Graças a Deus herdara a bela e bem talhada face do pai e causava uma boa impressão antes de abrir a boca e começar a querer controlar tudo. Felizmente as mulheres gostavam de homens protetores e a maioria das solteiras na cidade se casaria com Chase no ato. Ele era atraente, assim como Rick e Roman.

A meta era casar os três rapazes e ela faria isso. Mas primeiro precisavam querer de uma mulher algo mais que sexo. Nada errado com o sexo, na verdade podia ser mais que agradável, recordou. Mas era a atitude mental dos filhos que lhe criava problemas. Eram homens.

Tendo criado os filhos, Raina sabia exatamente como pensavam. Raramente desejavam uma mulher por mais de uma noite. Há muito não havia uma afortunada que resistisse mais de um mês. Encontrar quem os quisesse não era problema. Graças à boa aparência e à atração dos Chandler, as mulheres os assediavam. Mas os homens, incluindo seus filhos, almejavam o que não podiam ter e os filhos haviam recebido muito e com muita facilidade.

A atração do proibido e a diversão da caça se acabara. Por que haveria um homem de pensar em *até que a morte nos separe*, quando tinha mulheres que se entregavam sem compromisso? Não que Raina não compreendesse a geração atual, mas gostava dos compromissos da vida familiar e fora esperta o suficiente para se guardar até o momento certo.

Mas, no mundo de hoje, a mulher deveria oferecer ao homem um desafio. Uma excitação. E, mesmo assim, Raina desconfiava que os meninos refugariam. Os Chandler necessitavam de uma mulher especial que lhes despertasse o interesse e os mantivesse. Raina suspirou. Que ironia, ela, uma mulher que considerava o casamento e os filhos seu ideal, criara três filhos que acreditavam que a palavra *solteiro* era sagrada. Com essa atitude deles, nunca teria os netos que almejava e eles jamais teriam a felicidade que mereciam.

"Algumas recomendações, Raina." A médica fechou a ficha e a olhou. "Sugiro que mantenha um vidro de antiácido em casa, no caso de urgência. Em geral, uma xícara de chá é o melhor remédio."

"Nada de pedir uma *pizza* tarde da noite?" Encarou o olhar divertido da jovem.

"Temo que não. Deverá arrumar outra maneira de se distrair."

Raina apertou os lábios. Os sacrifícios que fazia pelo futuro. Pelos filhos. Lembrou, então, que Chase e Rick estariam de volta a qualquer instante e a médica não respondera à pergunta mais premente. Raina deixou o olhar subir pelo corpo esbelto da médica. "Não quero insistir, mas..."

A dra. Gaines sorriu, claramente se divertindo. "Sou casada e, mesmo que não fosse, tenho certeza de que seus filhos prefeririam escolher pessoalmente as esposas."

Raina abafou a decepção e abanou a mão em resposta. "Como se eles conseguissem achar suas próprias mulheres. Bem, devo dizer esposas. Nada a não ser uma emergência de vida ou morte os forçaria a escolher uma mulher e se assentar..." A voz de Raina se esvaiu enquanto o significado das palavras penetrava-lhe a mente.

Uma emergência de vida ou morte. A única coisa que convenceria os meninos da necessidade de se casar. A emergência de vida ou morte *dela*.

Enquanto o plano se estruturava, a consciência de Raina suplicava para que abandonasse essa idéia. Era cruel levar os filhos a crer que estava mal. Por outro lado, era para o bem deles. Não lhe negariam nada, não se ela realmente precisasse deles e, usando essa bondade, Raina os conduziria à felicidade duradoura. Não que eles soubessem ou gostassem disso a princípio.

Mordiscou o lábio. Era um risco. Mas, sem netos, a solidão assombrava o futuro, assim como, sem esposa ou família, ela seria enorme para os rapazes. Queria que tivessem mais do que lares e vidas vazias, o tipo de vida que tinha desde a morte do marido.

"Doutora, meu diagnóstico é confidencial?"

A médica lhe deu um olhar enviesado. Sem dúvida estava acostumada a essa pergunta, mas apenas nos casos mais graves. Raina conferiu o relógio de pulso. O tempo para o retorno dos filhos se esgotava. O novo plano, assim como o futuro da família, dependiam da resposta da mulher e Raina esperou batendo o pé com impaciência.

"Sim, é confidencial", disse a dra. Gaines com uma risada bem-humorada.

Raina relaxou um pouco. Apertou o roupão hospitalar de algodão um pouco mais. "Bem, por certo que não quer se expor às perguntas dos meus filhos, portanto, agradeço por tudo." Estendeu a mão educadamente, quando na verdade queria enxotar a mulher pela cortina antes que a cavalaria chegasse com perguntas incisivas.

"Foi um prazer e uma agradável experiência conhecê-la. O dr. Fallon estará de volta ao consultório amanhã. Se tiver algum problema antes, não hesite em me ligar."

"Claro que não", disse Raina.

"Então, qual o problema?" Rick, o do meio que ninguém conseguia ignorar, atravessou a cortina cerrada a toda com Chase colado aos calcanhares. A natureza brusca de Rick imitava a personalidade da mãe. O cabelo castanho e os olhos cor de mel pareciam-se com os de Raina antes de a cabeleireira assumir o comando e trocar o tom do cabelo para uma cor de mel clara que disfarçava o grisalho.

Em contraste, Roman e Chase tinham os cabelos bem pretos e olhos de um azul resplandecente. O mais velho e o caçula eram a imagem viva do pai. O físico forte e o cabelo escuro sempre a lembravam de John. Apenas as personalidades eram próprias.

Chase se postou em frente ao agitado irmão e encarou a médica. "O que ela tem?"

"Penso que ela gostaria de contar pessoalmente", disse a médica e se esgueirou para trás da horrorosa cortina colorida.

Ignorando a pontada de culpa em prol de um bem maior e se convencendo de que, ao final, eles lhe agradeceriam, Raina piscou, contendo as lágrimas, e colocou uma mão trêmula sobre o coração. Então, discorreu para os filhos sobre sua frágil saúde e o desejo antigo.

Capítulo 1

Roman Chandler olhou fixamente o irmão mais velho, ou melhor, para a moeda na mão direita de Chase. Após receber o telefonema sobre os problemas coronários da mãe, Roman pegara o primeiro vôo saindo de Londres. Desembarcou no JFK e seguiu em uma conexão para Albany, onde alugou um carro e dirigiu uma hora até a cidade natal, Yorkshire Falls, próxima de Saratoga Springs, Nova York. Estava tão cansado que até os ossos lhe doíam.

Agora, aos seus problemas, mais este fora acrescentado. Graças ao doente coração da mãe, um dos irmãos Chandler deveria sacrificar a liberdade e dar-lhe netos. O cara ou coroa decidiria qual dos irmãos suportaria o fardo, mas apenas Rick e Roman estavam na disputa. Apesar de o irmão mais velho haver discordado e argumentado, Chase não participaria – já cumprira o dever familiar desistindo da faculdade para dirigir o jornal e ajudar a mãe a criar os irmãos mais novos. Gostaria que tudo fosse equânime. Rick e Roman insistiram em que ele ficasse de fora.

Em vez disso, seria o carrasco.

"Cara ou coroa", perguntou Chase.

Roman espiou o teto sem pintura, em direção ao segundo andar onde a mãe descansava, seguindo recomendações médicas, enquanto ele e os irmãos esperavam no empoeirado e manchado chão da garagem anexa à casa da família. A mesma onde, quando crianças, guardavam as bicicletas e as bolas e onde Roman escondia cerveja quando pensava que o irmão mais velho não estava por perto. A mesma casa onde foram criados e que a mãe ainda mantinha graças ao trabalho duro de Chase e ao sucesso do jornal.

"Vamos lá, rapazes, alguém escolhe", disse Chase, ante o silêncio que os envolvia.

"Não precisa mostrar que está se divertindo", resmungou Rick.

"Pensa que me divirto?", Chase girou a moeda na mão, mostrando a frustração nos lábios apertados. "Isto é um absurdo. É mais certo o inferno existir do que eu desejar vê-los perder a vida que escolheram por causa de um capricho."

Roman sabia que o mais velho estava tão bravo porque não pudera escolher a vida que teria. Ao contrário, fora jogado na dupla função de editor e pai da noite para o dia. Aos dezessete anos e sendo o mais velho, Chase se sentira no dever de assumir o lugar do pai. Este era o motivo para a participação de Roman no sorteio. Roman fora o que saíra de Yorkshire Falls e perseguira os sonhos, enquanto Chase ficara para trás e abandonara os seus.

Tanto Roman quanto Rick viam Chase como um exemplo. Se ele acreditava que a saúde precária da mãe e o profundo desejo por netos pediam um sacrifício, então Roman devia concordar. Não apenas estava em débito com o irmão, como também compartilhava a mesma dedicação à família.

"O que nossa mãe tem não é somente um capricho", disse Roman para os irmãos. "Ela disse que seu coração está fraco e não suporta estresse."

"Ou desapontamento", disse Rick. "Mamãe não usou esta palavra, mas vocês sabem bem o que ela pretendia dizer. Nós a desapontamos."

Roman concordou com a cabeça. "Bem, se netos a farão feliz, então um de nós deve lhe dar esse presente, enquanto está por aqui para curtir ser avó."

"Saber que um de nós está feliz e casado abrandará a ansiedade que lhe faz mal", disse Chase. "Um neto lhe dará um sentido para a vida."

"Não podemos simplesmente dar-lhe um cachorrinho?", perguntou Rick.

Roman compreendia o sentimento. Aos trinta e um anos, seu estilo de vida descartava que ele se estabelecesse. Casamento e família não estiveram em seus planos, até agora. Não que Roman não gostasse das mulheres. Gostava. Diabos, ele as adorava! Adorava o seu cheiro e como a pele macia escorregava contra seu corpo excitado. Mas não podia imaginar abandonar a carreira e ficar olhando para a mesma mulher no café-da-manhã todos os dias, para o resto da vida. Ele tremeu, admirado que suas opções de vida fossem ser decididas neste momento.

Dirigiu-se ao irmão do meio. "Rick. Você já se amarrou uma vez, não há sentido em tentar novamente." Apesar de Roman não desejar se apresentar como a pessoa para o serviço, não poderia permitir que o irmão repetisse o passado, casar-se para ajudar outra pessoa e se sacrificando no processo.

Rick sacudiu a cabeça. "Errado, nenê. Participarei do cara ou coroa; a última vez não tem nada a ver com isto. Isto diz respeito à família."

Roman entendeu. Os Chandler eram todos pela família. Portanto, estava de volta ao início. Retornaria ao emprego como correspondente internacional para a *Associated Press*, indo para locais quentes da política e revelando histórias secretas para o resto do mundo, ou se estabeleceria em Yorkshire Falls, coisa que nunca planejara? Se bem que não tivesse certeza de qual sonho perseguia – o dele, o de Chase ou uma combinação de ambos –, Roman temia repetir a vida do irmão e se ver sem opções.

Apesar do estômago agitado, estava pronto e sinalizou para Chase. "Acabe com isto."

"Você é quem sabe." Chase lançou a moeda para bem alto.

Roman inclinou a cabeça, cedendo a Rick a escolha, que pediu: "Cara".

Como que em câmara lenta, a moeda girou no ar. A vida livre de Roman desfilou por sua mente da mesma maneira: as mulheres que encontrara e com quem flertara; as especiais que duraram o suficiente para ser um relacionamento, mas não uma companheira para a vida; os encontros ocasionais e quentes cada vez mais espaçados, agora que estava mais velho e exigente.

O som da palma de Chase batendo na mão trouxe Roman de volta à realidade. Encontrou o olhar solene do irmão.

Uma mudança de vida.

A morte de um sonho.

A gravidade da situação atingiu Roman em cheio. Endireitou os ombros e esperou, enquanto Rick aspirava longamente.

Chase levantou a mão e olhou para baixo, antes de encarar primeiro Rick e depois Roman. Estão se portou como sempre, sem reservas. "Parece que precisará de uma bebida, caçula. Você é o cordeiro que vai ser sacrificado na busca de mamãe por netos."

Rick deixou escapar um suspiro de alívio, mas nada se comparado com a massa de chumbo no fundo do estômago de Roman. Chase se encaminhou para o lado de Roman. "Se quiser cair fora, agora é a hora. Ninguém o recriminará por isso."

Roman forçou um sorriso e imitou Chase aos dezoito anos. "Pensa que conseguir mulheres e fazer bebês é trabalho duro? Quando terminar o serviço, terão inveja de mim."

"Procure uma que seja bonita", disse Rick, mas sem nenhum humor nas palavras ou na voz. Era claro que sentia a angústia de Roman, apesar do óbvio alívio por não ter sido sorteado.

Roman agradecia a tentativa de suavizar a situação, mesmo que não adiantasse. "É mais importante que ela não espere muito", respondeu bruscamente. Qualquer mulher com quem se casasse, antes deveria saber quem ele era e aceitar aquilo que não era.

Chase bateu em suas costas. "Tenho orgulho de você, rapaz. Esta é uma decisão única na vida. Assegure-se de que poderá viver com ela, ok?"

"Não pretendo viver com ninguém", resmungou Roman.

"Então o que planeja?", perguntou Rick.

Um confortável casamento a longa distância que não mudasse muito a sua vida. "Quero encontrar alguém que esteja disposta a ficar em casa e criar filhos, e que se satisfaça em ver-me quando eu puder vir."

"Porque você já está com bastante bagagem, não é?", perguntou Rick.

Roman a repreendeu com o olhar. Esta tentativa de aliviar a tensão fora longe demais. "Na verdade, tivemos uma vida muito boa enquanto crescíamos e quero ter certeza de que a pessoa com quem casar possa oferecer o mesmo para meu filho."

"Então você corre a estrada e a mulher fica em casa." Chase sacudiu a cabeça. "É melhor controlar as atitudes. Você não vai querer espantar candidatas em potencial logo no começo da busca, vai?"

"Sem chance de isso acontecer", riu Rick. "Não existia uma garota no colégio que não se interessasse pelo menino antes que ele partisse para uma vida de aventura."

Apesar da situação, Roman riu. "Só depois que você se formou. Antes, não era possível chegar a seus pés."

"Isto não é preciso dizer." Rick cruzou os braços sobre o peito e sorriu. "Porém, justiça seja feita, eu vim depois de Chase, que era muito cotado. As meninas adoravam seu jeito silencioso e forte. Quando ele se formou, me deram atenção." Bateu no peito. "E, quando eu saí, o campo ficou livre para você. Todas elas tinham interesse em você."

Nem todas. Sem aviso, a lembrança de sua paixão escolar veio à tona. Uma linda menina de cabelos pretos e olhos verdes, Charlotte Bronson, havia enlouquecido seus hormônios de adolescente. A dolorosa rejeição estava nele, tão aguda agora como fora no passado. Fora a única que o rejeitara, e Roman nunca conseguira esquecê-la. Gostaria de classificar isso como uma paixonite de adolescente, mas a verdade exigia que ele admitisse que seus sentimentos tinham sido mais profundos.

Não que admitisse isso para os irmãos à época, muito menos agora. Um homem deve manter certas coisas em particular.

A última coisa que soube de Charlotte foi que se mudara para Nova York, a capital mundial da moda. Apesar de dividir um apartamento alugado na mesma cidade, nunca a encontrara nem a procurara. Roman ficava pouco na cidade, apenas o suficiente para dormir uma noite, trocar de roupas e partir para o destino seguinte.

Não ouvira nenhuma fofoca de sua mãe ultimamente e a curiosidade surgiu. "Charlotte Bronson voltou à cidade?", perguntou.

Rick e Chase trocaram olhares surpreendidos. "Voltou", respondeu Rick. "É dona de uma pequena loja na First."

"E está solteira", acrescentou Chase, finalmente sorrindo.

A adrenalina de Roman subiu rápida e forte. "Que tipo de loja?"

"Por que não vai lá e vê pessoalmente?", provocou Rick.

A idéia o atraiu. Roman imaginou como Charlotte estaria. Ainda seria discreta e sincera como no passado? Seu cabelo preto ainda escorreria pelas costas, tentando um homem a tocá-lo? Gostaria de saber se aqueles olhos verdes ainda eram expressivos e francos, ofertando uma janela aberta para sua alma a qualquer um que estivesse interessado em olhar.

"Ela mudou muito?"

"Vá lá e veja." Chase acrescentou sua isca à de Rick. "Pode encarar isso como sua primeira chance de encontrar candidatas em potencial."

Como se Charlotte se interessasse. Ela o deixara após o primeiro encontro e permitira que ele se afastasse, aparentemente sem nenhum arrependimento. Roman nunca acreditara na proclamação de desinteresse por parte dela e não achava que fosse o ego que o fazia pensar isso. A energia entre eles fora forte o suficiente para iluminar toda a cidade, a troca química tão quente que houve ameaça de explosão. E atração sexual não era só o que partilhavam.

A ligação fora em uma dimensão mais profunda, suficiente para que ele revelasse seus sonhos e esperanças para o futuro, algo que nunca havia feito antes. Revelar algo tão íntimo o deixara exposto à mágoa e tornou a rejeição dela muito mais dolorosa, percebia agora, graças à sabedoria adulta da qual carecia na juventude.

"Talvez a procure." Roman fora vago de propósito. Não queria dar aos irmãos mais indicações sobre sua renovada curiosidade por Charlotte Bronson. Especialmente por precisar de um tipo de mulher diferente, uma que concordasse com o seu plano.

Deixou escapar um gemido ao lembrar como a conversa se iniciara. Sua mãe queria netos. Roman deveria fazer tudo para dá-los a ela. Mas isso não significava que iria ofertar à esposa todas as emaranhadas emoções e expectativas de um casamento típico. Era um homem que precisava da liberdade. Não era um marido para todas as estações. A esposa em potencial deveria querer filhos mais do que um marido e gostar de viver por conta própria. Uma mulher independente que adorasse crianças seria perfeita.

Roman pretendia se casar, engravidar a mulher e cair fora, esforçando-se para não olhar para trás.

O sol brilhava pelo painel de vidro frontal, banhando Charlotte com um agradável calor. Um cenário perfeito para a vitrine tropical que ela arrumava. Amarrou o cordão do biquíni ao redor do manequim em destaque. Virou-se para a assistente. "Então, o que acha?"

Beth Hansen, a melhor amiga de Charlotte desde a infância, riu. "Gostaria de ter um corpo assim."

"Você é assim." Charlotte olhou para a pequena figura de Beth e para os seios salientes.

Yorkshire Falls era uma cidade pequena, a quatro horas de Nova York, longe o suficiente para permanecer uma cidade pequena e perto o bastante para tornar a viagem à grande cidade proveitosa, caso se tivesse um bom motivo. Aparentemente, a plástica nos seios era razão suficiente para Beth.

"Você também poderia ser, nem precisa usar muita imaginação." Beth apontou o manequim. "Espie a figura e se imagine como ela." Contornou a forma curvilínea com as mãos. "Uma plástica nas mamas seria um começo, mas uma medida a mais no volume chamaria muito mais a atenção dos homens."

Charlotte respirou fundo. "Considerando o interesse que esta loja tem despertado, não preciso atrair mais atenção alguma."

Quanto aos homens, ela não saíra com nenhum desde Nova York, seis meses atrás. E, apesar de às vezes se sentir sozinha, não queria realmente recomeçar a rotina de encontros, as longas refeições com silêncios contínuos e o obrigatório beijo de boa-noite, quando sempre tinha de segurar a mão errante do parceiro antes que a bolinação realmente começasse. Se bem que, se algum dia pretendesse preencher a vida com um marido e filhos além da carreira, precisaria voltar aos encontros.

Charlotte franziu o cenho. "Prefiro que um homem..."

"Se interesse pela sua mente em vez do rosto e corpo", Beth papagueou, com as mãos na cintura.

Charlotte assentiu. "É isso mesmo. Devolveria a qualquer homem o mesmo respeito." Sorriu. "Estou começando a parecer uma agulha de vitrola enroscada?"

"Talvez um pouco."

"Diga-me uma coisa. Por que os homens que me atraem se interessam apenas pela 'embalagem' e não ficam muito tempo?", perguntou Charlotte.

"Porque você saiu com os homens errados? Ou talvez porque não lhes dê uma chance. Além disso, está provado que, no princípio, é a embalagem que atrai o homem. Um rapaz esperto, o rapaz certo, irá conhecê-la e então poderá despejar nele todo o brilhante poder do seu cérebro."

"Os homens que primeiro se interessam pela aparência são muito superficiais."

"Lá vai você de novo, chegando a conclusões generalizadas. Peço permissão para discordar", Beth colocou as mãos na cintura e fez uma cara brava para Charlotte. "É o pacote que provoca a primeira impressão", insistiu.

Charlotte refletiu como Beth podia fazer essa afirmação quando era a prova viva de outra. Se Beth achava que um homem é atraído primeiro pela embalagem, para depois conhecer e apreciar a mulher pelo que ela é, por que fizera cirurgia plástica após conhecer o noivo? Charlotte gostava demais da amiga para embaraçá-la com a pergunta.

"Veja esta loja, por exemplo." Beth varreu o ar com a mão. "Você vende a embalagem e, portanto, é responsável por refrescar muitas relações e casamentos que se tornaram insípidos."

"Isso não se pode negar." Charlotte recebera a mesma informação de muitas de suas freguesas.

Beth sorriu. "Metade das mulheres nesta cidade está contente, graças a você."

"Não diria tanto."

A amiga deu de ombros. "Como queira. O ponto é: a idéia que transmite é que a embalagem é importante, não é?"

"Prefiro pensar que induzo à idéia de que é bom ser autêntica."

"Estamos nos repetindo, mas vamos parar por aqui. Já contei que David oferece pacotes? Olhos e queixo, plásticas de mamas e implantes."

Charlotte levantou os olhos. No que lhe dizia respeito, Beth era perfeita antes de fazer a cirurgia e não entendia o que a havia levado a pensar que devia mudar. Era óbvio que a amiga não diria. Estava apenas anunciando os serviços do futuro marido.

"Alguém já disse que fala como um anúncio de um cirurgião plástico?"

Beth sorriu. "Naturalmente. Pretendo me casar com o homem. Por que não incrementar seus negócios e nossa conta corrente conjunta ao mesmo tempo?"

As palavras venais de Beth destoavam da doce e simples mulher que Charlotte sabia que ela era. Mais uma sutil mudança em Beth que Charlotte reparara desde o retorno. Assim como Charlotte, Beth nascera e se criara em Yorkshire Falls, e, como Charlotte um dia fizera, deixaria a cidade em breve. Charlotte desejava que a amiga se deleitasse com as luzes e a cidade grande. Lembrava-se de sua própria experiência com sentimentos contraditórios. A princípio gostara das ruas cheias, do ritmo acelerado, do brilho da luz e da vida intensa mesmo tarde da noite. Mas, quando a novidade se esvaiu, um vazio cresceu. Após morar e viver em uma comunidade intimamente entrelaçada como Yorkshire Falls, a solidão se tornou imensa. Algo com que Beth não teria de se preocupar, pois estava mudando-se para Nova York para ficar com o marido.

"Você sabe que nunca conseguirei substituí-la", disse Charlotte com melancolia. "Você é uma assistente perfeita." Quando Charlotte resolveu deixar o emprego de gerente de vendas em uma luxuosa butique de Nova York e abrir o Sótão da Charlotte na cidade natal, não foi preciso mais que um telefonema para convencer Beth a abandonar o emprego de recepcionista em uma imobiliária e vir trabalhar para ela.

"Terei saudades de você também. Este emprego foi o mais gratificante que já tive."

"Porque, finalmente, você está usando seus talentos."

"Graças à sua visão. Este lugar é incrível."

Charlotte corou. Preocupara-se com as possibilidades de uma butique de luxo ter sucesso na pequena e interiorana cidade. Foi Beth quem a estimulou e apoiou emocionalmente durante a fase de pré-inauguração. A preocupação de Charlotte não tinha fundamento. Graças à televisão, Internet e revistas, as mulheres de Yorkshire Falls estavam prontas para a moda. A loja foi um sucesso, mesmo que destoando das lojas antigas remanescentes.

"Falando em talento, gostei desta cor verde-água em lugar do preto." Beth manuseou os cordões amarrados em volta do manequim.

"É a cor exata das águas das ilhas Figi. O mar Koro e o Pacífico Sul." Charlotte fechou os olhos e imaginou o cenário visto nas revistas que tinha no depósito do escritório.

Não que pensasse em viajar, mas o sonho de lugares distantes sempre a atraiu. Quando jovem, fotos de locais paradisíacos alimentavam a esperança de que o pai errante voltasse e dividisse com ela o que imaginava ser uma vida cheia de *glamour* e brilho. Atualmente, não podia esconder o desejo ocasional de conhecer lugares exóticos, mas temia que essa tendência a fizesse muito parecida com o pai, egoísta, frívolo e egocêntrico; portanto, se conformou com as fotografias. Como as do escritório, que retratavam águas brilhantes, ondas de espumas brancas e o sol quente banhando a pele nua.

"Sem mencionar que esse tom complementará o arranjo de verão da vitrine."

A voz de Beth invadiu os pensamentos de Charlotte, que abriu um olho. "Isso também. Agora fique quieta e me deixe voltar ao meu sonho." Mas o encantamento já estava rompido.

"É difícil se acostumar a ver trajes de banho quando estamos apenas saindo do inverno."

"Entendo." Além da *lingerie* luxuosa e da básica, Charlotte também vendia alguns itens ecléticos da moda, blusas de lã no inverno e trajes de banho com as saídas combinando no verão. "Mas o mundo da moda tem calendário próprio."

E Charlotte também. O ar frio mal começava a ceder à leve tendência de aquecimento de março e Charlotte já se vestia para o verão, em cores vivas e tecidos leves. O que começara como um lance para atrair as pessoas para a loja tivera êxito. Agora o boca-a-boca trazia as pessoas para a loja, mas ela já gostava das roupas que usava.

"Acho que poderíamos colocar os trajes de banho no canto direito da vitrine", disse Charlotte a Beth.

"Parece uma boa idéia."

Charlotte arrastou o manequim para a vitrine de frente para a First Avenue, artéria principal de Yorkshire Falls. Tivera sorte em conseguir esta locação perfeita, a antiga Loja de Roupas do Guy. Conseguiu seis meses com o aluguel antigo antes que o primeiro aumento chegasse, tempo suficiente para deslanchar o comércio, e o sucesso lhe dizia que estava na trilha certa.

"Ouça, estou com muita fome. Vou jantar aqui ao lado. Quer vir comigo?", Beth pegou o casaco do cabide nos fundos e o vestiu.

"Não, obrigada. Ficarei por aqui e darei uns últimos toques no arranjo da vitrine." Charlotte e Beth haviam terminado quase o inventário completo das mercadorias neste dia. Era mais fácil fazer os serviços enquanto a loja estava fechada. As clientes não gostavam apenas de comprar; também queriam tagarelar.

Beth suspirou. "Como queira, mas sua vida social é uma tristeza. Até eu sou melhor companhia que estes manequins."

Charlotte começou a rir, mas, ao olhar para Beth, viu algo mais que um chiste nos olhos da amiga. "Você tem saudades dele, não é?"

Beth assentiu. O noivo viera quase todos os fins de semana, de sexta-feira a domingo à noite antes de voltar para a cidade e trabalhar uma semana. Como não viera este fim de semana, Charlotte deduziu que Beth provavelmente não estivesse querendo outra refeição solitária.

Tampouco Charlotte. "Sabe de uma coisa? Pegue uma mesa que te encontro lá em cinco..." A voz se arrastou ao ver um homem do lado de fora da vitrine.

O cabelo preto brilhava à luz do sol e um par de sensuais óculos escuros estava bem colocado no nariz, impedindo a visão do rosto. Uma jaqueta de sarja gasta cobria os ombros largos e calças *jeans* abraçavam as longas pernas. O estômago de Charlotte deu um salto, trazendo-lhe uma sensação quente quando pareceu reconhecê-lo.

Piscou, por certo estava errada, mas ele já se afastara o bastante para ficar fora de visão. Sacudiu a cabeça. Impossível, pensou. Todos na cidade sabiam que Roman Chandler estava viajando como correspondente. Charlotte sempre respeitara os ideais dele, o desejo premente de expor injustiças não noticiadas, mesmo que ela não compreendesse sua necessidade de permanecer longe de casa.

As aspirações dele sempre lhe recordavam o pai ator, assim como a bela aparência e a sedução. Uma piscada, um sorriso e as mulheres caíam aos seus pés. Inferno, ela mesma caíra e, após muito flerte e olhares doces, tiveram o primeiro encontro. Uma noite, a noite em que se ligara a Roman na essência. Ela se apaixonara muito e rapidamente, como só uma adolescente é capaz. Uma noite descobrira a intenção de Roman de deixar Yorkshire Falls assim que a oportunidade aparecesse.

O pai de Charlotte abandonara sua mãe e a filha por Hollywood anos atrás. Quando Roman se declarou, ela imediatamente percebeu o estrago que ele deixaria para trás.

Bastava apenas observar a vida solitária da mãe para encontrar a coragem para agir de acordo com suas convicções. Abandonara Roman na mesma noite, mentindo que ele não lhe interessava. Não se permitiu olhar para trás, independente de quanto sofresse. E sofreu muito.

Olhe, mas não toque. Essa é uma regra esperta para uma garota que quer manter o coração e a alma intactos. Podia não querer namoros agora, mas, quando o homem certo aparecesse, ela iria querer. Até lá, cumpriria a regra. Não tinha a menor intenção de repetir o caminho da mãe, esperando que o errante voltasse esporadicamente; portanto, não se envolveria com a inquieta alma de Roman Chandler. Não que devesse se preocupar com isso. Não havia possibilidade de ele estar na cidade, e, se estivesse, ele a evitaria.

A mão de Beth em seu ombro a assustou e pulou.

"Você está bem?"

"Sim, apenas distraída."

Beth tirou a cabeleira loira de dentro da gola e abriu a porta para a rua. "Muito bem. Pegarei uma mesa e te vejo em alguns minutos." Deixou a porta fechar-se às suas costas e Charlotte voltou ao manequim, determinada a terminar o serviço e a acalmar-se antes de ir jantar.

Não havia a menor chance de Roman estar na cidade, disse para si. Chance alguma.

Capítulo 2

O SOL CAÍA NO HORIZONTE quando Roman entrou no Restaurante Jardim do Norman, nome que vinha em parte do velho Norman Hanover, que abriu a casa, e em parte dos jardins do outro lado da rua. O Jardim do Norman agora era dirigido por Norman, o filho. Na manhã seguinte ao cara ou coroa, seu primeiro dia completo em Yorkshire Falls, Roman dormiu até tarde e se ocupou jogando baralho com a mãe, fazendo-lhe companhia. Também gastara um tempo estudando uma oferta de trabalho que recebera nesta manhã do *Washington Post* para assumir um posto de editor na capital.

Roman sabia que qualquer jornalista se mataria por esse cargo. Podia admitir que talvez até gostasse das intrigas políticas e da mudança de ritmo, mas se estabelecer em um só lugar nunca estivera nos seus planos. Já viajara bastante, mas havia mais para ver, mais notícias a relatar e injustiças a expor, se bem que a corrupção em Washington, D.C., não lhe permitiria entediar-se.

Não achava que, vivendo na capital, se sentiria confinado como se estivesse em sua cidade natal. Até levaria a proposta mais a sério se não tivesse perdido no sorteio. Agora que tinha de procurar uma mulher com quem se ajeitar, uma que, sem dúvida, haveria de querer morar com o marido se fosse nos Estados Unidos, tinha boas razões para não aceitar o emprego. A essa altura, a volta para o exterior era mais conveniente.

No fim da tarde, a mãe cochilara na frente da televisão e, finalmente, Roman pôde sair de casa, seguro de que ela descansava e de que ele não precisaria se preocupar com possíveis excessos.

Por já ser tarde, atravessou rapidamente a cidade até que cores em uma vitrine, muitas cores vibrantes, chamaram-lhe a atenção, fazendo-o parar para conferir a novidade. Apertou os olhos para enxergar melhor, chegando o nariz à vitrine com *lingeries* femininas. Camisolas sensuais com babados, ligas e o que mais o sexo oposto usava para atrair um homem – vira muito desses adereços – adornavam os manequins. Os itens expostos eram sensuais e buliçosos; incluíam sedutores desenhos de animais.

Por certo, algo na pequena cidade natal mudara. Imaginando quem seria responsável por derrotar o conservadorismo, a conversa da noite passada com os irmãos veio à baila. *Charlotte está de volta?*, perguntara.

Tem uma pequena loja na First... Vá e veja você mesmo. As respostas dos irmãos foram deliberadamente vagas, por certo zombeteiras, Roman pensou.

Permitiu-se mais uma espiada nas provocantes calcinhas da vitrine e sacudiu a cabeça. Impossível que Charlotte Bronson fosse a dona da loja. A Charlotte de sua memória era mais quieta do que expansiva, mais naturalmente sensual do que abertamente provocante. Essa combinação sempre o intrigara, mas, independente disso, sua personalidade não sugeria alguém que abrisse uma loja tão sedutora e erótica. *Ou abriria?*

Uma buzina tocou, trazendo Roman de volta à realidade. Virou-se e viu a caminhonete de Chase entrar em uma vaga rua abaixo. Olhou o relógio. Rick já deveria estar lá. Haveria tempo para conferir a loja depois que encontrasse os irmãos. Seguiu para o restaurante e encaminhou-se para os fundos, ignorando as mesas junto às janelas na frente.

Roman encontrou Rick perto da velha caixa de música, que tocava uma seleção dos últimos sucessos nas paradas. Ele olhou ao redor, assimilando a atmosfera familiar. "À exceção da música, a vida noturna em Yorkshire Falls está tão excitante como sempre."

Rick deu de ombros. "Você realmente esperava que as coisas mudassem?"

"Creio que não." Até a decoração era a mesma, reparou. Graças à mania do velho Norman de observar passarinhos, o motivo da decoração do restaurante era composto de gaiolas de madeira pintadas à mão percorrendo as paredes e figuras de diversas espécies em seu *habitat* natural penduradas entre elas.

A casa fora e ainda era o ponto dos adolescentes mais velhos que queriam independência dos pais, solteiros na cidade e famílias querendo comer alguma coisa após o treino de beisebol escolar. Esta noite, os clientes incluíam os irmãos Chandler. Após viver em hotéis por semanas sem fim e raramente estando no apartamento em Nova York e muito menos com a família, Roman reconhecia que retornar ao lar era bom.

"Diga-me apenas que os hambúrgueres são tão bons quanto me lembro e serei um homem feliz."

Rick riu. "Você fica feliz com pouco."

"O que o faria feliz, Rick?" Os anos haviam passado desde que o casamento de Rick terminara em um divórcio devastador – a mulher o abandonara por outro. Continuara o despreocupado irmão de sempre, mas Roman com freqüência imaginava a dor que escondia por dentro.

Rick cruzou os braços no peito. "Já sou um homem satisfeito."

Depois de tudo por que Rick passara, Roman desejava que o irmão estivesse falando a sério.

"Oi, simpatia. O que posso lhe trazer?", perguntou uma aguda voz feminina.

Roman se levantou para abraçar Isabelle, a mulher de Norman, de sessenta anos de idade e a garçonete favorita de todos.

Ela tinha um cheiro único de cozinha caseira misturada com a boa gordura antiga, que Norman usava na cozinha, quando Isabelle não vigiava.

Ele deu um passo atrás. "É bom vê-la, Izzy."

Ela sorriu. "Sua mãe está na lua por você estar em casa."

Roman voltou à cadeira. "Sim, apenas gostaria que fosse por outra razão."

"Ela é forte. Ficará bem. Norman e eu mandamos comida pronta para a semana."

"Você é ótima."

Ela sorriu. "Então, o que vai querer? Um hambúrguer com queijo de luxo?"

Roman riu. "Você tem memória de elefante!"

"Só para meus fregueses favoritos", respondeu piscando para Roman e logo se virando para Rick. "Filé com purê de batatas, eu sei. Refrigerante hoje, policial?"

Rick concordou. "Estou de plantão."

"O mesmo para mim."

"Então, o que faz enquanto está em casa?", perguntou Izzy.

"Um dia de cada vez. Esta noite vou saber se Chase precisa de alguma ajuda enquanto estou por aqui."

Ela espetou a caneta atrás da orelha. "Vocês, os Chandler, trabalham muito."

Rick deu de ombros. "Fomos criados assim, Izzy."

"Isso me lembrou de uma coisa: anote um hambúrguer para Chase; ele chegará a qualquer minuto", disse Roman.

"Estou aqui." O irmão mais velho falou atrás de Izzy.

"Bem na hora. Um queijo, um simples e um filé. Sentem-se e trarei as bebidas." Isabelle ia sair.

"Coca-cola para mim, Izzy." Chase tirou o blusão e o pendurou nas costas da cadeira e então se sentou. "Então, o que foi que perdi?"

"Rick me contava como está satisfeito com a vida", disse Roman ironicamente.

"Deveria estar. Ficaria surpreso com as confusões em que as mulheres desta cidade se metem só para poder chamar o guarda para salvá-las", disse Chase. "Poderíamos dedicar uma página inteira do jornal aos feitos do policial Rick."

Roman deu um sorriso zombeteiro. "Tenho certeza de que ele não julga isso um problema, não é?"

"Não mais do que Chase julga difícil se defender de mulheres com cestas de piquenique que tentam tirá-lo do escritório e colocá-lo sobre as costas, quero dizer, sobre a toalha de piquenique." Rick riu e relaxou para trás na cadeira coberta de vinil, a satisfação visível em seu rosto. "Tantas mulheres e tão pouco tempo."

Roman riu. "Mas há mais escolha fora de Yorkshire Falls. Por que nunca as procurou?" Sempre se indagara por que o irmão do meio se contentava em policiar uma cidade pequena se podia empregar melhor os talentos e com mais diversidade em uma cidade grande.

Deus sabia que, nos verões que passara trabalhando para Chase, Roman sentira-se confinado pelas pequenas e, em geral, triviais histórias que lhe couberam, enquanto o mundo exterior o atraía, chamando para maiores e melhores... exatamente o que ele não sabia na época. Ainda não sabia o que o atraía, mas imaginava se o irmão nunca tivera insatisfação similar ou o impulso para ir em frente.

"Roman? Roman Chandler? É você mesmo?"

Pelo visto não teria a resposta em breve. Afastou a cadeira e olhou para cima e se encontrou face a face com uma de suas antigas namoradas de colégio.

"Beth Hansen?" Levantou-se.

Ela esganiçava de excitação e enrolou os braços ao redor do pescoço dele. "Mas é mesmo você. Como vai? Como não fiquei sabendo que estava de volta?"

"Bem, com a minha mãe fora de combate, o moinho das fofocas desacelerou um tanto." Retribuiu o abraço amistoso e se afastou para olhá-la.

O cabelo loiro tingido e penteado por profissionais caía até seus ombros e lhe dava uma aparência sofisticada e diferente da garota californiana descontraída que ele lembrava. Seria imaginação ou teriam os seios crescido bastante desde que ele partira?

"Soube de Raina. Ela está bem?", perguntou Beth.

Ele aquiesceu. "Ficará, se mantiver o repouso e ouvir o médico." Ficaria ainda melhor se Roman se casasse e engravidasse a mulher o mais depressa possível. Roman não conseguia encarar a missão senão em termos clínicos, pois o amor e o desejo nada tinham a ver com isso.

Avaliou Beth mais uma vez, desta vez como uma candidata em potencial. Sempre gostara dela, o que ajudaria a alcançar seu objetivo. Tinham sido bons amigos, nada mais, porém, no colégio, ele a convidara para sair. Encontraram-se algumas vezes e fizeram sexo no banco de trás do carro de Chase, porque ela tinha vontade e ele estava precisando. Mas principalmente porque ele carecia desesperadamente de um consolo após a rejeição de Charlotte Bronson. Se ele não excitava Charlotte, decidira que excitaria Beth.

Hoje admitia que fora tudo fruto do ego masculino. Porém, ele e Beth ficaram juntos até a formatura porque era divertido e fácil, depois seguiram seus caminhos. Ninguém se magoara e a amizade permanecera.

"Dê lembranças a Raina, sim?", pediu Beth.

"Farei isso."

"Quanto tempo ficará desta vez?" Seus olhos vivos brilhavam curiosos.

Beth não o atraía como Charlotte, mas tinha um bom coração. Ainda estaria interessada?, perguntou-se Roman. Caso estivesse, será que se acomodaria a um casamento amigável mas sem amor? Inclinou-se mais para perto. "Quanto tempo quer que eu fique?"

Ela riu e bateu no ombro dele. "Você é um provocador. Todo mundo sabe que não fica mais do que é preciso."

Atrás dele, Chase pigarreou, um som que parecia mais um aviso. "Dê os parabéns a Beth, Roman. Ficou noiva de um médico da cidade grande. Um cirurgião plástico."

Roman sorriu agradecido para o irmão por tê-lo avisado antes que ele fizesse o papel de idiota e realmente jogasse charme para Beth.

"Espero que ele saiba a sorte que tem." Roman pegou as mãos dela, notando pela primeira vez a enorme pedra em seu dedo. "Uau, espero que o coração dele seja tão grande quanto este anel. Você merece."

Ela o olhou com sinceridade. "São as palavras mais gentis que alguém já me disse."

Se isso era o que de mais gentil ela ouvira, o noivo precisava aprimorar-se, pensou Roman.

"Opa, preciso me sentar, não quero perder a mesa." Deu-lhe um beijo no rosto. "Apareça enquanto estiver na cidade, ok?"

"Ok."

Roman escorregou de volta para o assento, esperando que os irmãos esquecessem que ele estivera cotando Beth como uma candidata em potencial. Observou-a enquanto ela se afastava e se instalava em uma mesa fora do alcance dos ouvidos antes de olhar para Rick e Chase.

Os irmãos se olharam, sem quebrar o silêncio, até que Rick soltou uma risada abafada. "Espera que o coração dele seja do tamanho do anel?"

Roman deu um sorriso forçado. "Que outra comparação eu podia fazer?" Sem ser óbvio, pensou.

"Por um instante, pensei que você fosse mencionar o tamanho dos... bem, não interessa." Rick sacudiu a cabeça, ainda com um sorriso divertido no rosto.

"Sabe que tenho classe demais para dizer isso."

"Pensa que valeram os dez mil?", perguntou Chase. "Não que o noivo tenha cobrado."

"São... impressionantes", disse Roman.

"Certamente impressionantes o bastante para fazê-lo considerar dar um mergulho." Um lado da boca de Chase se levantou em um meio sorriso.

Estava claro que eles não dariam trégua. Sempre foram gozadores bem-humorados, isso não mudara. "Pois bem, considerei-a por um minuto. Estava lembrando dos bons tempos que tivemos, não no tamanho de seus... bem, vocês entendem."

Os irmãos acenaram concordando.

Izzy trouxe as bebidas, encerrando aquela conversa.

"Que tal Alice Magregor?", perguntou Chase assim que Izzy ficou fora do alcance de sua voz. "Ela passou pelo jornal no outro dia com uma refeição caseira em um cesta de piquenique e uma garrafa de *merlot*. Quando não me interessei, ela perguntou por Rick. É um sinal claro de que quer se estabelecer."

"Com um de vocês", resmungou Roman. Não havia uma só solteira em Yorkshire Falls que não tivesse tentado amarrar e seduzir ambos, Chase e Rick, com seus predicados, assados ou outros. "Alice não é aquela com o cabelo arrepiado?"

"Essa mesmo."

"Pelo que me lembro ela não se interessava por nada além de penteados e maquiagem", relembrou. Mesmo que o cabelo tivesse amansado, não se lembrava de nada que tivessem em comum. "Preciso de uma conversa inteligente", disse Roman. "Ela segura as pontas ou continua ligada só em coisas supérfluas?"

Chase resmungou. "Roman está certo. Há alguma razão para que ainda esteja solteira em uma cidade onde as pessoas se casam após a formatura."

Roman agarrou o copo frio e úmido. "Preciso acertar na primeira." Inclinou a cabeça para trás, sentindo o sangue pulsar nas têmporas, antes de endireitar-se e encontrar o olhar do irmão. "Preciso de alguém de que mamãe também goste. Ela quer netos por razões emocionais, mas também quer sentir-se parte do mundo de novo. Quero dizer, as pessoas na cidade foram gentis com ela após a morte do papai, mas, convenhamos, tornou-se a viúva que ninguém sabia onde colocar."

"Ela era a personificação do maior medo de todas as esposas", acrescentou Chase.

"Falando da mamãe... Só quero ter certeza de que vocês dois se lembram do acordo. Se qualquer um dos dois deixá-la saber disso, estarei no primeiro avião para fora daqui deixando os dois para segurar o problema. Entenderam?"

Rick soltou um grunhido baixo. "Você sabe como tirar toda a diversão de ganhar um cara ou coroa."

Roman não afastou seu olhar até que Rick finalmente concordasse. "Está bem, está bem, meus lábios estão selados."

Chase deu de ombros. "Os meus também, mas vocês sabem que ela vai nos enfiar mulheres goela abaixo até que Roman apresente a noiva."

"É o preço que pagam por serem solteiros", lembrou Roman.

"Então é melhor trabalhar antes que mamãe se levante e circule pela cidade novamente. Marianne Diamond?", perguntou Chase.

"Noiva do Fred Aames", informou Rick.

"Aquele gorducho de que todos judiavam?" Roman se lembrou do gordo Freddy.

"Menos você. Bateu em Luther Hampton por roubar o lanche dele. Fiquei muito orgulhoso de você para me importar com sua suspensão."

"Então, o que Fred faz agora?", perguntou Roman.

"Bem, não é mais o Freddy Gorducho, por certo", disse Chase.

"Bom para ele. Excesso de peso é prejudicial à saúde."

"Seguiu os passos do pai. Trabalha por conta própria como encanador. Todos na cidade gostam dele e você deu início a essa tendência." Rick tomou o resto do refrigerante com uma sonora sugada.

Roman deu de ombros. "Não acredito que vocês dois se lembrem disso."

"De outros assuntos também", disse Chase, com uma mistura de humor e seriedade em seu olhar de irmão mais velho.

"Eis o jantar, meninos", disse Izzy, chegando com a refeição. O aroma de dar água na boca dos hambúrgueres e batatas fritas de Norman lembraram Roman de que seu estômago estava vazio. Pegou uma batata antes que ela pusesse o prato em sua frente e a jogou na boca. "Meus cumprimentos ao chefe. Seus acompanhamentos são os melhores."

"Chega de belas palavras. Apenas limpe o prato. É o único elogio de que Norman precisa." Disse que voltaria com uma nova rodada de bebidas e desapareceu.

"Em que ponto estávamos?", perguntou Chase.

Roman mordeu o hambúrguer sem esperar que Chase desocupasse o *ketchup*. Mastigou e engoliu.

"Discutindo mulheres." Rick foi direto ao assunto.

"Mas parece que você terá um outro encontro antes", disse Chase, antes que qualquer um deles pudesse oferecer outra candidata.

Roman se virou na cadeira e viu uma mulher andando pelo corredor, uma visão em uma saia cor de tangerina e uma camiseta decotada, com cabelos pretos brilhantes passando dos ombros.

Uma pancada de familiaridade o atingiu nas entranhas no mesmo instante em que Rick se inclinou e cochichou em seu ouvido.

"Charlotte Bronson."

Olhando as feições dela, percebeu que Rick estava certo. O calor que se espalhou por ele agora fazia sentido, pensou, estudando-a. O corpo não era mais o de uma menina, mas sim de mulher, exuberante, cheio e muito tentador.

A pele de porcelana ainda era radiante e o sorriso era tão vibrante quanto se lembrava. O esboço de um sorriso chegou à boca de Roman. Ela sempre o fizera sorrir pelo simples fato de estar presente, isso não mudara. Mas ela sim. Roupas mais sofisticadas e um andar mais confiante; estava claro que encontrara seu rumo.

A paixão de colégio se transformara em uma mulher esplendorosa. Sua boca secou e, sob a mesa, teve uma ereção que nunca poderia esconder. Esta mulher sempre lhe causava isso, pensou Roman, e o pulso acelerou-se, esperando que ela parasse à sua mesa.

Enquanto isso, Rick cochichava em seu ouvido, lembrando-o de por que detestava ter irmãos mais velhos. "Cinco, quatro, três, dois..."

Justamente quando deveria parar e reconhecê-lo, fez uma volta fechada e dirigiu-se para a mesa onde Beth se sentara e aguardava.

Ele gemeu e virou-se para encarar os carrascos que tinha como irmãos.

"Parece que ela vai dar trabalho, irmãozinho."

Não fora sempre assim?

Chase riu. "Aposto que não está acostumado a ser ignorado. Deve fazer muito mal ao seu ego."

"Fique quieto", resmungou. Não esquecera aquela noite no colégio. Apesar de sempre ter considerado Charlotte como a única que escapara, nunca forçara o assunto entre eles. Não que temesse a mão-de-obra ou a rejeição. Sempre tivera a intenção de persegui-la, mas nunca tivera tempo.

As coisas haviam mudado. De volta para uma temporada longa, Roman não a deixaria simplesmente ignorá-lo. Chegara a hora de passar à ação.

Roman voltara mesmo. O estômago de Charlotte agitou-se com uma sensação de incredulidade e choque. Primeiro o relance através da vitrine e a intuição que tentara ignorar não a prepararam para o impacto de vê-lo de novo.

Maldito homem. Ninguém neste belo mundo tinha o poder de afetá-la como ele. Um olhar e sentia-se, mais uma vez, como uma adolescente cheia de hormônios.

A passagem do tempo mudara para melhor a já boa aparência dele. O rosto estava mais magro, mais talhado e, o que parecia impossível, os olhos tinham um tom de azul mais marcante. Sacudiu a cabeça. Não o vira de perto o bastante para ter certeza, primeiro por ter ficado na frente do restaurante dando tempo para ele conversar com Beth e depois porque suas palmas suavam e estava desconcertada por não conseguir recuperar a compostura.

Mas Charlotte tinha certeza de que uma coisa em Roman não mudara: seus instintos de repórter. Com um olhar, não apenas via, mas dissecava. Não queria que ele a dissecasse.

"Suas mãos estão tremendo", disse Beth.

Charlotte tomou outro grande gole do refrigerante que a amiga pedira para ela. "É a cafeína."

"Penso que é *overdose* de testosterona."

Charlotte quase cuspiu a coca-cola na sorridente Beth. "Você quer dizer *overdose* de hormônios?"

"Tanto faz. Aquela mesa de musculosa carne masculina a deixa excitada e incomodada." Com um aceno da mão mostrou o canto ocupado pelos irmãos Chandler.

"Não aponte", disse Charlotte.

"Por que não? Todos aqui no Norman estão olhando para eles."

"Isso é verdade", respondeu, percebendo que não poderia ignorá-los conforme tinha planejado. Pelo menos até que comesse algo e fortalecesse as defesas contra o impacto perturbador de Roman.

Colocou as palmas úmidas uma em cima da outra. "Mas eu não, sou imune."

"Sempre foi ou fingia ser", disse Beth, com a sabedoria de que carecia na juventude. "Não que eu entenda isso." Sacudiu a cabeça. "Nunca entendi nem entenderei."

Charlotte nunca contara para a melhor amiga a verdadeira razão de ter rejeitado Roman. No colégio, havia levantado as defesas nas alturas e, depois, veio a saber que Roman se consolara nos braços complacentes de Beth. Apesar da dor e do ciúme, Charlotte encorajou o interesse da amiga, fingindo ser imune ao encanto de Roman, como Beth acabara de recordar. Então se formaram e ele partira para lugares desconhecidos.

Charlotte não indagara quão sério era o relacionamento deles. Freqüentemente se dizia que era respeito pela privacidade de Beth, mas a verdade era mais egoísta. Charlotte não queria saber. Ao contrário das informações sobre a cirurgia plástica das mamas, Beth fora discreta em relação a Roman.

Mas os tempos haviam mudado e Beth estava noiva de outro homem. Roman estava perdido no passado dela e Charlotte pretendia investigar o assunto esta noite.

"Ele continua muito bonito", disse Beth.

Charlotte mudou de idéia quanto à conversa sincera. "Ei, se ainda está interessada em Roman, vá em frente. Se o dr. Implante não se importar, muito menos eu."

"Mentirosa." Beth jogou o guardanapo na mesa e cruzou os braços no peito, pondo um sorriso nos lábios. "Eu vi como o inspecionou antes que ele se virasse e a notasse. E vi como você desviou o olhar e passou por perto como se não o tivesse visto."

Charlotte se remexeu desconfortavelmente na cadeira. "Ver quem, onde?"

"Covarde."

"Nós todos temos fraquezas, então pare de provocar. Agora, se me der licença, vou ao banheiro." Charlotte escapou sem dar uma olhada em direção a Roman Chandler. Mas, assim que chegou ao corredor estreito que conduzia aos banheiros, enxugou as palmas úmidas na saia de seda.

Em cinco minutos havia retocado o batom e listado todas as suas conquistas para que, se tivesse que conversar educadamente com Roman, fosse capaz de fazê-lo com pose e desembaraço.

Com esta nova atitude, abriu a porta e entrou direto no largo peito de Roman. O odor incrível de almíscar da loção pós-barba e a potência masculina a envolveram. Excitaram-na. Surpresa, respirou fundo.

Quando recuou um passo, meio desequilibrada, ele a segurou pelos antebraços com as duas mãos. "Devagar."

Devagar? Estava zombando? As palmas dele eram quentes, sólidas e muito gostosas em sua pele nua. Olhou naqueles olhos azuis. "Este é o banheiro das senhoras", disse sem forças. Ela suspirou, era o fim da pose e da conversa brilhante e espirituosa.

"Não, é o corredor. O banheiro das senhoras está atrás de você e o dos homens no fim do corredor." Sorriu. "Devo estar certo, praticamente me criei aqui."

"Devo voltar para minha mesa. Beth está esperando. Beth Hansen, se lembra, não?" Charlotte rolou os olhos. Isso estava cada vez pior.

Para sua decepção, ele riu. "Bem, pelo menos agora eu sei que você se lembra de mim."

Não queria fingir que não entendera e não conseguia mentir. "Eu estava atrasada, correndo, e Beth estava esperando." Levantou as mãos e as deixou cair de lado.

"Então não pretendia me ignorar."

O calor queimou-lhe o rosto. "Não, eu... tenho que ir, Beth está me esperando. Novamente."

A mão áspera de Roman passou pelo rosto dela e um tremor de reconhecimento a atravessou de um jeito que ele não pôde deixar de perceber. "Deixarei você voltar à sua mesa assim que eu fizer uma pergunta. Já se passaram dez anos e a atração entre nós ainda é forte. Quando vai se render?"

Charlotte lambeu os lábios secos. "Quando vai desistir?"

Roman sorriu. "Quando o inferno congelar."

Ele não precisava copiar seus pensamentos. Ela encostou-se à parede em busca de apoio e proteção, mas isso de pouco adiantou quando Roman deu mais um passo à frente, travando-lhe o corpo entre a parede e seu corpo esbelto, rijo e masculino.

Os anos passados se dissolveram quando as mãos dele seguraram sua face e os lábios flutuaram sobre seu queixo. O calor da respiração dele sobre seu rosto era desumanamente bom, fazendo-a indagar-se por que resistira tanto tempo. Seus cílios ruflaram e se juntaram e ela se permitiu desfrutar da sensação erótica que corria pelas suas veias. Por um momento, lembrou-se. Não mais.

Ele era atraente e fora de alcance, como os lugares exóticos com que sonhava mas nunca visitaria. Ela não era como o pai e sua vida era aqui. Estabilidade e um futuro sólido estavam ligados a esta cidade, a suas raízes. O calor correu por suas veias e a umidade molhou as calcinhas; queria muito mais do que se permitira admitir antes.

"Jante comigo na sexta-feira." A voz profunda reverberou em seu ouvido.

"Não posso..." Os lábios dele tocaram o lóbulo da orelha, os dentes mordiscando no lugar exato, enquanto flechas quentes de desejo a atravessavam em outras partes mais íntimas e sensíveis e a inundação das sensações lhe despertou o corpo. Gemeu alto, interrompendo a frase e cortando qualquer das ações negativas que planejara.

Os dentes mordiscavam e alternavam-se com deliciosas lambidas, ao mesmo tempo imperiosas e ainda assim macias e leves, mais sedutoras que o mais profundo desejo que já tivera. Se a intenção de Roman era fazê-la vacilar, estava se saindo bem. Seus lábios se deixavam ficar, úmidos e quentes, exigentes e ao mesmo tempo muito sedutores. Uma pequena voz em sua mente tentou rebelar-se, lembrando que este era Roman e que ele partiria assim que a mãe estivesse bem, ou logo que se entediasse com a cidade ou com *ela*.

Deveria sair dali. Então ele acariciou a concha de sua orelha com a língua e soprou levemente a pele úmida. Ah, ele a tentava e um gemido lhe escapou dos lábios levemente apartados.

"Vou tomar isso como um sim", ele sussurrou.

Ela forçou os olhos a se abrirem. Sim a um encontro com ele? "Não."

"Não é o que seu corpo me diz."

Ele não recuou, o que fez a negativa mais difícil do que fora no passado, porque ele estava certo. "Meu corpo precisa de um guardião."

Um sorriso simpático moldou os lábios dele. "Bem, eis um serviço que não me incomodaria assumir."

"Apenas enquanto estiver na cidade, naturalmente." Ela forçou um sorriso despreocupado.

"Naturalmente." Por fim se afastou, dando-lhe espaço para a respiração de que tanto precisava. "Você deve saber, sou um homem que aprecia um desafio, Charlie."

Empertigou-se ao ouvir o apelido que seu pai usava para ela. Ele escolhera seu nome, Charlotte Bronson, em homenagem ao ator predileto, Charles Bronson. "Charlotte", ela corrigiu.

"Está bem, Charlotte. Você me provoca. Sempre provocou. E, se eu posso admitir isso, você também pode."

"Qual a diferença se quero ou não admitir? Não consegue sempre o que quer na vida?" Deus sabia que ela conseguira muito pouco.

"Mas, se você tentar alguma vez, pode conseguir o que precisa."* Ele encostou um ombro contra a parede e sorriu.

"Estou impressionada, conhece os Rolling Stones." Ela aplaudiu para fazer efeito.

"Melhor ainda, sei aplicar as palavras deles à vida." Afastou-se da parede e esticou-se em toda sua altura. "Marque minhas palavras, Charlotte. Teremos outro encontro." Saiu andando e virou-se. "Com base nas nossas reações, compartilharemos muito mais." Na voz dele havia certeza e promessa.

"Lógico, com certeza, Roman. Teremos esse encontro."

Às palavras dela, ele arregalou os olhos.

"O dia em que você resolver ficar na cidade." Como isso nunca aconteceria, pensou Charlotte, tampouco o encontro. Ele não apresentava nenhum perigo para ela. *Lógico que não.*

"Quanto mais você me desafia, mais determinado fico eu." Ele riu, obviamente sem acreditar que ela estava falando sério.

Ele não percebia que ela estava seriíssima. Nada mais poderia acontecer entre Charlotte e o despreocupado cidadão do mundo, a menos, naturalmente, que ela quisesse terminar sozinha e abandonada como a mãe.

Roman havia lançado todas as armadilhas verbais, agora tudo que ela precisava fazer era permanecer forte para resistir.

Trecho da música " You can't always get what you want", dos Rolling Stones: "But if you try sometimes / you just might find you get what you need." (N. E.)

Capítulo 3

QUANDO FINALMENTE ROMAN saiu do Norman e sentiu o ar fresco da noite, tinha um serviço a fazer.

Chase recebera um chamado urgente do seu editor, Ty Turner, dizendo que não poderia comparecer à reunião da cidade, pois acompanhara sua mulher grávida ao hospital. A última coisa que Roman queria era assumir este compromisso, mas, como queria aliviar a carga do irmão, ofereceu-se para cobrir a reunião.

Portanto, enquanto Rick foi telefonar e ver como estava Raina antes de voltar para o plantão e Chase foi trabalhar na edição da semana seguinte, Roman se dirigiu à sessão de querelas.

Olhou o relógio e viu que tinha alguns minutos de sobra. Alguns minutos para espiar a sedutora loja vizinha e descobrir quem era o dono. Uma espiada em Charlotte bastou para que esquecesse o próprio nome. Não estivera em condições de perguntar sobre a loja dela.

Concentrou-se na vitrine e sua boca caiu. Seriam de crochê aquelas calcinhas nos exuberantes e quase vivos manequins? Na conservadora Yorkshire Falls? Não poderia ficar mais espantado. Sentiu uma excitação inconfundível ao notar que o manequim de cabelos negros era estranhamente parecido com Charlotte. Subitamente, percebendo que parecia um velho babão espiando roupas íntimas de mulher, deu um passo para trás. Deus do céu! Esperava que ninguém o tivesse visto ou não viveria o suficiente para se recuperar da vergonha.

Roman recuou mais um passo e bateu em algo duro. Virou-se e encontrou Rick, com os braços cruzados no peito, sorrindo para ele. "Viu algo que lhe interesse?"

"Você é um saco", resmungou Roman.

"Intuí que estava recordando sua juventude."

Roman entendeu o que Rick dizia. Seu irmão do meio não esquecia as travessuras escolares de Roman, feitas no tempo em que sua idéia de diversão era um assalto às calcinhas na casa de um amigo, onde as meninas faziam uma festa do pijama. Não apenas fora idéia sua como se orgulhou tanto que pendurou algumas no retrovisor do carro por aproximadamente vinte e quatro horas. Até que sua mãe as achasse e lhe desse um sermão severo e um castigo que nunca esqueceria.

Raina Chandler tinha uma maneira exclusiva de curar os hábitos mais incorrigíveis dos filhos. Após um verão lavando as cuecas e pendurando-as na *frente* da casa, ele nunca mais poria alguém em uma situação tão humilhante.

Se tivesse sorte, o resto da cidade haveria esquecido há tempos. "Não posso acreditar que uma loja como esta tenha sucesso por aqui", disse ele, mudando de assunto.

"E tem. Jovem e velha, magra e mais robusta, todas compram aqui. As mais novas com certeza. Mamãe está em campanha para trazer as mais velhas e é uma das freguesas mais leais."

"Mamãe usa estas calcinhas?"

Os irmãos sacudiram a cabeça ao mesmo tempo, nenhum querendo que a imaginação percorresse esse caminho. "Como está mamãe?"

"Difícil dizer. Parecia acelerada quando eu liguei, como se estivesse correndo, o que é impossível. Então, estou indo lá para conferir."

Roman suspirou com força. "Estou com o celular. Chame-me se precisar."

Rick assentiu. "Farei isso."

Ele caminhou pela rua da loja, virou à direita na esquina, deu a volta ao edifício e voltou logo em seguida.

"O que há?", perguntou Roman, reconhecendo um espia ao vê-lo. O irmão estava patrulhando a área e Roman queria saber por quê.

Rick deu de ombros. "Aconteceram alguns arrombamentos em Yorkshire Falls ultimamente."

Os instintos de repórter de Roman se acenderam. "O que foi roubado?"

Um sorriso que Roman podia apenas descrever como malicioso apareceu no rosto do irmão. "Se não estivesse pessoalmente com você na hora dos arrombamentos, você seria meu único suspeito. Porém estou a zero."

"Calcinhas?" Roman desviou o olhar do irmão para a seleção na vitrine e de volta a ele. "Você está me dizendo que algum idiota arrombou uma casa para roubar roupa íntima de mulher?"

Rick concordou. "Teria informado você e Chase no jantar, mas a casa de Norman estava muito cheia para se conversar em particular. Parece que o bom povo de Yorkshire Falls enfrenta uma onda de crimes." Rick informou Roman dos detalhes dos furtos. Resumindo, todas as peças roubadas foram compradas na loja em frente da qual agora estavam.

Roman olhou novamente para a vitrine. As calcinhas em questão estavam lá para todos verem. *Quem seria o dono?* A Charlotte que conhecia não seria atrevida o suficiente para abrir esta loja, mas a que vira, vestida em cores vivas e que o desafiara, bem, era completamente uma outra mulher.

"Vai me dizer quem é o dono da loja?", perguntou para Rick.

Um brilho dançou nos olhos do irmão e os instintos de Roman ficaram alerta, confirmando o que já suspeitava. Rick permaneceu em silêncio, um olhar sabido no rosto, então Roman fez o óbvio. Deu um passo para trás e olhou a bandeira do toldo.

Uma bandeira cor de vinho com um barrado cor-de-rosa e fortes letras caligrafadas o encararam. O SÓTÃO DA CHARLOTTE – TESOUROS SECRETOS PARA O CORPO, O CORAÇÃO E A ALMA.

"Diacho." Fora rápido demais em descartar esta possibilidade. Charlotte, a sua Charlotte, era dona desta loja sensual e erótica.

Por ser sensual e erótica, como lhe provara no corredor da casa de Norman. Também ele se provara algo. Era um homem de saudáveis apetites carnais e bastante tempo se passara desde que os satisfizera.

"Não deveria estar em outro lugar?", perguntou Rick.

Roman ignorou a risada do irmão, bateu-lhe nas costas e partiu para a prefeitura.

Em vinte minutos estava sufocado por um completo e absoluto tédio. O que fazia pela família, pensou e bocejou enquanto esperava que o retrospecto arquitetônico da noite terminasse. Apesar de mal poder se concentrar, fez anotações da mesma maneira. Ele esperava, a caneta flutuando sobre o bloco.

"Próximo tópico. O recurso sobre a contenda para colocar uma porta para cão na entrada da frente da rua Sullivan, nº 311, no bairro Sullivan. Vizinhos reclamam que essa porta destruirá a uniformidade e a beleza do bairro."

"Meu perdigueiro Mick tem direito a ter livre acesso a seu lar." George Carlton, o peticionário, levantou-se, apenas para ser puxado de volta ao assento pela sua esposa, Rose.

"Fique quieto, George. Não é nossa hora de falar."

"Prossiga", permitiu um senhor da mesa.

"Estamos ficando mais velhos e Mick também. Levantar e sair toda vez que ele precisa fazer suas necessidades está nos cansando." Ela se sentou e cruzou as mãos no colo.

As pessoas morriam de fome na Etiópia e eram mortas no Oriente Médio, mas, aqui em Yorkshire Falls, o assunto do dia era a preocupação com os cães. Roman lembrou que a sua ânsia por deixar a cidade começara durante o aprendizado com Chase e crescera a cada reunião a que comparecia e que degenerava em pequenas discussões entre vizinhos com excesso de tempo livre.

Nesse tempo, a imaginação de Roman viajava um caminho duplo: por um lado, à procura de excitação, de lugares estrangeiros com histórias mais intrigantes e de evolução rápida, e, por outro, em busca de Charlotte Bronson, sua paixão. Agora que já conhecera a maioria dos lugares de seus sonhos, tinha apenas um foco. Sua mente retornou a Charlotte e à atração que provou ser mútua.

Pretendia encurralá-la, fazê-la admitir que o evitara esta noite e descobrir por que ela o dispensara no colégio. Tinha uma desconfiança, mas queria ouvir dela própria. Não havia planejado seduzi-la e que ambos se excitassem. Não até que olhou naqueles olhos e viu a mesma ligação emocional fervendo nas profundezas.

Nada mudara. Ela ficara feliz em vê-lo, independente de quanto brigasse contra essa verdade. Houvera também o brilho fresco de coral em seus lábios cheios e arrogantes. Nenhum homem de sangue quente poderia resistir. Respirara seu perfume e roçara-lhe a pele macia e cheirosa. Aproximara-se o suficiente para provocar, mas não para se satisfazer.

Roman suspirou porque, apesar de o corpo dela gritar, *me tome*, e ele queria fazê-lo, a mente dela se rebelava. E agora sabia por quê. Finalmente ela lhe dera uma razão para dispensá-lo que ele conseguia entender. Uma da qual ele sempre desconfiara. *Teremos este encontro, no dia em que você decidir ficar na cidade.*

Ela queria um lar em Yorkshire Falls. Precisava de estabilidade e segurança para viver feliz para sempre da maneira que, todos sabiam, seus pais não viveram. Ele então era muito novo e apressado para ver a verdade, mas agora entendia. Isto significava que ela era a última mulher que ele poderia procurar. Não queria magoá-la e por isso precisava aprender com ela e virar na direção oposta.

"O próximo." Um martelo bateu na plataforma de madeira da escrivaninha na frente.

Roman pulou na cadeira, assustado. "Maldição, perdi o final", Roman resmungou. Por estar preocupado com *ela*. Desta vez só perdera o dilema canino, mas da próxima vez poderia perder muito mais. Isso era algo que não podia permitir que acontecesse.

"É você, Chandler?"

Roman virou-se ao ouvir seu nome e viu um rapaz de aparência familiar sentando-se atrás dele.

"Fred Aames, lembra-se de mim?" Ele esticou a mão.

Chase e Rick não estavam brincando. Fred não era mais o gorducho que todos atazanavam. "Claro, Fred, como vai você?" Roman apertou-lhe a mão.

"Não poderia estar melhor. E você? O que o traz de volta à cidade?"

"Voltei por minha mãe, agora estou aqui por conta da *Gazette*." Roman olhou para a frente. Ninguém introduzira nada de novo para discussão.

"Ouvi sobre a ida de Raina ao hospital." Fred passou a mão pelo cabelo escuro. "Sinto muito, amigo."

"Eu também."

"Está cobrindo o lugar do Ty?" Inclinou-se para a frente, colocando um braço no encosto da cadeira de Roman, quase o deslocando para a frente. Fred perdera peso, mas não a força do tórax. Era ainda um homem enorme.

Roman abafou uma tosse e assentiu. "Sua mulher entrou em trabalho de parto e ele não poderia estar em dois lugares ao mesmo tempo."

"Foi gentileza sua. Além do mais, estas reuniões são tão boas quanto qualquer outra para se atualizar nos acontecimentos."

"Verdade." Se prestasse atenção, ponderou Roman. Mas ele não tinha uma pista se Mick, o perdigueiro, ganhara a liberdade ou fora trancado atrás das portas pelo resto de sua canina vida.

O som do martelo batendo na mesa informou que a reunião estava suspensa para um curto recesso. Roman se levantou e espreguiçou-se em uma tentativa de despertar.

Fred se levantou, juntando-se a ele. "Está envolvido com alguém no momento?"

Ainda não. Roman sacudiu a cabeça, recusando-se a entrar nesse assunto com alguém que não fosse um de seus irmãos. "Não no momento, por quê?"

Fred chegou mais perto. "A Sally está interessada em você. Pensei que tivesse uma queda por Chase, mas agora está vidrada em você."

Com um gesto amplo que comprometia o cochicho, Fred indicou o lugar onde Sally Walker estava sentada, fazendo anotações para a ata da reunião.

Sally mal ergueu a mão em cumprimento, com o rubor tingindo-lhe as faces.

Roman acenou de volta, e então olhou para outro lado, não querendo encorajar o óbvio interesse dela. "Não é meu tipo." Porque o nome dela não era Charlotte. O pensamento surgiu sem freios. "Por que você não vai atrás dela?", perguntou Roman.

"Creio que não soube que estou noivo", disse Fred orgulhosamente. "Marianne Diamond será minha esposa."

Um dos irmãos havia mencionado o assunto, lembrou-se Roman. Sorriu e levantou a mão para bater nas costas de Fred, mas se conteve. Não queria que o homenzarrão retribuísse o gesto. "Melhor para você. Meus parabéns."

"Obrigado. Veja, preciso falar com um dos conselheiros antes que as coisas esquentem novamente. Tenho alguns serviços dependendo de um alvará... bem, não quer saber dos detalhes. Vejo você por aí."

"Está bem." Roman bateu-lhe levemente na nuca. A exaustão ameaçava dominá-lo.

"Como foi seu primeiro dia de volta às barricadas?"

Virou-se e viu Chase em pé ao seu lado. "O que há? É mamãe?" Não esperava ver Chase novamente esta noite.

"Não." Chase colocou rapidamente uma mão confortadora no ombro de Roman e a retirou.

"O que, então? Não confia em meu trabalho?" O que não seria injusto, pensou Roman. Ainda não tinha uma resposta para o problema do perdigueiro dos Carlton.

Chase sacudiu a cabeça. "Apenas pensei que você deveria estar indócil nesta reunião e pensei em rendê-lo, caso demorasse muito." Ele beliscou o nariz. "Escutei você e Fred. Parece que tem uma candidata."

"Pelo que o Fred disse, parece que Sally estava interessada em você antes."

"Pode crer, o caminho está livre. Não teria raiva de você por roubá-la de mim", disse Chase ironicamente. "Sally é séria demais até para que eu pense nesse assunto. É do tipo que já está sonhando com um lar e filhos após o segundo encontro." Ele tremeu.

"Se ela gosta de um cara circunspecto como você não terá interesse em um rapaz expansivo como eu." Roman sorriu feliz por cutucar as características de lobo solitário do irmão. Rick estava certo ao dizer que as mulheres eram atraídas pelo silêncio taciturno do irmão mais velho.

Mas Chase o olhou de cima, obviamente não querendo aceitar as desculpas de Roman. "Sally está no ponto de se acomodar. Tudo que ela quer agora a torna a candidata perfeita para você. Então por que disse ao Fred que ela não é o seu tipo?"

"Porque não é."

"Desculpe-me salientar o óbvio, mas não é o que você quer? Sally está interessada em você, não precisa retribuir o sentimento dela. Ela aceitará suas condições."

Roman relanceou sobre o ombro novamente e analisou Sally Walker, um tipo inocente de mulher que corava. "Não posso." Não podia se casar com Sally. Dormir com Sally.

"Sugiro que seja cauteloso, irmãozinho. Se escolher uma mulher que seja realmente o seu tipo, pode não ter tanta pressa de cair fora." Chase deu de ombros. "É apenas algo para pensar."

Deixou Chase, a figura paterna de Roman, comentar o óbvio e também lembrá-lo das prioridades. A caça à esposa. O irmão estava certo. Roman precisava de uma mulher que pudesse deixar para trás, não uma para quem ele fosse atraído de volta e de volta. Eis outra razão para que Charlotte fosse totalmente inconveniente para ele. Gostaria muito de tirá-la da cabeça de uma vez por todas. Mas não sabia como. Tocá-la, sentir seu gosto apenas o fizeram querê-la mais, não menos.

Uma hora depois, Roman foi para casa, as palavras de Chase em seus pensamentos, mas Charlotte estava no subconsciente. Mais tarde, na cama, acordou mais de uma vez com calor e suando. Charlotte Bronson era o motivo.

Dez anos passados e a chama queimava mais do que nunca. O que apenas provava uma coisa, tentação ou não, Roman não podia se envolver com Charlotte. Nem agora, nem nunca.

O sol acordou Roman cedo na manhã seguinte. Apesar de uma terrível dor de cabeça, ele se espreguiçou e saiu da cama com um sentimento renovado de determinação. Após um rápido banho, foi para a cozinha. A comida não acabaria com a dor, mas pelo menos comer alguma coisa encheria o estômago vazio. Alcançou a despensa da mãe e pegou uma caixa de cereal de chocolate, encheu uma pequena tigela, acrescentou pequenos confeitos e afogou a mistura com leite.

Quando se sentou na mesma cadeira que preferia quando criança, o estômago roncava. Pegou a última edição da *Gazette* e, quando observou o novo e melhorado *layout*, uma pontada de orgulho se alojou nele.

Chase conseguira fazer o jornal crescer junto com a população da cidade.

O som de alguém correndo escada abaixo o assustou, virou-se e viu a mãe entrar e parar de súbito na cozinha.

"Roman!"

"Esperava outra pessoa?"

Ela sacudiu a cabeça. "Não, pensei apenas que você já tivesse saído."

"E decidiu correr uma maratona enquanto eu estivesse fora?"

"Não deveria ter tomado café com seus irmãos?"

Ele apertou os olhos. "Não consegui sair da cama esta manhã e não mude de assunto. Era você correndo escada abaixo? Espero que se lembre que não deve se esforçar." Rick não dissera que ela estava agitada a noite passada?

"Como poderia esquecer algo tão importante?" Colocou uma mão trêmula sobre o peito e entrou vagarosamente no cômodo, chegando até ele. "E você? Está se sentindo bem?"

Afora a desorientação com esta conversa em círculos, ele estava bem. "Por que não estaria bem?"

"Porque seus ouvidos ainda devem estar entupidos do vôo se pensa que ouviu algo tão ridículo quanto eu correndo, onde já se viu? Quer que marque hora no dr. Fallon para você?"

Ele sacudiu a cabeça com força suficiente para desentupir os ouvidos, caso estivessem bloqueados, e encarou a mãe. "Eu estou bem. Você é que é minha preocupação."

"Não é preciso." Assentou-se vagarosamente e olhou para a tigela de cereais dele, uma ruga marcando-lhe a face. "Bem, vejo que algumas coisas não mudaram. Não sei por que mantenho este lixo em estoque para você. Isso vai..."

"Cariar meus dentes, eu sei." Dissera isso com freqüência quando ele era criança. Mas ela o amava o bastante para mimá-lo. "Você sabe que até agora não perdi um dente sequer?"

"'Até agora' é a parte principal da frase. Um homem solteiro precisa de todos os dentes, Roman. Mulher alguma gosta de acordar no meio da noite e encontrar dentes de molho no criado-mudo."

Virou os olhos. "Felizmente sou um homem de respeito e não permito que mulheres passem a noite comigo." A mãe que engolisse esta, pensou Roman ironicamente.

"Respeito não tem nada a ver com isso", ela resmungou.

Como de costume, a mãe tinha certa razão. As mulheres não ficavam para dormir porque ele não estava envolvido agora e já há algum tempo, e porque as mulheres que passavam a noite se convenciam de que podiam passar outra noite e outra. Quando se dava conta, havia uma relação, o que Roman supunha que não seria tão mau se encontrasse a mulher que o interessasse por mais de duas semanas. Chase e Rick se sentiam da mesma maneira. Nesta altura, Roman entendia que os corações dos irmãos Chandler tinham uma placa: NÃO INVADA. Qualquer mulher inteligente poderia ler as letras pequenas antes de se envolver.

"Mamãe, a senhora é muito esperta." Ao se levantar da cadeira, percebeu que Raina estava vestida para sair. Usava calças compridas azul-marinho, uma blusa branca com gravata e o broche com três tacos de beisebol, um brilhante em cada um, preso ao centro, um presente do pai após o nascimento de Chase e acrescentado a cada novo nascimento. Apesar da leve palidez, a aparência dela era ótima. Do jeito que sempre fora, pensou com orgulho. "Vai a algum lugar?", perguntou.

Ela concordou. "Vou ao hospital ler para as crianças."

Ele abriu a boca para falar, mas ela o atalhou.

"Antes que você discuta comigo como Chase e Rick tentaram, deixe-me dizer-lhe algo. Tenho estado na cama desde a noite da sexta-feira, quando seus irmãos me trouxeram para casa. É uma bela manhã. E até mesmo o médico disse que ar fresco me faria bem, desde que não me esforçasse."

"Mamãe..."

"Ainda não terminei."

Ela sacudiu a mão em frente ao nariz dele e ele sentou-se novamente, sabendo que não devia falar.

"Sempre li para as crianças nas segundas e sextas-feiras. Jean Parker tem quimioterapia nesses dias e espera ouvir *George, o Curioso, vai ao hospital*."

Deus abençoasse a mãe pelo bom coração, pensou. Mesmo doente, colocava os outros em primeiro lugar. Sempre tivera espaço mais que suficiente no coração para qualquer criança que viesse até seu lar.

Como se tivesse lido seu pensamento, ela colocou a mão sobre o coração e esfregou maciamente. "Além do mais, não há nada melhor que uma criança para fazer um coração se sentir décadas mais novo."

Ele virou os olhos. "Mais descanso fará a mesma coisa, portanto, após a leitura, espero que a senhora esteja em casa e na cama." Não ia responder à indireta sobre a criança. Não quando estava para embarcar em uma caçada atrás de uma mãe para a dele. "Terminou o monólogo?", perguntou educadamente.

Ela assentiu.

"Não ia argumentar. Apenas queria saber se podia preparar seu desjejum. Não queria que você se esgotasse antes de começar o trabalho voluntário."

Um sorriso apareceu no rosto dela. Com mais de sessenta anos, a pele ainda tinha um brilho de dar inveja à maioria das mulheres e as rugas não eram tão profundas quanto às das outras de sua idade. O medo de perdê-la subitamente se espalhou nele. Foi até ela e abriu os braços. "Eu a amo, mamãe, e nunca mais me assuste dessa maneira."

Ela se levantou e o abraçou, seus braços e a pegada eram fortes e certeiros. Esta era sua mãe, a mulher que o criara e, apesar de se encontrarem raramente, por culpa da sua agenda atribulada, ele a adorava. Não podia imaginar a vida sem ela. "Quero que esteja por aqui por muito tempo."

Ela fungou. "Eu também."

"Não enxugue o nariz na minha camisa." Lágrimas femininas o embaraçavam e ele queria que ela estivesse alerta e forte novamente. "A médica disse que estará bem desde que se cuide, não é? Nada de estresse e esforços."

Ela concordou.

"Suponho que ler não fará mal. Posso levá-la à cidade?"

"Chase vem me buscar."

"Como vai voltar para casa?"

"Eric me trará depois do almoço."

"Como vai o dr. Fallon?", perguntou Roman.

"Bem. Cuidando de mim, assim como vocês." Ela deu um passo atrás, enxugou os olhos com o guardanapo que tirou da mesa e, apesar de não o encarar, era novamente sua tranqüila mãe.

"Que tal um biscoito e uma xícara de chá sem cafeína?", perguntou Roman.

"Não me mime. Ficarei perdida quando se for."

Ele sorriu. "Duvido. Você é a mulher mais forte que conheço."

Raina riu. "Não se esqueça disso nunca."

Uma hora mais tarde, Roman esgueirou-se da casa para uma caminhada até a cidade. Felizmente a discussão matinal com a mãe incluíra apenas fofocas da cidade e nada de assuntos infantis. Sabia o que deveria fazer e não precisava nem queria lembretes.

O serviço a encarar não seria simples. As mulheres da cidade eram criadas para ser esposas e mães, quer trabalhassem fora quer ficassem em casa, não fazia diferença. Era a parte de esposa que deixava Roman nervoso e o mantinha imaginando como encontraria alguém que aceitasse suas necessidades não convencionais. Precisava de uma mulher não tradicional que aceitasse suas ausências e ponderava se tal pessoa poderia ser encontrada em Yorkshire Falls.

Sempre havia a possibilidade de escolher uma mulher mais urbana, uma que compreendesse melhor as necessidades de Roman. Teria de checar seu *notebook* quando chegasse em casa, mas poucas mulheres que conhecera em suas viagens e mais intimamente no passado lhe vinham à mente. Havia Cynthia Hartwick, uma herdeira inglesa, mas Roman de imediato sacudiu a cabeça. Ela empregaria babás para cuidar das crianças e ele queria que os filhos conhecessem o amor materno em sua criação.

Sempre gostara de Yvette Gauthier, uma ruiva bonita com uma personalidade borbulhante e a habilidade de fazer um homem se sentir um deus. Mas, ao mesmo tempo, se lembrou de como essa personalidade o oprimira e também que ela agora era comissária de bordo, o que significava que não estaria por perto se a criança caísse e se machucasse ou se precisasse de ajuda na lição de casa. Raina sempre estivera em casa para os meninos. Apesar de Roman não se importar que a mulher trabalhasse fora ou não, um emprego à distância para ambos os pais não era admissível.

Sua mãe não aprovaria qualquer das mulheres. Riu sozinho pensando na reação de Raina à gelada inglesa ou à sensual tigresa francesa.

Sua mãe era o fulcro desta situação, ela queria netos, portanto a mulher deveria viver ou estar disposta a se estabelecer em Yorkshire Falls.

Então, estavam eliminadas as mulheres que conhecera pelo caminho, pensou Roman ironicamente. Sentiu-se algo aliviado. Não podia imaginar casar-se com qualquer uma delas.

O brilho do sol atingiu sua cabeça dolorida. Definitivamente, ainda não estava com humor para encontrar pessoas. Pelo menos até que ingerisse alguma cafeína, mas, ao aproximar-se da cidade, sua solidão foi interrompida. Uma voz aguda o chamou e viu Pearl Robinson, uma senhora que conhecera a vida toda, correndo até ele ainda de penhoar e o cabelo ainda no mesmo coque cinza de que ela gostava.

"Roman Chandler! Que vergonha a sua mãe não ter contado que você estava na cidade. Mas tudo bem, ela tem mais a fazer do que fofocar. Como está ela? Assei uma forma de *brownies* para levar para ela esta tarde. Ela pode receber visitas?"

Roman riu da tagarelice de Pearl. Era tão gentil e inofensiva se a gente não se importasse com a tagarelice e o burburinho, e, após estar longe tanto tempo, Roman se surpreendeu ao perceber quão pouco se incomodava.

"Mamãe está bem, Pearl, obrigado por perguntar. Tenho certeza de que adorará uma visita hoje." Deu um rápido abraço na mulher. "Como tem estado e como vai Eldin? Ainda pintando?"

Para um casal mais velho, Pearl Robinson e Eldin Wingate viviam um arranjo fora de praxe, há anos. Sem serem casados, dividiam uma casa velha pertencente a Crystal Sutton, outra amiga de Raina, que se mudara para uma casa de repouso há mais ou menos um ano.

"Eldin ainda pinta, mas não é um Picasso. Está bem e saudável, bata na madeira." Bateu na testa. "Apesar das costas o incomodarem às vezes. Ele ainda não conseguiu me carregar através da porta. Eis por que ainda vivemos em pecado", disse ela, citando sua descrição preferida do relacionamento.

Pearl adorava alardear a situação tantas vezes quanto a conversa o permitisse. Obviamente, esta mania não mudara. Mas a reação de Roman sim. Ao invés de se aborrecer com sua fixação pessoal, ele percebeu que sentira falta da pequena cidade e de todas as diferentes pessoas que a habitavam.

Até mesmo esta calma e quieta caminhada matinal tinha sido uma mudança de seu cotidiano agitado. Quanto tempo antes que o tédio e a limitação que sentira na juventude aflorassem novamente? Quanto tempo o prazer duraria após ter sido argolado? Tremeu ao pensar na desgraça iminente.

"Está doente?" Pearl pôs a mão em sua testa. "Não pode estar com frio em um dia como hoje. Talvez sua mãe devesse estar cuidando de você em vez do contrário."

Ele piscou e percebeu que se perdera nos pensamentos. "Estou bem, de verdade."

"Bem, deixarei que siga. Vou apenas ao banco. Passarei para ver sua mãe mais tarde."

"Mande um abraço por mim ao Eldin."

Pearl seguiu para o banco na First e Roman para o seu passeio. Bastava quanto à imutabilidade da cidade; agora ele estava interessado nas coisas novas e diferentes. Dirigiu-se direto para a loja de Charlotte. Sempre fora a mulher que o atraíra, não importava o quanto ele lutasse contra isso.

Apesar de serem extremidades diferentes, Charlotte o tentava. Infelizmente, ela não estava dentro do critério que importava, aceitar as viagens dele. Seu desejo de invadir a loja e suas defesas era forte, mas a realidade prevaleceu. Qualquer contato entre eles iria apenas magoá-los.

Resignado, virou-se para encontrar Rick em pé onde estivera a noite passada, olhando-o com um brilho interrogativo nos olhos. "De patrulha, novamente?", perguntou Roman.

"Apenas procurando suspeitos como você", sorriu Rick.

Roman gemeu e esfregou os olhos ardentes. "Não comece."

Rick o espiou com ironia. "Alguém está pregado esta manhã."

Roman não estivera até que Rick começasse a importuná-lo. "Mais tarde, mano, preciso de café."

"Ah, sim. Para ajudá-lo a acordar para que a caçada à esposa possa começar."

Ante as palavras de Rick, a cabeça de Roman começou a latejar com mais força.

"Boa sorte", Rick passou por ele e foi para a loja cheia de calcinhas.

"O que há?"

Rick virou-se, agora sem sinal de diversão nos olhos. "Trabalho."

"O ladrão de calcinhas."

Ele assentiu, mas nada disse. Não podia. Já dera a Roman mais informação do que deveria. Alguém estava arrombando as casas das clientes da loja e roubando certo modelo de calcinhas. Rick pensava que Charlotte poderia oferecer os fatos pertinentes que a polícia precisava para a investigação.

"Quer vir junto?", perguntou Rick.

Roman procurou indicações de que Rick se divertia à sua custa. Afinal, este era o irmão que, quando adolescente, combinava ao telefone encontros por Roman. Mas Rick estava esperando, nenhum sorriso à vista.

Roman ponderou as opções. Não tinha nenhuma. A mulher de seus sonhos estava lá dentro. Roman deu um olhar grato ao irmão. Apesar dos instintos intrínsecos e de preservação o aconselharem a cair fora, a curiosidade o levou para dentro. Assim como, admitiu, seu desejo de ver Charlotte mais uma vez.

Ao ouvir os sinos da porta, Charlotte parou no meio da dobra de uma *lingerie* de renda. Olhou e viu o policial Rick Chandler entrando calmamente.

Deu-lhe um aceno amigo, mas a mão paralisou no meio do caminho ao ver Roman segui-lo. Lambeu os lábios secos, vendo-os passear em sua loja feminina.

Lado a lado, o contraste entre os irmãos não podia ser mais nítido. Todos os três Chandler eram homens de tirar a respiração. Mas, independente de quão bonito, Rick não tinha o mesmo impacto devastador em Charlotte quanto Roman. Desde que voltara à cidade, haviam se tornado bons amigos, nada mais. Mesmo Chase, que se parecia com Roman, não mexia com a escala Richter de Charlotte do jeito que Roman conseguia.

Algo no caçula dos Chandler, o negro cabelo, o jeito seguro de andar e os sugestivos olhos azuis a cativavam. Faziam-na ansiar por coisas além de seu controle e entendimento. Ela tremeu e então voltou à realidade. Independente de quão bonitos fossem os homens Chandler, nenhum dos irmãos estava interessado em se estabelecer. Toda a cidade sabia disso.

Sacudiu a cabeça e agitou os braços, dedos e artelhos. "Relaxe", resmungou alto. Roman sempre fora muito perceptivo e ela não queria que percebesse que seus nervos tinham a ver com ele. A noite passada provara que Roman era muito ousado, não carecia de maiores carícias no ego.

"Oi, Charlotte." Rick se dirigiu até ela, ignorando as calcinhas distribuídas ao redor e colocou o cotovelo no balcão, com segurança e desembaraço, como se estivesse cercado de bolas e luvas de beisebol na loja esportiva rua abaixo.

Roman, ao lado dele, a devorava com um olhar sensual.

"Oi, policial." Ela conseguiu dar uma piscada gentil que abrangia os dois homens. "Então, o que posso fazer por você esta manhã? Estão aqui para ver as novidades em fio dental?" Fez a piada que sempre fazia com Rick, tentando uma aparência normal.

Rick sorriu. "Não, a não ser que você as desfile para mim."

Ela riu. "Só nos seus sonhos."

Roman limpou a garganta, demonstrando que também estava no recinto. Como se ela pudesse ignorar. "Vamos lá, Roman. Deve saber que seu irmão gosta de todas as mulheres. Teria um harém se fosse permitido, não teria, Rick?"

Rick apenas riu baixinho.

"Podemos cuidar do assunto?", perguntou Roman.

"Assunto de polícia, infelizmente." Rick subitamente ficou sério.

Charlotte não gostou do tom da voz dele. "Por que não nos sentamos?" Ela os levou até as grandes cadeiras de veludo modelo Queen Anne perto do provador.

Os dois homens se destacavam naquela decoração feminina. O olhar dela parou em Roman. Ele era a somatória da atração magnética dos irmãos Chandler, pensou. Qualquer mulher sentia sua presença se ele estivesse por perto.

Apesar de Roman permanecer em pé, Rick se sentou, as mãos entrelaçadas entre as pernas, parecendo um homem com um segredo.

"O que está havendo?", perguntou ela.

Os irmãos trocaram olhares silenciosos. A eletricidade agitava o silêncio, o rádio da polícia pediu a atenção de Rick. Deu um olhar de desculpas para Charlotte. "Com licença." Enquanto tirava o rádio transceptor do cinto e conversava sobre trabalho, o olhar penetrante de Roman não largava o dela.

Rick levantou os olhos. "Sinto muito, uma bagunça na mercearia e precisam de apoio."

Charlotte acenou-lhe. "Tranqüilo, pode ir." *E leve seu irmão com você*, implorou silenciosamente.

"Roman, você pode informá-la? Ela precisa saber o que está acontecendo." Rick destruíra as esperanças dela.

Roman assentiu. "Com prazer", disse com aquela voz sensual.

Ela tremeu com a situação. Maldito seja pelo efeito que tinha nela, pensou, mas, quando Rick saiu, deixando Roman e Charlotte a sós nos fundos da loja, ela esperava ter esculpido o rosto em uma máscara educada de amizade. A ausência de Beth esta manhã e a falta de freguesia indicavam que ninguém os interromperia, portanto seria mais seguro se levasse a atração em fogo brando. "Se isto for possível", murmurou.

"Ser possível o quê?", perguntou Roman.

Ela sacudiu a cabeça e engoliu seco. "Nada. O assunto é sobre o ladrão de calcinhas?"

Roman concordou. "É sobre sua mercadoria." Encostou-se na parede ao lado dela.

"Que itens?" Rick não informara os detalhes em sua última visita.

Roman tossiu uma vez e corou antes de responder. "Calcinhas de senhoras."

Charlotte sorriu. "Bem, estou pasma, existe um assunto que faz um Chandler corar." O embaraço dele permitiu que visse um lado mais vulnerável de Roman. Ela estava grata pelo privilégio e uma parte traiçoeira de seu coração se abriu para ele.

"Estou falando sério", disse ele, sem perceber o efeito do seu embaraço nela.

Ela preferia que ficasse assim.

"Este rapaz aparentemente tem um fetiche de alguma espécie."

Um fetiche por calcinhas. Ela sacudiu a cabeça com ironia, então apreendeu as palavras de Roman. "Você disse que esse rapaz tem um fetiche. Por que presume ser um homem? A polícia pensa que é um homem?"

"Deve conversar com Rick sobre isso."

Ela concordou, pensando mais no assunto. "Deve saber que apenas uma mulher poderia usar o item roubado, sem que alguém notasse. A não ser que seja um homem pouco dotado." Cruzou os olhos com ele e o viu rindo.

"Não seja malvada, Charlotte."

O sorriso dele a preencheu de calor. "Então que marca de calcinha? Vendo diversas."

"De novo, Rick é quem tem os detalhes, mas ele mencionou as de crochê na vitrine. Disse que são feitas à mão. É verdade?"

Por ela. As peças eram exclusivas, da moda e pessoais e não deveriam se tornar um objeto de obsessão ou ridículo para um homem pervertido. Tinha suas razões para perseguir o *hobby* que se tornara um esteio em seu negócio. Mas Charlotte não podia pensar em expor seus segredos pessoais para Roman, pois a distância parecia a rota mais segura. Ainda mais porque os detalhes dessas peças levariam diretamente a um campo emocional minado.

O crochê ofereceria uma janela para sua alma e a discussão revelaria sua dor e desapontamentos mais profundos. Porque, além de tricô, havia aprendido crochê com a mãe. Eram habilidades que Annie desenvolvera como fuga, depois que, no encalço da fama, o pai de Charlotte as abandonara quando a menina tinha nove anos. Hollywood me espera, disse ele uma manhã e partiu para só voltar em intervalos irregulares. O vai-e-vem espaçado dele se tornara um padrão na vida de Charlotte. Era o padrão que sempre temera encontrar com Roman, tão forte a atração que ele exercia sobre ela.

Ele pigarreou e Charlotte piscou. "Eu sei a marca", disse ela finalmente. "O que posso fazer para ajudar a polícia?"

"De momento, Rick quer apenas que você esteja informada. Tenho certeza de que a procurará se precisar."

Ela concordou. Com o silêncio, procurou um assunto neutro. "Como está sua mãe?"

As feições dele se suavizaram. "Mantendo-se. Ela pode ter uma atividade externa por dia, então deve voltar para casa, descansar e ficar na cama. Sinto-me melhor por tê-la visto pessoalmente. O telefonema de Chase me assustou muito."

O coração dela se enterneceu por ele, a vontade de ajudá-lo a se recuperar do medo e da dor era muito forte. Mas não podia se ligar a ele mais profundamente do que já fizera. "Quando chegou à cidade?", perguntou.

"Sábado de manhã."

Raina fora levada para o pronto-socorro na noite de sexta-feira. Charlotte admirava o forte traço protetor de Roman, que partilhava com todos os irmãos no que dizia respeito à mãe. Apesar de uma parte de seu ser ansiar para que ele lhe dirigisse esse carinho, sabia que, mesmo que ele o fizesse, isso não seria duradouro.

Ele suspirou e andou até ela. Poderoso e seguro, se achegou. O coração dela bateu mais depressa dentro do peito e a pulsação se acelerou. O calor do corpo dele a envolveu assim como um assomo de calidez e emoção que era mais que um simples desejo. O homem tinha mistérios profundos e a bondade própria de sua família. Ele poderia lhe dar tudo o que queria, mas não para sempre, Charlotte pensou tristemente. Ele a alcançou e tocou-lhe o queixo, forçando-a a encontrar seus olhos. "Tenha cuidado. Rick não sabe ao certo se este é um caso sem importância, embora esquisito, ou se um louco está à solta."

Um calafrio a percorreu. "Ficarei bem."

"Garantirei que fique." A voz rouca dele estava carregada com o carinho que ela desejava e um nó lhe subiu à garganta.

"Mais uma coisa", ele disse. "Rick quer tudo isso sigiloso. Os policiais não precisam de uma cidade em pânico ou de rumores sobre um ladrão de calcinhas se espalhando como fogo morro acima."

"Como se fosse possível controlar os boatos por aqui." Ela apertou os lábios. "Mas não direi uma palavra."

Ela o acompanhou até a porta, dividida pelo desejo de que ele ficasse e a necessidade racional de que ele se fosse. Roman fitou-a uma última vez e então deixou a porta se fechar atrás dele. As palmas de Charlotte estavam úmidas, o pulso acelerado e a razão não era o ladrão de calcinhas.

Encaminhando-se para a calcinha lilás que deixara no balcão, Charlotte recapitulou a realidade em sua mente. Não existiam no planeta duas pessoas mais diferentes do que ela e Roman. Ele se aprimorava na transitoriedade e nos desafios, ela precisava de permanência e do conforto da rotina. Por mais excitante que houvesse sido, sua breve estadia em Nova York fora necessária por causa da escola de moda e do aprendizado. Ela voltou para Yorkshire Falls assim que possível. Roman fazia do estar distante seu modo de vida.

Ela rompera com Roman uma vez porque a vontade dele de deixar Yorkshire Falls para trás a persuadira de que ele não lhe ofereceria nada que não fosse penar. Nada que ele fizera em sua vida desde então a convencera de que mudara. Agarrou as calcinhas, desejando de todo coração que as coisas entre eles pudessem ser diferentes, mas aceitando a realidade com a resignação de quem a vive.

No passado e agora, seu único consolo estava no fato de que não tinha escolha. Agira corretamente. Não queria imitar a vida da mãe, vivendo no limbo até que o homem voltasse e se dignasse a lhe dar atenção à sua maneira, somente para sumir novamente.

Não podia ser vencida pela excitação que Roman despertava nela ou pelo reconhecimento da verdade escondida profundamente no coração: que ambos, a pessoa ousada e o estilo de vida transitório a atraíam. Portanto, sem piedade, pisoteou a sua parte que desejava Roman Chandler e as sementes de insatisfação que emboscavam sua alma.

Até mesmo agora.

Capítulo 4

UMA BRISA PRIMAVERIL PAIRAVA na manhã, trazendo um calor inesperado a Yorkshire Falls e enchendo os pulmões de Raina com uma doce e fantástica aragem. Tão viçosa quanto seus filhos na adolescência, pensou ironicamente.

Saiu do Norman, atravessou a First e foi para o aterro gramado no centro da cidade que tinha uma praça na esquina. Encontraria Eric aqui na hora do almoço dele, antes que retornasse ao consultório para atender os compromissos da tarde. Apesar de o convite ser dele, Raina escolhera o local e pegara o almoço. Quem resistiria a um piquenique ao ar livre? Trouxera os mais deliciosos sanduíches de galinha grelhada para eles.

Parou no meio do caminho, surpresa de ver Charlotte Bronson e Samson Humphrey, o homem-pato, como o chamavam as crianças da cidade. Samson vivia na periferia da cidade em uma casa arruinada que passara de geração em geração na sua família. Raina não tinha a menor idéia de como ele sobrevivia ou o que fazia quando não estava sentado no parque e alimentando os patos, mas era uma figura tradicional da cidade.

Encaminhou-se até eles. "Olá, Charlotte, Samson." Sorriu para ambos.

"Oi, Raina." Charlotte acenou com a cabeça. "É bom vê-la."

"E a você também." Como ele permanecesse quieto, Raina cutucou. "O clima está muito bom. Perfeito para alimentar os patos."

"Já disse que é Sam", ele resmungou, tão baixo que mal se ouvia. "Não consegue se lembrar de nada?"

"Ele está mal-humorado porque ainda não almoçou, não estou certa, Sam?", perguntou Charlotte.

Raina riu, sabendo muito bem que ele estava sempre de mau humor. Mas Charlotte era especialista em amansar até a mais irritadiça das pessoas.

"O que é que você sabe?", ele perguntou.

Raina sabia que Charlotte possivelmente estivesse certa e havia embrulhado um sanduíche separado para ele, caso precisasse.

"Bem, eu sei que seu latido é pior que sua mordida", disse Charlotte. "Agora, pegue isso." Estendeu um saco de papel pardo, adiantando-se a Raina na boa ação.

Desde quando Roman tivera uma paixonite por Charlotte no colégio, Raina percebera que a menina tinha um coração de ouro. Lembrou-se de que eles saíram em um encontro e que, no dia seguinte, o filho estava um bicho bravo. Existia mais entre Roman e Charlotte do que esse horrível encontro. Raina vira isso na época e também sabia disso agora. Assim como entendia que Charlotte Bronson e seu coração de ouro eram perfeitos para o filho mais novo.

"Vamos lá, Sam, pegue", disse Charlotte.

Ele agarrou o saco e resmungou um quase inaudível "Obrigado". Vasculhou o invólucro de alumínio e deu uma enorme primeira dentada. "Preferia mostarda."

Tanto Raina quanto Charlotte riram. "O Norman se recusa a pôr mostarda na galinha grelhada, não tem de quê", disse Charlotte.

Era claro que o tempero no sanduíche não tinha importância, pensou Raina, já que ele devorou a metade em duas mordidas.

"Preciso voltar ao trabalho." Charlotte acenou para Raina e então para Sam e encaminhou-se para sua loja.

"Boa moça", disse Raina.

"Deveria ter mais juízo do que se preocupar comigo", resmungou ele.

Ela sacudiu a cabeça. "Isso apenas demonstra que ela tem bom gosto. Bem, aproveite o almoço." Raina passou por ele e se acomodou na outra ponta do banco.

Sabia que não tinha sentido ficar com Sam. Ele apenas iria embora, como já fizera tantas vezes. Era um solitário e anti-social. As crianças mais novas o temiam e os mais velhos riam dele, os outros apenas o ignoravam. Mas Raina sempre tivera pena de Sam e gostava dele, apesar da rude concha externa. Quando ela comprava comida no Norman, sempre pegava alguma coisa para Samson. Era óbvio que Charlotte compartilhava seu sentimento. Algo mais que Raina e a moça tinham em comum, afora Roman.

"Deveria saber que você chegaria antes", disse uma familiar voz masculina.

"Eric." Raina se levantou para receber o amigo. O dr. Eric Fallon e Raina haviam crescido juntos na mesma rua de Yorkshire Falls. Foram amigos durante os respectivos casamentos e assim continuaram, agora que os cônjuges estavam mortos, a mulher de Eric bem depois de Raina perder John.

"É melhor que não tenha andado esta distância toda ou dirigido o carro acima do limite de velocidade. Com indigestão ou não, você deve ter cuidado." Rugas de preocupação marcavam-lhe a fronte.

Raina não queria que ele se preocupasse com ela, mas tinha outro assunto mais premente para cuidar. Precisava lembrar o querido amigo de sua ética médica antes que ele, sem querer, escorregasse e contasse para um de seus filhos que ela tivera apenas uma forte azia.

"Chase me trouxe e presumo que ou você olhou meu prontuário ou ouviu fofocas sobre meu passeio ao hospital?"

"Você mesma deveria ter me contado quando liguei esta manhã."

"Se todos os amigos o incomodassem com suas crises de saúde no instante em que vem das férias, você voltaria correndo para o México."

Ele suspirou, passando a mão pelo cabelo branco e preto como sal e pimenta. "Você não é qualquer amiga. Quando é que vai entender isso?" Seus olhos escuros penetraram os dela.

Ela deu um tapinha na mão dele. "Você é um bom homem."

A mão bronzeada e curtida dele cobriu as dela, seu toque sendo surpreendentemente quente e gentil.

Abalada, ela mudou de assunto. "Creio que já soube que Roman está na cidade."

Ele concordou. "Agora me diga por que também ouvi que seus filhos estão cheios de dedos com você como se tivessem medo de danificar um monumento, que Roman tirou licença do trabalho e que você não tem vindo à cidade e está em casa *descansando* por ordens médicas. Sei muito bem que Leslie não recomendou mais repouso, talvez mais magnésia."

Raina olhou ao redor para ver se alguém a salvaria do sermão, mas não havia uma boa alma por perto, nem mesmo Samson, que se afastara deles e limpava o canteiro de flores. "Eric, qual a idade dos meninos? Idade suficiente para estarem casados", disse ela, sem esperar pela resposta dele. "Idade suficiente para terem filhos."

"Então é isto que a incomoda. Você quer netos?"

Ela aquiesceu, tendo dificuldade para falar e reconhecer a verdade sem revelar o vazio de sua vida e coração.

"Os meninos se casarão quando estiverem prontos, Raina."

"O que há de errado em adiantar o tempo? O Senhor sabe que Rick precisa perceber que, se uma mulher o magoou, nem todas o farão. E tem o Roman..."

"Desculpe-me, mas não estou entendendo", interrompeu Eric. "Como é que fingir estar doente se relaciona com seu desejo de ver os filhos estabelecidos e com suas próprias famílias?"

Ela olhou para cima. Que os céus a ajudassem a tratar com homens tacanhos, sentia-se cercada por eles. "Meus filhos não me negariam o meu maior desejo, um que complementaria a vida deles também. Não se eles pensassem..." Ela enrugou o nariz fazendo uma careta e hesitando.

"Que sua vida está em perigo?" Ante a quase imperceptível concordância dela, ele ficou em pé. "Bom Deus, mulher, como pode fazer isso com seus filhos?"

"Fiz isso *por* meus filhos. Sente-se. Está fazendo um escândalo." Ela puxou a manga de Eric e ele obedeceu.

"Está enganada."

Raina ignorou a agulhada da culpa. Tudo bem, fora mais que uma agulhada, mas, se o plano desse certo, ninguém seria ferido e todos se beneficiariam. "Você não pode contar para eles."

"Esses meninos a amam. Dê-me uma razão para que eu não conte."

"Seu juramento a Hipócrates." Ela cruzou os braços sobre o peito. "Quer que eu repita para você? Porque eu posso, você sabe. Palavra por palavra."

"Eu não duvido", disse ele entre dentes.

"Quinto século a.C. *Juro por Apolo, o Médico...*"

"Você ganhou, Raina, mas não gosto disso."

"Eu sei que não." Em geral, Raina gostava de competir com ele, e, quando decorara o juramento, a intenção era impressioná-lo, mas a vitória não fora nada doce. "Os meninos não sabem o que estão perdendo na vida. O que há de errado em querer mostrar para eles? Você tem duas lindas netas, as duas morando em Saratoga Springs, que não fica a mais de vinte minutos daqui. Aposto que não pode imaginar a vida sem elas. Tenho certeza de que estaria infeliz se suas filhas ainda não tivessem se estabelecido."

"Não saberia dizer, já que ambas estão casadas e têm filhos. Mas não creio que as enganasse. Discordo dos seus métodos, não dos seus sentimentos. E há algo mais."

O polegar dele começou a deslizar vagarosamente no topo da mão dela e só então Raina percebeu que ele não a largara. Ela engoliu em seco. "O que há?"

"Você tem estado sozinha por muito tempo. Pesquisas indicam que viúvas, mulheres com maridos que trabalham demais e as que não se interessam pelos seus tendem a interferir mais na vida dos filhos."

Havia muitas coisas na vida que Raina detestava. Uma delas era ser tratada com paternalismo. "Eu tenho outros interesses. Corro toda manhã ao ar livre ou na esteira no porão."

Ele ergueu uma sobrancelha. "Você ainda corre mesmo com o *coração fraco*?"

Ela deu de ombros. "Quando tenho certeza de que não serei descoberta, e não tem sido fácil, acredite. Aqueles meninos têm a mente ardilosa e os três juntos parecem estar em todos os lugares ao mesmo tempo. O porão é meu único refúgio, mas isso não interessa. Também faço trabalho voluntário no hospital", disse ela, tentando convencê-lo de que tinha interesses externos saudáveis.

Ele franziu a testa. "Na ala das *crianças*. É um belo presente que você dá àquelas crianças, mas, no que tange a você, trata-se apenas de um prolongamento da mesma obsessão. Intrometer-se na vida de seus filhos não é saudável."

Ela endireitou os ombros, mas o coração batia penosamente no peito e tinha um nó na garganta. "Não sou obsessiva e não me intrometo. Estou exagerando a verdade para que meus filhos alarguem os horizontes. É só isso."

"Digamos que neste assunto não concordamos. Porém, no que se refere a você, está na hora de eu falar, e não apenas como seu médico."

Raina não sabia por que, mas a sua carga de adrenalina aumentou de uma maneira que não sentia há anos. O estômago agitou-se.

"Existem outros estudos que posso mencionar, mas você sabe que uma ligação emocional e física com outro ser humano é uma parte essencial da vida?"

"Tenho ligações", disse ela. "Com meus filhos, meus amigos, você... com todos na cidade."

"Não estou falando de amizades, Raina."

Ela encontrou seu olhar e pela primeira vez se surpreendeu olhando para ele. Realmente olhando para ele, não apenas como seu amigo, mas como homem. Um homem atraente, atencioso e desejável.

Ele envelhecera bem, o cabelo grisalho o fazia distinto, e não velho. A pele se bronzeara e curtira de uma maneira rude e simpática que desafiava o envelhecimento e as rugas. O corpo conservara, se não a firmeza da juventude, pelo menos a aparência externa de um homem viril.

Imaginou o que ele via quando a olhava e se admirou ao perceber que se importava. Esta conversa fora pessoal, com conotações sensuais que nunca antes ouvira de Eric. Ponderou se estaria enganada. Estava velha demais para pensar que os homens olhassem para ela com qualquer interesse real. Não mais. Não desde John.

Mas não acabara de avaliar Eric, ousadia até pensar, de maneira íntima? Perturbada, ela fechou as mãos e ele finalmente a soltou.

"Tenho pacientes para atender às duas. É hora de comermos."

Raina concordou com gratidão e remexeu na cesta de piquenique que pegara no Norman.

"Então me diga, que outras artimanhas você têm em andamento?", disse Eric, começando a comer.

"Ouviu sobre a noite de *bridge*, não?" Uma noite por mês, Raina insistia com as amigas que fizessem compras no Sótão da Charlotte em vez de jogar baralho. Noite de folga para as senhoras, dizia.

Ele riu. "Naturalmente que ouvi. Você se encarregou de ajudar Charlotte a ter sucesso." Ele fez um gesto por cima do gramado, em direção ao Sótão da Charlotte, que ficava do outro lado da rua.

Raina deu de ombros. "Por que não? Sempre gostei da moça."

"Fazendo-se de mãe novamente", disse Eric entre as mordidas. Raina franziu a testa e teria dito mais, mas ele amaciou as palavras com um sorriso de admiração. "Venha comigo ao baile do Dia de São Patrício na noite de sexta."

Ele nunca a convidara para sair antes. Nunca se oferecera para acompanhá-la a lugar algum a não ser que estivessem em grupo. Pajear a viúva, dizia ela, e ninguém nunca discordava. A mulher de Eric falecera há três anos e ele mergulhara no trabalho; portanto, o convite a surpreendeu.

"Gostaria de ir, mas os meninos estão aqui, e..."

"Poderiam pensar que você está saudável, Deus nos livre."

O calor chegou às faces dela. "Algo assim."

"Então, terei que receitar uma saída noturna."

Os olhos dele brilharam e ela admitiu estar tentada. Não apenas pelo convite, mas por ele. "Quem está pajeando quem, desta vez?" Era preciso elucidar. Sairia com ele como em um encontro ou ele estava apenas distraindo uma velha amiga?

Ele a olhou com firmeza. "Ninguém está pajeando ninguém. Vamos sair juntos."

"Gostaria muito." A instabilidade do estômago voltou; desta vez, Raina não apenas reconheceu a sensação de paixão, mas recebeu o sentimento de braços abertos.

Três dias se haviam passado desde a visita de Roman à loja e Charlotte não conseguia tirá-lo da cabeça. Dos sonhos ela nem tentava. Mas, durante o dia, quando os sininhos da porta soavam, o estômago travava ante a possibilidade de ser ele e, quando o telefone tocava, o pulso descompassava na expectativa de ouvir a voz profunda dele do outro lado.

"Uma lástima", resmungou. Devia parar de pensar em Roman.

Ela estacionou junto ao meio-fio em frente da casa da mãe. Visitar Annie era um ritual semanal. Quando Charlotte voltou para a cidade, já ficara sozinha por muito tempo para morar com a mãe e, além disso, não queria cair na depressão e frustração que viriam se morasse com Annie e suas esperanças e sonhos irracionais.

Mas não permitiria que a mãe a deprimisse hoje, pois estava resolvida a manter o humor tão luminoso quanto o dia. O sol brilhava no céu azul e limpo e a primavera estava no ar. Ela continuaria leve se não pensasse que deveria estar de noite no baile da cidade, sentindo o cheiro de carne-de-sol e ouvindo os boatos da cidade em vez de estar junto com Roman Chandler. Uma moça devia fazer escolhas corretas e Charlotte fizera a dela.

Charlotte tocou a campainha mais uma vez, não queria usar sua chave e assustar a mãe ou mesmo levá-la a pensar que Russell retornara. Annie nunca trocara as fechaduras e nunca trocaria. Vivia em um limbo eterno.

Finalmente, a porta de velha casa se escancarou e a mãe ali estava, de penhoar. "Charlotte!"

A casa estava abafada, como se as janelas não tivessem sido abertas para aproveitar o clima de primavera antecipado, e a mãe demonstrava planejar passar o único dia em que não trabalhava dentro de casa. Novamente.

"Não devia estar na loja?", perguntou Annie.

Charlotte olhou para o relógio. "Deveria, mas Beth pode abri-la para mim. Na verdade, Beth pode cuidar de tudo até mais tarde." Uma inspiração pegou Charlotte. Ela queria um dia de folga e agora tinha uma idéia perfeita para ambas. "Vista-se", disse para a mãe. "Teremos uma manhã de mãe e filha." Enquanto falava, ela conduzia a mãe escada acima e para dentro do quarto. "Aposto que Lu Anne pode nos arranjar uma hora para fazer o cabelo e as unhas. Compraremos roupas para o baile de São Patrício hoje à noite e então iremos almoçar no Norman. Convite meu."

A mãe olhou o quarto escuro. "Bem, eu não planejava ir ao baile e, quanto a sair de casa hoje...", ela foi diminuindo o volume.

"Não quero desculpas." Charlotte escancarou as venezianas, permitindo que a luz entrasse. "Vamos nos divertir e aproveitar." Cruzou os braços sobre o peito. "E não vou aceitar um não; portanto, se vista."

Enquanto Charlotte imaginava o que teria feito se Roman invadisse suas fortalezas desta maneira, para sua surpresa a mãe piscou e obedeceu sem argumentar. Meia hora mais tarde, estavam sentadas no Salão Cachos da Lu Anne, que pertencia a outra dupla de mãe e filha. Lu Anne cuidava dos penteados e cortes das senhoras de cabelos azulados, enquanto a filha, Pam, cuidava das adolescentes da linha *funk* e das mulheres mais jovens ligadas na moda.

Depois de Lu Anne, foram almoçar no Norman e então às compras. Charlotte não se lembrava de quando fora a última vez que tirara a mãe de casa e estava feliz por desta vez ter conseguido.

Escolheu alguns vestidos para a mãe no mostrador e, após Annie experimentá-los de má vontade, decidiram-se por um. "Fica ótimo em você. Com o corte novo do cabelo e a maquiagem, este vestido ressaltará o verde dos seus olhos."

"Não vejo por que esta noite é tão importante para você."

"Além de ser o evento anual para arrecadar fundos para a Pequena Liga? Porque sair de casa é importante. Você pode até encontrar Dennis Sterling. Eu sei que ele tem interesse em você, mamãe. Ele fica na biblioteca muito mais do que um veterinário precisa."

Annie deu de ombros. "Não saio com outros homens. Sou casada, Charlotte."

Charlotte engoliu um ar frustrado. "Mamãe, não pensa que está na hora de seguir em frente? Nem que seja só um pouco? E, mesmo que não concorde, que mal faria fazer um teste? Pode ser que goste." E, quando Russell se dignasse a aparecer, o que sempre ocorria, faria bem ao homem ver que sua mulher não estava mais sentada esperando que ele fizesse sua entrada triunfal.

"Ele me ama. Ele ama você também. Se lhe desse uma chance..."

"Uma chance para quê? Vir para casa dizer oi em um fôlego e adeus no seguinte?"

Annie colocou o vestido perto de si, como se as camadas de tecido pudessem protegê-la das palavras da filha. Charlotte fez uma careta. Não precisava ver a mãe se encolher para saber que fora muito dura. Assim que soltou as palavras, se arrependeu do comentário e tom agressivos. Colocou a mão no braço da mãe para confortá-la, sem saber o que mais dizer.

Annie quebrou o silêncio primeiro. "As pessoas têm maneiras diferentes de demonstrar amor, Charlotte."

O pai demonstrava sua falta de amor a cada vez que partia. "Mamãe, não quero magoá-la e muito menos discutir." Quantas vezes tivera uma versão desta mesma conversa com a mãe? Perdera a conta.

Toda vez que pensava haver chegado perto da reviravolta, o pai errante chegava à cidade mais uma vez. Era como se tivesse um radar, pensou Charlotte. Era claro que não queria Annie, mas também não queria que ela o esquecesse. O resultado era que a mãe vivia no limbo. Por escolha própria, lembrou-se Charlotte. Eis por que as suas decisões deveriam ser claramente opostas às da mãe.

Annie colocou o vestido em frente, contente com tudo menos com as palavras da filha, o que deu a Charlotte uma chance de inspecionar a mãe novamente. O novo corte e cor cobriam o cinza e a maquiagem iluminava-lhe as feições. Aparentava ter perdido uns dez anos.

"Por que está me olhando desse jeito?"

"Você está... linda." Um adjetivo que Charlotte raramente usava para descrever a mãe, pois Annie nunca se dedicava à aparência.

Mas, olhando-a agora, Charlotte lembrou-se do retrato de casamento na penteadeira da mãe. Russell e Annie não tiveram um casamento luxuoso, mas a mãe vestia o tradicional traje branco e apresentava um brilho de juventude e amor. Ela não fora apenas bonita, fora encantadora. Pelo brilho nas faces e a luz nos olhos, fora extremamente feliz também. Poderia ser feliz novamente, pensou Charlotte, se optasse por isso, o que fazia a situação muito mais frustrante.

Charlotte culpava a mãe pela sua recusa em aceitar ajuda tanto quanto culpava o pai pelos desaparecimentos. Mas Annie era a mais fraca dos dois e Charlotte a amava. Tocou o cabelo de Annie. "Você está realmente bonita, mamãe."

Annie dispensou o elogio com a mão, mas, para surpresa de Charlotte, esticou o braço e tocou a face da filha. "Você é bonita também, Charlotte. Por dentro e por fora."

Era raro que Annie saísse de sua casca e observasse o mundo ao redor. O elogio era um ato incomum nela. Um nó subiu à garganta de Charlotte, que se encontrou temporariamente sem palavras. "Pareço-me com você", disse, ao se recuperar.

Annie apenas sorriu e alisou as pregas macias do vestido com evidente nostalgia. A mãe estava vacilante.

"Venha ao baile, mãe."

"Faço um trato. Eu vou ao baile se você parar de discutir sobre seu pai."

Charlotte sabia quando agarrar a chance. Uma noite fora era um progresso. Quem se interessava por quais fossem as razões de Annie? "Combinado." Ergueu as mãos em obediência. "Que tal pagar por estas coisas e ir até a minha loja? Pegaremos umas *lingeries* e encerraremos este dia de folga das senhoras e então a levo para casa."

À palavra casa, os olhos da mãe se iluminaram e Charlotte fez uma anotação mental para fazer uma visita ao dr. Fallon. Havia algo mais nessa necessidade de Annie pelo lar e talvez o dr. Fallon pudesse conversar com sua mãe.

Quando entraram no Sótão, Charlotte estava decidida a oferecer à mãe mais meia hora de diversão *fora* de casa. Pela expressão no rosto de Beth, quando Charlotte pediu que pegasse as mais exíguas e diferentes peças, percebeu que a assistente estava mais do que feliz em colaborar.

Charlotte pendurou a placa VOLTO LOGO na porta da frente e virou-se para a mãe e a amiga. "Desfile de modas? Venha, mãe. Pode escolher o que quiser. Libere seu eu interior para combinar com o exterior. Que tal?"

"Estou muito velha para desfilar de calcinha e sutiã." Porém, Annie riu e o som confortou Charlotte. "Mas assistirei a vocês duas."

"Promete levar para casa pelo menos um conjunto?"

A mãe concordou.

A tarde seguiu como uma festa do pijama, com Charlotte e Beth desfilando os conjuntos mais sedutores. Até mesmo Annie parecia gostar, não apenas do *show*, mas também da idéia de se tratar bem uma vez.

O progresso se apresentou de várias maneiras, mas Charlotte acreditava que hoje havia ajudado. "O último conjunto." Cantou para a mãe e Beth, que esperavam na área particular de desfiles, logo fora dos provadores.

“Certo. Estou vestida e sua mãe ainda espera na cadeira apreciando o espetáculo, certo, Annie?”, perguntou Beth.

“Certo. Vocês, meninas, me fazem invejar sua juventude.”

Juventude que ela desperdiçara com um homem que não a merecia, pensou Charlotte, mas sabia que não devia falar isso alto e arruinar o que fora um dia perfeito. Em vez disso, vestiu uma calcinha que guardara para o final, uma de sua linha de crochê feito à mão. Nunca contara para a mãe que estava usando a habilidade para o trabalho, nunca esperou que Annie saísse de sua concha o tempo suficiente para se importar. Mas hoje Annie saíra.

Ouviu-se uma batida forte na porta da loja. “Eu atendo”, cantou Beth. “Estamos fechados o tempo suficiente para deixar o povo da cidade curioso.”

“Quem quer que seja, livre-se dele por mais alguns minutos, está bem?” Charlotte não se importava tanto com os negócios quanto com o tempo de intimidade que partilhava com a mãe. Esta parte do dia delas poderia aproximá-las ainda mais.

“Combinado.”

Charlotte ouviu as duas mulheres se dirigirem para a frente da loja para ver quem batia. Enquanto isto, atou o sutiã do conjunto, uma nova peça de sua linha. Estas roupas não pretendiam servir para nada mais do que os jogos de sedução mais íntimos.

Olhou-se no espelho. Ela não avaliara o efeito excitante de usar estas peças. Os bicos dos seios se franziram, penetrando o material leve, enquanto uma sensação de vazio se estabeleceu na boca do estômago.

Uma vez excitada, seus pensamentos correram para Roman. Passou as mãos sobre os quadris e virou-se de lado, espiando o perfil, as longas pernas e a barriga reta. Deveria admitir, ela preenchia bem o sutiã. Se tivesse a mesma ousadia que tentava despertar nas clientes, ela... o quê? Charlotte perguntou-se e forçou a mente a dar fim na resposta.

Ela iria atrás de Roman Chandler, se entregaria ao sentimento que tinha desde o ginásio. O que começara como uma paixonite infantil tinha se transformado em uma atração adulta e desejo. Como seria ele agora? Que tipo de homem se tornara? Tinha a dedicação dele à mãe para começar o traçado, mas outras profundezas despertavam sua curiosidade.

A única maneira de matar esta curiosidade era se render aos sentimentos. Aceitar o que quer que ele oferecesse, pelo tempo que o fizesse e então ter coragem de seguir a vida quando ele tivesse partido. Ao contrário da mãe, que nunca se esforçara para ir em frente, Charlotte satisfaria sua mais profunda paixão e então seguiria.

Mas, enquanto Roman estivesse aqui, pensou, continuando com a fantasia, enquanto fosse seu, ela desfrutaria de tudo. Desfilaria suas criações feitas à mão na frente dele e observaria seus olhos dilatando-se com desejo. Como se estivesse representando a realidade, seu corpo tremeu em reação aos pensamentos quentes. Focando no aqui e agora, Charlotte se indagou se teria a ousadia de agir como na fantasia. Teria justificativa para essa necessidade. Após dez anos, estava claro que não tiraria Roman da cabeça fingindo que ele não existia ou que ela não era atraída por ele.

Não o esqueceria ignorando os sentimentos. Por que não tentar esquecê-lo vivendo-os? Não estava condenada a repetir os erros da mãe se aprendesse com eles.

O coração se acelerou quando ela cultivou a idéia de permitir-se isso. Em Roman, com Roman.

"Estamos prontas." A voz de Beth da frente da loja e o bater dos sinos trouxeram Charlotte de volta à realidade. Infelizmente, a excitação não passava tão depressa.

Charlotte sacudiu a cabeça. Hora de se concentrar em suas razões para colocar estas roupas. Mostrar seu talento com o crochê para a mãe e talvez convencer Annie a usar estas peças para se livrar de sua prisão particular. Ambas, mãe e filha, tinham grandes passos a tomar na vida, pensou Charlotte.

Passos, por certo de Beth, voltando à sala.

"Prontas ou não, estou chegando", cantou Charlotte e saiu do quartinho para a área aberta com as cadeiras modelo Queen Anne. Mas, em vez de sua mãe e Beth, ela tinha uma audiência unitária.

Um incrivelmente sensual e viril homem chamado Roman Chandler.

Roman olhou o corpo praticamente nu de Charlotte em estado de choque. O conjunto mais sensual de sutiã e calcinha em que já pusera os olhos abraçava aquelas curvas da mulher mais esplendorosa que jamais vira. A mesma que desejara, pelo que intuía, desde sempre.

Impossível estar preparado para a visão. Finalmente se decidira a manter a distância e agora isso.

"Roman?" Os olhos dela se arregalaram e, para alívio dele, ela começou a buscar a proteção das portas basculantes. Infelizmente, ela parou.

Esperando? Ponderando? Ele tinha uma visão perfeita de suas costas alvas e esguias, cintura afunilada e provocantes sugestões da pele de seu deleitável traseiro.

Então ela se virou, vagarosamente, colocando a mão sobre a porta de ripas. Os seios brancos, cheios e exuberantes empurravam o tecido preto e tricotado, chamando-o. Implorando que ele esquecesse sua recente jura de manter-se longe.

Ela o encarou sem correr para se vestir. Roman não sabia que ela tinha tanta coragem. Outra faceta que descobria. Mas atrevimento não era tudo que havia nesta mulher incrível. O tremor e sua respiração irregular informavam que ela estava longe de estar tranqüila. Por certo não era a maior das cortesãs, pensou. Graças a Deus. Seu lado tímido e inocente o manteria objetivo e contido. Algo precisava contê-lo, pois seu corpo brigava contra ele.

"Onde estão minha mãe e Beth?", ela perguntou.

Aqueles estonteantes olhos verdes encontraram os dele e uma mecha de cabelo preto despenteado caiu sobre um dos ombros despidos, fazendo-o imaginar qual a sensação deste cordão de seda em sua pele nua.

"Beth pediu para dizer que está levando Annie para casa e que voltará mais tarde. Bem mais tarde." Por certo, Beth, a que logo se casaria, pressentira a oportunidade de agir como cupido e a agarrou.

"Uma armação", murmurou Charlotte, pensando o mesmo que Roman. "E você está aqui porque..."

"Você tem algo de que eu preciso." Praguejou em silêncio. Não pretendia soar tão sugestivo.

Ela respirou fundo. Buscando coragem? Roman não sabia, mas ele também precisava de uma dose de ar, pois ela veio para a frente até ficar bem perto. Tão perto que ele sentia seu aroma fresco e primaveril e queria mais.

"Então, o que posso lhe oferecer?", perguntou ela.

"Rick disse que ligou e pediu que você deixasse uma lista com os nomes das clientes em um envelope para ele." Algo a ver com o roubo das calcinhas, apesar de Roman não ter perguntado exatamente o quê.

Ela acenou com a cabeça. Porém, não fez um movimento para pegar o envelope que Rick mandara Roman vir buscar, nem mostrou intenção de se vestir. Não sabia o que levara Charlotte a esta mudança de intenções desde a última vez que a vira, mas, sem dúvida, ela se aproximava e o encurralava. Aparentemente tinha um programa próprio, mas ele não tinha idéia de qual fosse.

Roman suspirou bruscamente. A mesa virara. O predador virara caça e não lhe escapou a ironia.

"Onde estão suas roupas?", ele perguntou.

"Você se importa?"

O desejo ardeu dentro dele, poderoso e avassalador. Toda sua concentração foi para manter os olhos presos ao rosto dela e não ao delicioso corpo. "O que há, Charlotte?" Droga. O nome dela soava como uma carícia e um calor forte correu pelas veias dele.

Ela ergueu um ombro delicado. "Por que subitamente quer lutar contra o que você disse que queria? Aquilo que me desafiou a oferecer?"

Ela evitara a pergunta dele, fazendo a sua própria, com a voz hesitante, apesar da pose ousada. Mas ele não poderia responder sem trair os irmãos, o jogo cara ou coroa ou os seus planos. Ele mal podia se lembrar disso tudo.

Recusava-se a revelar tudo para Charlotte. "Você me dispensou sem apelação. O que mudou?"

Ela estava quase despida e oferecia o que ele mais desejava. Mas devia lutar ou arriscar-se a prejudicar o trabalho que ele amava e o futuro que queria.

"Não pensei que você ligasse para como e por quê."

Ela tocou o colarinho de sarja da camisa dele e correu um dedo trêmulo até uma das pontas.

Ele, literalmente, começou a suar. "Tenho moral e padrões de comportamento, você sabe."

"Você também anuncia suas intenções. De que não ficará por aqui. Admiro sua honestidade."

"Sempre serei honesto com você, Charlotte."

"Bem, concluí que assim está bom para mim." Um sorriso hesitante rasgou seus lábios. "Você quer confirmar a atração? Eu também." Ela engoliu em seco. "Eu... eu desejo você, Roman."

"Maldição", ele resmungou. Que tipo de homem poderia resistir a tal declaração? A mão dele foi para a nuca dela, seus dedos penteando-lhe o cabelo e ele colou a boca com força na dela.

Este primeiro beijo começou gentilmente, satisfazendo a necessidade de exploração, mas rapidamente estava fora de controle, graças à fome represada há muitos anos. Uma necessidade urgente de recuperar o tempo perdido o consumiu. Quente e faminto, ele correu a língua sobre o encontro dos lábios dela. Úmida e molhada por dentro, doce e pura, ela tinha um gosto perfeito.

Um gemido gutural escapou dos lábios dela. Charlotte não tinha certeza de quem se movera primeiro, mas ela foi para trás e ele a acompanhou, sem deixar a sua boca. Deram na parede. Enquanto estavam no pequeno e escondido provador, as portas de balanço se fecharam, prendendo-os lá dentro. As mãos dele viajaram do pescoço para a cintura, colocando-os em um contato mais íntimo. A virilidade dele se aninhou no V das pernas dela e a ereção aumentou, inchando na medida em que ele encontrava uma acolhida quente.

O calor úmido e feminino o envolvia através da sarja das calças. "Meu Deus", ele murmurou, com o corpo a ponto de explodir. A barreira das roupas era restritiva e uma doce, porém dolorida sensação, rogava por satisfação. Ele mexia de um lado para o outro, procurando o acesso mais profundo possível.

Como que lendo sua mente, ela afastou as pernas e ele suspirou bruscamente. Estavam com as faces coladas, as mãos dela agarrando os ombros dele e as pontas dos dedos se enterravam na pele por sob a camisa. A respiração dela vinha curta e descompassada.

Ela o envolvia. Seu corpo acolhia o dele e quando ele respirava se envolvia na essência dela. O aroma de Charlotte o satisfazia de uma maneira além de simples necessidade sexual, e foi isso que trouxe a realidade de volta. "O que estamos fazendo?", ele conseguiu perguntar.

Ela riu instável, a respiração quente na pele dele. "Eu não sei como você chama isso, mas estou tentando afastar você de minha mente."

Como se isso fosse possível, ele pensou. Dez anos depois, e esta era ainda a única mulher que combinava suas emoções com os hormônios. Ela tinha a habilidade de fazê-lo mandar suas decisões para o inferno.

Com a cabeça apoiada na parede, ela o estudava com olhos vidrados. "Você deve admitir, a idéia tem méritos."

Ele deu um passo para trás e correu a mão trêmula pelo cabelo. A idéia tinha méritos, se ele tivesse tempo para gastar até que se cansasse dela. Presumindo que se cansasse um dia. Roman tinha dúvidas.

Ele também tinha seu plano. Um destino que não planejara, mas deveria cumprir, graças à moeda e à forte obrigação familiar. No momento, ele não tinha uma pista de como alcançar esse objetivo, mas esta mulher era um perigo. Ela não queria um compromisso de longa duração com um homem que não planejava ficar em Yorkshire Falls. Apenas isso já a colocava fora dos limites.

Mas Roman temia também que ela tivesse a capacidade de atraí-lo de volta para ela, para esta cidade e fazê-lo esquecer os sonhos e objetivos de vida que sempre tivera.

Quanto mais se deleitava, mais profundamente ela o absorvia. "Tirá-la da minha mente é uma grande idéia. Não tenho idéia de como fazer isso, mas..." Ele afastou seu corpo completamente excitado do corpo quase despido dela. "Não é o melhor jeito de fazer isso."

Antes que mudasse de idéia, ele se virou e atravessou as portas oscilantes. As dobradiças gemeram à sua passagem. Não se permitiu olhar para trás.

Somente quando estava seguro na rua percebeu que esquecera a lista de suspeitos de Rick. De maneira alguma voltaria ao fogo agora.

Capítulo 5

As ruas de Yorkshire Falls estavam vazias, visto que a maioria dos habitantes da cidade havia se reunido no pátio municipal. Após respirar um pouco de ar fresco, Charlotte entrou e se dirigiu para seu posto de trabalho, o de vigilante da terrina de ponche. Em um dia comum, nenhum adulto seria apanhado servindo-se daquele líquido verde, mas, no Baile Anual do Dia de São Patrício, todos se fartavam daquele suco artificial colorido.

Ponderou que seria melhor concentrar-se na terrina de ponche do que em Roman. Só de lembrar o encontro casual e sensual deste dia tinha arrepios.

Reunira cada grama de coragem que possuía para encará-lo e encenar sua fantasia. Para abordá-lo. Para aceitar e ceder a seu beijo, apesar de saber que ele poderia feri-la muito. E ele fizera isso. O homem esfolara profundamente o seu ego e ela não esqueceria tão depressa. Agora sabia como Roman se sentira todos esses anos. O troco tem um sabor magnífico, concluiu ela.

Mesmo assim, não podia negar que continuava atraída por ele. Permitiu que seu olhar vagasse pelo salão lotado. Ele estava tremendamente sedutor vestido com *jeans* pretos e um pulôver branco. Destacava-se dos outros não apenas por desafiar o costume e não usar verde. Os olhos de Charlotte eram arrastados de volta para ele, de novo e de novo. Aparentemente, o problema não era recíproco, porque ele não olhou na direção dela nem uma só vez.

Ao contrário, ele deslizava de uma moça solteira para outra, plantando seu charme, sorriso fácil e magnetismo sexual. Irritava Charlotte ver que ele tinha uma audiência muito receptiva. Ela era apenas uma entre muitas. Isso doía.

De volta ao seu posto, notou que tinha companhia. Raina Chandler estava sentada atrás da longa mesa que fazia as vezes de balcão. "Oi, Raina."

A mulher mais velha a brindou com um enorme sorriso de boas-vindas.

"Deixe-me vê-la." Charlotte deu um passo atrás e examinou a aparência da mulher. Ela estava esbelta como sempre e o brilho da maquiagem lhe iluminava as faces. Olhando para Raina, Charlotte não diria que ela estivera no hospital. "Você está ótima!"

"Obrigada. Estou tentando não permitir que minha saúde me abata." O olhar de Raina correu para o lado e voltou.

"Bem, não a vi a semana toda. Espero que isso queira dizer que está se cuidando. Um passeio ao hospital já é muito."

Raina concordou. "Estou aprendendo a ser mais cautelosa", reconheceu. "Agora, voltemos a você. Vim para substituí-la. Vá se divertir com os outros."

"Ah, não", Charlotte sacudiu a cabeça. "Não vou permitir que fique em pé e assuma esta função. Você deve se poupar."

Raina abanou a mão no ar, dispensando a possibilidade. "Não sou seu substituto."

Charlotte olhou ao redor, mas não viu ninguém com ela. "Quem é? Espero que não seja minha mãe."

"A última vez que vi sua mãe, ela estava muito bem. Até mesmo fazendo uma social."

"Dennis Sterling?" Charlotte perguntou, incapaz de esconder sua esperança.

"Infelizmente, Dennis irá se atrasar."

"Que pena!" Por ser o único veterinário da cidade, qualquer emergência animal caía no colo de Dennis.

Raina acarinhou a mão dela. "Não se preocupe. Se o homem tiver interesse, ao ver sua mãe esta noite, ele insistirá."

"Ela não está linda? Eu mesma escolhi o vestido."

"Seu gosto é impecável. Você também está linda."

"Obrigada." Sabendo que escolhera a roupa pensando no filho mais novo de Raina, Charlotte sentiu um calor subir-lhe às faces. Especialmente porque decidira ir com algo ousado, uma roupa que comprara nos seus dias de Nova York.

Talvez Roman tivesse resistido a Charlotte o suficiente para fugir, mas não antes que a moça pudesse sentir a reação de seu corpo ao dela. O homem não era imune. Esta noite ela precisava de um carinho no ego, de ter os olhos dele focados nela. Infelizmente, o olhar azul não mostrava nenhum interesse nela.

"Estou sabendo que você e meu caçula se encontraram", disse Raina, aparentando ler os pensamentos mais íntimos de Charlotte.

O rubor se transformou em um calor abrasador em suas faces. Quem poderia tê-la visto com Roman?, perguntou-se, enquanto os detalhes eróticos dos acontecimentos deste dia eram repassados em sua mente. "Eu... quer dizer... nós..."

"Encontraram-se novamente no Norman's, há algumas noites atrás. O Rick me contou." Raina ignorou o suspiro de alívio de Charlotte e simplesmente acarinhou-lhe a mão mais uma vez. "Nunca se sabe o que pode acontecer depois de anos de distanciamento. Estou aqui para lhe dar a oportunidade de pôr esta roupa tão *sexy* em ação.

Sam irá vigiar o ponche, não vai?" Raina esticou-se para trás e puxou o grande solitário da cidade para o campo de visão.

"Alô, Sam." Estava surpresa de que ele houvesse se aventurado em uma reunião tão cheia de gente, mas talvez a comida e a bebida grátis pudessem explicar.

"Eu queria lhe perguntar como vocês dois se conheceram", disse Raina.

"Ela é apenas uma iludida com este homem velho", ele resmungou. Charlotte concordou. Ela sempre gostara dele.

"O Sam por vezes faz uns serviços para mim." Postava correspondência e fazia outras coisas em troca de um dinheiro que lhe permitisse comprar comida, ela pensou, mas não disse alto.

Ele era um homem orgulhoso que poucos na cidade faziam questão de conhecer e compreender, mas, desde menina, ela se lembrava de ver a mãe sendo simpática com ele. Charlotte se entristecera, na sua volta a Yorkshire Falls, ao ver que a vida solitária de Sam continuava a mesma e havia se esforçado para ajudá-lo sem oferecer caridade diretamente.

"Bem, agora ele vai vigiar o ponche", disse Raina.

"Deixando-a livre para dançar comigo." Rick Chandler estava no lado oposto da mesa, bloqueando-a na frente da mãe dele com uma piscada.

A última coisa que Charlotte precisava era estar a sós com outro Chandler. "Bem, já que estou liberada, vou tomar um ar."

"Você não acabou de tomar ar?", perguntou Raina, pegando-a na mentira.

Rick encontrou o olhar dela. "Preciso que você melhore minha reputação por aqui. As mulheres estão me dispensando a torto e a direito." Ele a fitou com determinação, fazendo-a entender que desejava conversar sem dar na vista ou ser importunado. Coisa de polícia, provavelmente. Devia-lhe a lista de clientes que haviam comprado ou encomendado as calcinhas feitas à mão em sua loja.

Precisava colaborar com o melhor policial de Yorkshire Falls, pensou Charlotte. "Acho que uma dança me fará mais bem do que o ar fresco."

Rick afastou a mesa e abriu uma passagem por onde ela se esgueirou.

"Isso quer dizer que posso voltar...", a voz de Raina sumiu enquanto colocava a mão trêmula sobre o coração.

"Mamãe?", Rick indagou.

"Estou bem, talvez não tenha sido uma boa idéia sair esta noite. Palpitações." Ela olhou para a parede. "Vou pedir para o Eric ficar comigo até que possa me levar para casa. Ele é meu..."

"Namorado", completou Rick, passando o braço na cintura da mãe. Mandou um olhar preocupado para Charlotte, mas colocou um sorriso no rosto, obviamente fingindo despreocupação com a mãe. "Pode dizer, você está aqui com seu namorado."

"Estou aqui com o meu médico."

"Que de repente dá atenção a uma só paciente?" Rick sorriu malicioso para a mãe, então fez um gesto para o outro lado do salão, chamando o médico.

"Como você disse, sou paciente dele."

Mas Charlotte reparou que Raina não fitava os olhos do filho.

"Quem é a mulher de sorte esta noite?", perguntou Raina, mudando de assunto.

"Já lhe disse que elas não querem nada comigo." Piscou para Charlotte.

"O que aconteceu com Donna Sinclair?", indagou a mãe.

"Só queria meu corpo."

Raina rodou os olhos e Charlotte não pôde deixar de rir com esta encenação, apesar de também estar preocupada com a saúde de Raina.

"Erin Rollins?"

"Notícia do mês passado, mamãe."

"Então talvez você devesse consolar Beth Hansen."

À menção do nome de Beth, Charlotte olhou e ficou atenta. "Por quê? Ela não está com o David?" Charlotte não esperava encontrar Beth e o noivo aqui, visto que não se encontravam há duas semanas.

"Não vi Beth, mas ouvir falar que o noivo não veio e concluí que ela precisa de um ombro amigo", disse Raina. "Mas pode ser apenas diz-que-diz."

Charlotte suspirou. "Na volta para casa passo por lá e converso com ela."

Raina aquiesceu. "Um de vocês deveria fazer isso. Agora, Rick, como Charlotte assumiu a tarefa, que tal tirar Mary Pinto para dançar? Ela está ao lado da cadeira de rodas da mãe."

Ele sacudiu a cabeça.

"Lisa Burton?" Ela indicou a professora careta em pé perto da parede.

Ele suspirou. "Posso escolher minhas namoradas, mamãe. E agora estou aqui conversando com Charlotte. Está tentando dispensá-la?"

"Gozado. Pelo que tenho ouvido do comportamento de seu irmão quando Charlotte está por perto, entendi que era assunto dele, não seu."

Antes que Charlotte pudesse reagir, o dr. Fallon aproximou-se. Ele prometeu para Rick ficar ao lado de Raina até que ela tivesse forças para voltar, e então a levaria direto para casa. Ele conduziu Raina com a mão forte em suas costas.

Rick acompanhou-os com o olhar, divertido com o novo casal, mas claramente preocupado com a saúde da mãe. "Ela não poderia estar em mãos melhores", disse Charlotte.

"Eu sei."

"Alguém já lhe disse que os Chandler são como um furacão?", indagou ela, referindo-se aos comentários de Raina a Roman.

Rick sacudiu a cabeça. "Não ultimamente, mas, independente disso, é uma boa descrição."

"Adoro sua mãe, mas, às vezes, ela pode ser..."

"Muito direta", disse Rick.

"Um traço admirável se dirigido aos outros", comentou Charlotte rindo. "Duas vezes mais admirável quando ela faz meu negócio prosperar. É apenas que..."

"Ela embaraçou você ao falar sobre Roman."

Charlotte aquiesceu. "Antes de dançarmos, quer se assegurar de que sua mãe está bem?"

"Não. Como você disse, ela não poderia estar em melhores mãos do que as de seu próprio médico. Então me concede a honra?" Ele estendeu a mão. "Você pode sussurrar nomes no meu ouvido."

Ela riu. "E por que não?"

Ele a tomou nos braços e deslizaram para a pista em tempo para uma dança lenta. Não era o lugar mais adequado para se discutir o ladrão de calcinhas. Eles se chocavam com outros casais na pista repleta, incluindo Pearl e Eldin. A dupla "vivendo em pecado" dançava devagar em consideração às costas ruins de Eldin. Observá-los, felizes em sua idade, deveria dar a Charlotte esperança para o futuro, mas aumentava o desejo por Roman.

"Clientes, Charlotte", cochichou Rick, encostando o rosto no dela.

"Você é um policial esperto." Ela riu e sussurrou a informação necessária no ouvido dele. Finalmente ele tinha a lista dos clientes.

Mas o melhor da dança era o fato de haver produzido o que Charlotte e sua roupa não haviam conseguido. Ela finalmente chamara a atenção de Roman. Ele olhava na direção deles com a cara amarrada.

Se Roman estrangulasse o irmão, por certo arderia no inferno, mas o sacrifício valeria se fizesse Rick tirar as mãos das costas nuas de Charlotte.

Roman apertou os punhos de lado, inspecionando as calças verdes de couro e o bustiê que se enrolava como um sarongue amarrado em um nó nas costas que ela usava. Um nó preocupante que poderia se soltar à menor brisa ou em dedos bobos. Amaldiçoou-a por usar uma roupa tão chique e sugestiva. Era uma festa familiar no paço da cidade, não um encontro de solteiros em Nova York, pelo amor de Deus.

"Oi, oi, Roman." A mão feminina que acenava em frente do seu rosto era de Terrie Whitehall. Ele se esquecera de que estava em uma profunda conversa sobre a rudeza dos clientes para com os caixas de banco. "O quê?", ele perguntou, sem tirar os olhos de Charlotte e Rick. O traidor.

"Ainda não estou certa sobre o que pensar dela", disse Terrie.

"O que você pensa de quem?" Há tempos, Roman aperfeiçoara a arte de repetir sem realmente prestar atenção.

"Charlotte Bronson. Você está olhando para ela, então sobre quem mais poderia estar falando?"

Apanhado em flagrante, Roman se forçou a fitar a morena que o olhava como se ele estivesse louco. "O que tem ela?"

"Ela é mais velha do que eu, se quer saber..."

"Apenas um ano", ele a lembrou.

"Bem, ela nunca me fez nada. Mesmo assim, voltar para casa e abrir uma loja tão ousada..."

"Tive a impressão de que a maioria das mulheres, novas ou velhas, gostou da sensação cosmopolita que ela trouxe para a cidade."

"Algumas mulheres, sim."

Mas não as invejosas e reprimidas, pensou ele, observando o coque severo e pouca maquiagem de Terrie, além da blusa de babado abotoada até o pescoço. O que tinha na cabeça quando pensara nela para mãe de seu filho?

Roman sabia muito bem o que estava em sua cabeça – encontrar uma mulher que fosse o oposto de Charlotte na aparência. Uma que trabalhasse das oito às cinco em um emprego respeitável, que lhe oferecesse a conversa inteligente que procurava. Muito bem, encontrara a conversa. Um tanto dela inteligente, a maior parte fofoca e muito sem conteúdo o suficiente para manter seu interesse.

Também quisera se provar que a aparência não era tudo – e não era mesmo, desde que a mulher em questão tivesse um respeito saudável pelos outros, suas ocupações e maneira de vestir. Esta mulher desdenhava as opções de Charlotte. Tirou-a da lista de candidatas à esposa.

Esta e outra meia dúzia de mulheres com quem falara ou que o emboscaram nesta noite. Após deixar Charlotte na loja, fora para casa tomar um banho longo e frio e mentalmente se afastar da única mulher que queria, para que pudesse pegar a que não queria. Lógica de imbecil, porém, desde o começo, Roman via esse esquema de ter filho como uma total cretinice. Olhou do outro lado do salão e viu a mãe. Raina estava descansando em uma cadeira, muito entretida, conversando com Eric Fallon, o médico da família. Esperava que a mãe não houvesse se excedido ao vir a esta festa tão cedo após sua passagem pelo hospital.

Alguém devia verificar seu estado e conversar com o médico. Pediu licença para Terrie. Com essa idéia em mente, Roman dirigiu-se ao irmão e, sem dizer uma palavra para Charlotte, agarrou Rick pelos ombros. "Penso que você deveria verificar o estado da mamãe. Ela me parece algo pálida e tem ficado sentada em um só lugar toda a noite."

Rick inclinou a cabeça em direção a Roman. "Verifique você. Não vê que estou ocupado?"

"Ela não me escuta. Como não estou sempre por perto, pensa que é superproteção." O que era meia verdade. Raina, na verdade, não dava ouvidos a ninguém, incluindo os três filhos. Mas, se tirasse as mãos do irmão das costas e cintura de Charlotte, Roman consideraria a meia verdade válida.

"Cai fora", devolveu Rick.

"Penso que Roman tem certa razão."

A voz suave de Charlotte atingiu Roman no estômago, mas ele fez força para ignorar a sensação de ardor. "Se é com você que Raina se entende, é bom que se assegure de que ela está bem", disse ela para Rick.

"Ela está em companhia de seu próprio médico, pelo amor de Deus."

Um ponto para Rick, pensou Roman e cruzou o olhar de Charlotte. Se ela estava percebendo que ele queria apenas afastá-la do irmão, não dava sinal. De fato, ao olhar para ele, seus cálidos olhos estavam frios como o gelo.

Ele queria que ela ficasse brava. Em certo sentido, Roman procurava por isso, para que fosse mais fácil afastar-se dela e continuar sua missão. Mas conversar com as mulheres desta cidade o deixara vazio por dentro. Seus sentimentos por Charlotte estavam tão fortes como sempre.

Como poderia encontrar outra mulher para se casar e com quem dormir, quando a única que desejava não saía de sua cabeça?

"Rick, por favor? Se Roman está preocupado, por certo viu algo que deve ser conferido."

Como Rick não se mexesse, Charlotte falou. "Sabe o que mais? Vocês dois conversam e eu vou ver a Raina."

Antes que qualquer um deles pudesse reagir, Charlotte se soltou de Rick e deslizou para o outro lado do salão, longe dos dois irmãos Chandler.

"Você é incompetente, patético e óbvio", grunhiu Rick.

"Assim como você. Você só está interessado em diversão, portanto mantenha suas malditas mãos longe dela, que merece algo melhor."

Rick observou o irmão. "Eu gosto da companhia de mulheres. Todas as mulheres, e não há uma na cidade que não saiba disso. Não se envolvem comigo se quiserem algo mais. Eu gosto delas e elas de mim e ninguém se machuca."

"Você, em especial?"

"Eu inclusive." Rick deu de ombros, mas um lampejo de dor cruzou os olhos dele.

Roman, de imediato, quis engolir a farpa que mandara para o irmão. Ninguém merece ser usado e injuriado como fizera com seu irmão do meio. Principalmente por ele cuidar dos interesses de todos à custa dos próprios.

"Rick..."

"Esqueça." Dispensou a preocupação de Roman com seu fácil sorriso Chandler.

Roman gemeu. Sabia que se excedera. Não acreditava que Charlotte quisesse algo mais de Rick do que amizade. Mas essa crença não impedia que Roman quisesse evitar os toques muito amigáveis de Rick na pele de Charlotte.

"Alguma chance de você desfrutar a companhia de qualquer outra?", perguntou ao irmão.

"Por quê? Ela é sua?"

Como Roman não respondeu à provocação, Rick deu um passo atrás, observando-o com um olhar de policial que dizia: *Estou entendendo.* "É você que está na praça à procura de uma mulher para mantê-la à distância, irmãozinho. Se está tão preocupado por Charlotte merecer mais, me parece que deve aceitar seu próprio conselho."

"Sem gozação", resmungou Roman.

"Caia fora. Você a está magoando com suas mensagens contraditórias."

Roman conhecia Rick melhor do que ninguém e reconhecia que o irmão estava cuidando dos interesses de Charlotte e, ao mesmo tempo, conduzindo Roman para a direção correta. Rick não se importava se Charlotte caísse ou não nos braços de Roman, desde que nenhum dos dois sofresse. Era a natureza protetora do irmão em ação. A mesma natureza protetora que lhe trouxera problemas no passado.

Por mais que odiasse admitir, Roman sabia que Rick tinha razão. Roman estava passando mensagens incoerentes. Charlotte passara mais de dez anos evitando-o e agora, quando ela finalmente atendeu aos sinais diretos dele, o que ele fizera? Rejeitara-a por autopreservação, à custa dela.

Rick deu um tapa nas costas de Roman. "Agora que nos entendemos, irei ver como está a mamãe para que você relaxe." Virou-se e dirigiu-se para Raina e Charlotte, deixando Roman engasgado com suas próprias palavras, o sabor amargo delas na boca.

Após mais meia hora tentando se interessar pelas solteiras de Yorkshire Falls, Roman reconheceu que estava falhando. Tudo por culpa da mulher de olhos verdes que o enfeitiçara desde o primeiro dia. Ainda havia o irmão do meio, que rodeava Charlotte, atormentando e irritando Roman – intencionalmente, sem dúvidas. Se Rick procurava uma reação, faltava pouco para obter sucesso.

Sobretudo quando Roman se virou para a saída e viu Charlotte e Rick saírem juntos, o irmão com a mão na nuca da moça. Decidiu que cuidaria do autocontrole no dia seguinte, agora o instinto de defesa estava em alta.

Disparou para fora, no escuro da noite, sem olhar para trás.

Raina observou o filho do meio sair com Charlotte para ver Beth Hansen enquanto o caçula fugiu do paço, todos os olhos acompanhando sua partida súbita e raivosa. Seus filhos sabiam como entrar, mas precisavam treinar mais as saídas.

Ainda assim, não podia negar o súbito sentimento de alívio que tivera com a saída deles. Devia ficar quieta. Apesar de querer dançar, não podia dar chance a fofocas que chegassem até os meninos. Eles eram bem espertos e poderiam perceber seu golpe se não fosse cuidadosa. Manter acesa a chama de saúde precária era mais difícil do que imaginara quando concebera a idéia.

Sacudiu a cabeça e então olhou para o ponche. De há muito, Samson desaparecera, sendo substituído por Terrie Whitehall, abandonada por Roman. Ela suspirou. Por mais que adorasse os filhos, detestava a destruição que deixavam atrás de si. Raina se sentia protetora, em particular com Charlotte. A última coisa que queria era que Charlotte Bronson se tornasse uma vítima dos Chandler.

Uma nora já seria outra história. "Parece que existem fagulhas renovadas entre Roman e Charlotte", disse Raina para Eric, feliz pelo caçula ter demonstrado emoções em relação a Charlotte.

Não pusera fé na maneira como ele circulara de moça para moça esta noite, ignorando quem mais o interessava. Sabia também que o interesse de Rick em Charlotte era apenas platônico, almejando acender o ciúme do irmão e forçá-lo a tomar uma atitude mais rapidamente.

Raina gostou da idéia. Poderia dar certo – se Roman não matasse Rick antes. "Esses meninos serão minha morte", disse em voz alta.

Eric beliscou as cenouras que, um pouco antes, colocara em um prato plástico. "Você está novamente dando de mãe intrometida."

"Acha que o Roman foi atrás deles?"

"Acha que ele gostaria que ficássemos especulando?"

Raina deu de ombros. "O resto do salão está fazendo justamente isso. Ele não foi nada discreto em sua retirada." Bateu com a unha no assento da cadeira de metal. "Pensando bem, nem a Annie foi discreta. Pobre Charlotte. Pensa que a depressão dela é curável?"

Ele suspirou. "Acaso pensa que vou discutir meus clientes com você?"

"Cliente em potencial. Charlotte disse que quer que você cuide da mãe, presumindo que ela tenha outro mal que não seja de amor. Charlotte é um doce, uma mulher carinhosa. Seria uma esposa e mãe maravilhosa. Falando de bebês..."

"Prefiro não falar." Eric pegou outra cenoura do prato plástico que tinha no colo, mergulhou em um molho de salada de baixa caloria e enfiou na boca de Raina.

Ela teria se ofendido se o tom dele não fosse tão profundo e sedutor e seu toque tão quente. Um calor de há muito esquecido surgiu em seu interior, começando na boca do estômago e se espalhando pelo corpo todo.

Mastigou e engoliu a cenoura, dando-se tempo para aceitar e se adaptar. "Você está apenas tentando me distrair", disse ela após comer.

"Seus meninos já se foram. Não precisa mais parecer tão frágil. Como estou me saindo?" Ele mergulhou outra cenoura e ofereceu. "Quero dizer, no departamento da distração."

"Nada mal para um velho." Ela sorriu, incapaz de crer que estava flertando. Raina não se importava se o objetivo de Eric fosse distração, gostava da atenção masculina e percebeu que sentia mais falta disso do que tinha percebido.

"Quem você está chamando de velho?" Ele carimbou a ponta do nariz dela com a cenoura e rapidamente beijou a pontinha de molho que ficou para trás.

Um desejo que ela não podia confundir encheu-lhe o peito. "Por certo você não me faz sentir velha", murmurou. Nem se importou por estarem em um lugar público.

"Espero que não." Ele riu e inclinou-se mais para perto, de jeito a poder cochichar em seu ouvido. "E aposto que, com o passar do tempo, posso fazê-la sentir-se ainda mais jovem. Tão jovem que esquecerá sua busca por netos e pensará apenas em mim."

"Quero ver." Queria muito ver. Desde que ele continuasse a fazê-la sentir-se jovem, vibrante e viva, tinha permissão para experimentar tudo o que quisesse. Ela esperava que Roman pretendesse fazer o mesmo.

Com Charlotte.

Charlotte deixou o paço municipal com Rick e juntos foram ver Beth. Ela alugava um quarto em uma casa velha na periferia da cidade. O avarandado dava a volta na casa toda, as treliças, o enorme gramado na frente e a luz que brilhava na cozinha davam à casa uma aparência muito acolhedora. Era exatamente o tipo de lugar em que Charlotte sempre sonhara morar um dia, quando tivesse sua própria família. Era o sonho que nutria quando não se perdia em lugares longínquos com nomes exóticos e cenários lindos iluminados por águas translúcidas e pelos gloriosos raios do sol.

Às vezes, Charlotte pensava ter dupla personalidade, duas pessoas vivendo em seu interior ansiando por duas coisas diferentes. Ainda assim, ambos os cenários incluíam um final feliz, algo que também almejava para Beth.

Não havia sinal de felicidade na expressão de Beth, o que levava Charlotte a querer estrangular o dr. Implante. "Por que ele não pôde vir este fim de semana?"

Beth deu de ombros. "Ele *disse* que deveria dar uma conferência não programada."

Beth se virou e olhou pela janela.

"É uma nova maneira de dizer '*algo inesperado aconteceu*'?", sussurrou Charlotte para Rick.

Ele lhe lançou um olhar de aviso, ela entendeu. Mas não entendia por que o noivo de Beth não a levava para a cidade ou dava maior atenção à mulher que dizia amar.

"Talvez algo tenha aparecido de repente. Talvez ele não pudesse recusar essa oportunidade de fazer uma palestra." Rick foi até o lado de Beth e amistosamente pôs o braço ao redor dos ombros dela.

"Então por que ele não me pediu para encontrá-lo em Nova York?" Virou-se e olhou para Charlotte.

Charlotte inclinou a cabeça, pois não tinha resposta. A amiga tinha razão, mas ela não iria admiti-lo neste momento.

"Talvez não quisesse que você se entediasse", disse Rick. "E talvez..."

"Ele irá recompensá-la", acrescentou Charlotte, listando as possíveis explicações. Era claro que Rick estava procurando proteger os sentimentos magoados de Beth e estava correto. Haveria tempo suficiente para Beth encarar e aceitar a verdade – qualquer que fosse. Esta noite, ela precisava apenas de amigos.

Charlotte olhou para Rick, que estava tentando recuperar o bom humor e a auto-estima de Beth. Ela estava até sorrindo com as piadas dele. Pelo menos alguém estava ajudando. O humor de Charlotte estava muito ruim para ajudar a amiga.

Primeiro a mãe desaparecera pela porta lateral, justo quando Dennis Sterling entrou pela porta da frente; depois Beth perdera a mais importante festa da cidade porque levara o cano novamente. Charlotte não sabia o que era pior, uma mulher depender de um homem para ser feliz ou estar sem homem e infeliz.

Seu estômago travou e o coração subiu para a garganta. Charlotte sabia que se comparava a Beth e Annie, temerosa de ser parecida com elas. Ambas as mulheres estavam infelizes por um homem. Apesar de infeliz ser um termo algo forte para os sentimentos de Charlotte neste momento, ela não podia negar que as emoções que Roman lhe provocava eram muito fortes.

Ele lhe acenava sexualmente, encorajando-a e desafiando-a a agir, então a rechaçava sem razão e completava o insulto ignorando-a e cobrindo outras mulheres com seu chame. Se fosse apenas atração sexual, Charlotte saberia como lidar. Mas as reações dela por Roman iam além das físicas. Gostaria de conhecer o homem dentro daquele corpo magnífico e isso a assustava.

Maldito homem. Ela esfregou os braços nus, querendo ir para casa. Rick e Beth estava entretidos conversando.

Charlotte se esgueirou sem ser notada. A lua cheia no céu da noite guiava seu caminho e as estrelas ofereciam o pano de fundo no negro panorama celeste. O aroma externo – grama nova e flores – se apresentava a cada respirada. Tentou pensar no ladrão de calcinhas. Rick dissera que as coisas estiveram quietas durante a semana, mas não podia considerar o caso acabado ou esquecido. Charlotte não tinha idéia de quem fosse o responsável, então desistiu de pensar.

Vinte minutos mais tarde, ela estava em casa e tinha tirado as roupas de festa e colocado a de relaxar em casa – a preferida, um vestido branco de alças que ia até metade da canela com um babado de renda acompanhando a bainha. Ela o tirara da caixa antes que Beth pudesse pendurá-lo ou vendê-lo para uma cliente. Era um dos poucos itens que Charlotte havia levado para casa em vez de vender. Sentia-se feminina, confortável e autêntica nele.

Após misturar um copo de chá gelado, pegou seu livro favorito, abriu a janela que levava à escada de incêndio e subiu. A brisa fria roçava sua pele, mas não a incomodava. No momento em que vira este apartamento, a saída de emergência fora seu espaço predileto – sem contar que podia sair da cama e descer as escadas para trabalhar.

Toda vez que saía para ali, encontrava-se sozinha e ela adorava a solidão. Sentou-se, com o enorme livro no colo e começou a folheá-lo. De todos os livros e brochuras de viagem que possuía, *Glamorous Gateways* era o predileto. Ela o comprara com seu primeiro ganho como babá e o escolhera porque o livro dava destaque para Los Angeles, com sua placa escrita Hollywood aninhada aos pés das montanhas. Dentro da Cidade dos Anjos estavam as estrelas e celebridades, pessoas como o pai, imaginava, quando ainda era menina o suficiente para sonhar.

A compra desse livro lhe permitira ver os lugares onde imaginava que ele circulasse, os restaurantes que freqüentava e as pessoas que encontrava. Concebia cenas nas quais ele a pegava pela mão e a apresentava às pessoas bonitas enquanto lhe mostrava lugares exóticos. Mais tarde, depois de crescer e perceber que ele não voltaria, ela substituiu o sonho de ele guiá-la pelo de viajar e conhecer esses lugares por conta própria.

Com esse sonho veio o temor de ser como o homem que ela desdenhava. Charlotte sabia, no fundo, que, sozinha, nunca ousaria fazer essas viagens. Não se arriscaria nunca mais a ser desiludida pela realidade. Ou de se tornar egoísta como ele.

Mesmo assim, quando precisava de consolo, livros como esse ofereciam distração. Ela simplesmente colocava o pai e o passado para fora de sua mente e desfrutava a fantasia de viajar e conhecer lugares maravilhosos. Respirou profundamente e folheou as páginas, mas não conseguia se desligar. Não esta noite.

Então, ouviu uma batida à porta. Esfregou os braços, percebendo que estava arrepiada. A batida soou novamente e, então, ela entrou para ver quem poderia ser. Quase meia-noite não era uma hora apropriada para visitas pelos padrões de Yorkshire Falls.

Colocou o livro de volta na mesa e encaminhou-se para a porta. "Quem está aí?"

"Roman. Abra."

Seu coração se abalou. "Está tarde." Não estava com humor para qualquer jogo de cão e gato entre eles.

Ele bateu à porta de novo. "Vamos lá, Charlotte, me dê cinco minutos." A voz dele era profunda, sedutoramente rouca.

Ela se inclinou contra a porta – mesmo com a madeira entre eles, o corpo dela se aquecia. "Vá embora."

"Não até conversarmos."

"Venha à loja amanhã." Quando Beth estará por perto como pára-choque, pensou Charlotte.

Ele bateu à porta como resposta.

"Vai acordar os vizinhos."

"Me deixe entrar."

"Gostaria de poder", disse ela, muito baixo para que ele escutasse. De jeito nenhum permitiria que ele entrasse no pequeno apartamento, onde a dominaria com sua presença, cheiro e essência. Encostou a testa na superfície fria, o que não aliviou o calor interno que ele provocara.

O silêncio reinou do lado de fora e, apesar de ser o que ela lhe dissera querer, Charlotte se desapontou por ele ter desistido tão facilmente. Voltou para a mesa, porém, o livro que antes a atraíra agora servia apenas como um lembrete da dor. Subitamente, um ruído alto reverberou do lado de fora, o som de pesadas batidas vinha da escada de incêndio.

Por certo o homem não desistira tão facilmente como ela pensara. O coração se acelerou e a pulsação martelou em sua garganta seca. Viu Roman chegar ao terraço e se abaixar para enfiar seu corpo grande pela moldura da janela. Ele entrou no apartamento e se endireitou em toda sua altura.

Ele era imponente, em qualquer momento em que ela o visse, mas, no seu pequeno apartamento, o tamanho e magnetismo dele eram devastadores. Charlotte engoliu em seco, imaginando o que ele queria – se ela teria forças para resistir ao aperta-e-afrouxa que ele tanto apreciava.

Capítulo 6

Charlotte permaneceu de pé com as mãos na cintura, olhando Roman desconfiada. Ele se sentiu como um idiota de primeira, o que possivelmente fosse, considerando tudo que se passara entre eles desde sua volta, inclusive esta entrada sem convite no apartamento dela.

Após sair do baile, ele ficara rondando aquele prédio a maior parte da noite. Quanto mais ela demorava mais a imaginação corria solta, até que admitiu que, no que dizia respeito a Charlotte, suas emoções não tinham controle. Que ela finalmente voltasse sozinha, em nada o acalmara. Rick respeitava os limites fraternais, todavia Charlotte não pertencia a Roman.

Independente de quão senhor dela se sentisse, teria que deixá-la partir. O tempo que andara para cima e para baixo esta noite lhe dera a oportunidade de refletir, portanto Roman sabia exatamente o que deveria dizer para Charlotte. Só não sabia como começar.

"Para um homem que invadiu meu apartamento você está muito silencioso", disse ela finalmente.

"Eu não invadi..."

"Não deixei que entrasse pela porta da frente. O que você chama entrar pela janela?"

"Uma visita." Ganhou tempo. Correu a mão pelo cabelo. "Obviamente, você não está no humor para conversar comigo, que tal só escutar?"

Ela deu de ombros. "Você está aqui. Quanto antes falar, mais depressa sairá."

Agora que adentrara o santuário, sair era a última coisa que pretendia fazer. O pequeno apartamento, caprichado e feminino, era bem parecido com Charlotte. Observou as paredes brancas, acabamento amarelo, mobília florida e, apesar de dever sentir-se deslocado em um lugar cercado de tanta feminilidade, estava curioso e excitado. O jornalista dentro dele queria estudá-la mais a fundo, saber mais. O homem apenas a desejava.

Olhar o tênue vestido de alça dela jogou ainda mais adrenalina em suas veias. Apesar de visar apenas a um conforto informal, era muito sensual. O branco-neve contrastava com o cabelo preto emaranhado. Para uma cor que simbolizava inocência, o invólucro branco provocava pensamentos que nada tinham de puros.

Mas não estava aqui para se deleitar com a dança sensual que faziam tão bem. Estava aqui para se explicar e os seus sentimentos também, algo que nunca fizera antes, certamente não para uma mulher. Mas Charlotte não era uma mulher qualquer. Nunca fora.

Ela merecia saber que seu recuo não tinha a ver com seus sentimentos por ela e sim com as diferenças entre eles e o fato de ele respeitar as necessidades dela. "Preciso esclarecer algumas coisas."

"Que coisas?"

"Você falou sobre a necessidade de me tirar da sua mente e vice-versa."

Os olhos dela se arregalaram, sua vulnerabilidade tão aparente quanto a atração sexual que cantava entre eles. "Você rejeitou esta oferta, pelo que lembro. Você me dispensou e depois me ignorou em público e agora está de volta invadindo minha casa, querendo conversar. Você se interessa, perde o interesse e de novo se interessa." As mãos dela abanavam de um lado para o outro no ritmo da fala contundente e caminhando para lá e para cá na frente dele. "Pensa que sou um brinquedo de arrastar?"

A pergunta dela confirmava o que Rick dissera e os temores de Roman. Ele a estava magoando com suas mensagens confusas e por isso lhe devia uma explicação. Mas ela não lhe deu a oportunidade de responder.

"Ou talvez goste disto, a caça. O proibido. Talvez seja um desses homens que não querem algo que seja muito fácil." Ela meneou a cabeça. "Maldição, fui muito fácil." As faces dela coraram fortemente com a lembrança do que acontecera entre eles no provador da loja.

Ele a pegou pelo pulso e a segurou no lugar até que tivesse aqueles olhos verdes focados nos seus.

"Pensa que não a desejo?", disse entre dentes.

"Não há evidência alguma em contrário."

As palavras de Charlotte equivaliam a um desafio, acendendo os instintos mais primitivos dele. A despeito das boas intenções, ela o conduzia até cair no abismo. Ele deu um passo à frente, encostando-a na parede até seus corpos se alinharem. Impossível não perceber a evidência do desejo dele, assim como ele não podia ignorar os bicos dos seios intumescidos, pontudos e duros contra o seu peito. Sem esperar por uma resposta, ele inclinou a cabeça para um beijo, um trançar de línguas e um duelo que era recíproco e quente.

Apartar-se custou toda sua força de vontade, mas ele levantou a cabeça. "Que tal isso como evidência?", perguntou, ainda ofegante.

Ela respirou fundo e se afastou. "Está bem, Roman. Chega de brincadeiras."

A última coisa que ele pretendia era brincar com as emoções dela, mas, toda vez que ela estava por perto, seus sentimentos saíam de controle, levando-o a agir contra o bom senso.

"O que quer comigo?" Ela se esfregava com as mãos para cima e para baixo como se quisesse se aquecer.

Ele gemeu. "O que quero e o que posso são duas coisas diferentes." Finalmente haviam chegado ao fulcro da questão. "Não vou ficar na cidade", ele disse, agora mais suavemente. Baixando a voz, falando a única verdade que a levaria para longe. Independente de quanto lhe doesse fazê-lo.

"Eu sei." Ela mordeu o lábio inferior, prendendo a carne cheia entre os dentes. "Gostaria que meu pai tivesse sido tão honesto com minha mãe."

Essas palavras pegaram Roman desprevenido. Sabia apenas o que toda a cidade sabia, que Russell Bronson deixara Yorkshire Falls, abandonando a mulher e a criança. Voltava em intervalos irregulares, ficava um pouco e partia novamente. Roman também sabia que o abandono causara grande dor às duas mulheres. Algo que ele nunca pretendera fazer.

Ele esticou o braço e tocou a face de Charlotte. "Não é a mesma coisa."

"Isto porque eu saberia que não haverá nenhum compromisso. Afora isso, é exatamente a mesma coisa."

A voz dela estava rouca e cheia de emoção, chegando bem fundo ao coração de Roman. Há muito tempo que nada ou ninguém despertava uma emoção dentro dele. Não desde a morte do pai e os primeiros anos do luto da mãe, e Roman instintivamente se rebelava contra esses sentimentos sufocantes.

Infelizmente, a emoção, uma vez desperta, vibrava cada vez com maior intensidade. Ele não gostava de ser colocado na categoria que compreendia o pai aproveitador da cidade e o marido errante, o homem que tanto magoara Charlotte.

"Nunca desonrei meus compromissos dessa maneira." Mas, enquanto falava, ele percebia que era exatamente o que planejara fazer.

Casar, engravidar a mulher e cair fora. Exatamente o que o pai de Charlotte fizera com a mãe dela. Roman estivera muito focado na mudança de vida à frente para ponderar o que suas ações poderiam causar à mulher em questão.

Sacudiu a cabeça, desgostoso. Mesmo que seus motivos não fossem egoístas, fossem pela saúde da mãe e não a sua, mesmo assim, os atos estavam destinados a ferir alguém. Engoliu uma praga. Vendo pelos olhos de Charlotte e o passado dela, seus planos eram uma desgraça.

Mas as obrigações familiares e as necessidades de sua mãe permaneciam. Roman podia esperar que seu plano egoísta, como agora o percebia, fosse visto de outra maneira apenas por uma mulher que não temesse o abandono, compreendesse como a vida seria e quisesse uma criança, mas não necessariamente um cenário familiar típico. Charlotte não entenderia nem aceitaria. Outra mulher talvez. Se Roman não tirasse Charlotte de sua mente rapidamente, sua promessa aos irmãos corria perigo.

"Sei que não ficará por aqui", ela disse. "Sabia disso quando me aproximei de você. Mas tirá-lo da minha mente não tem nada a ver com longo prazo. Não quero que você se comprometa. Não estava pedindo isso."

"Mas, no fim, você ficará ressentida comigo. Não está em você aceitar menos e eu não posso dar mais. Não sou o tipo de homem de que você precisa. Aquele tipo que fica para sempre." Ele sacudiu a cabeça. "Envolvermo-nos será estupidez. E será doloroso." Para ambos. "Não importa o quanto desejemos o contrário."

Ela inclinou a cabeça e sua face encostou-se à palma da mão dele. "Eu sei que você não faria isso. Desonrar seus compromissos, quer dizer. Vocês, os Chandler, são corretos."

Se ela soubesse, pensou Roman. Charlotte não poderia nunca saber do cara ou coroa e do assunto todo. "Somos os pilares da cidade", disse ironicamente.

"É por isso que você está aí despejando a razão por ter me dispensado. É mais do que fiz por você um dia", ela admitiu maciamente. "Você é um grande homem, Roman. Melhor do que eu pensava."

"Não cometa o erro de me pintar como um bom rapaz", ele a preveniu.

Ela inclinou a cabeça para trás olhando-o através dos cílios espessos. "Não diria que é um anjo, mas está se preocupando comigo. Eu agradeço, mesmo não gostando do que estou ouvindo." Um sorriso triste curvou seus lábios.

"Também não posso dizer que gosto." Nada disso. Apesar de suas palavras de advertência e protesto, Roman queria desesperadamente beijar aqueles lábios uma última vez. Um adeus final.

Ela deve ter lido a mente dele, pois se levantou na ponta dos pés ao mesmo tempo que ele baixou a boca até a dela. Mas um simples beijo não foi suficiente para satisfazer a ânsia dele e, então, aninhou-lhe a face nas mãos para ter maior acesso à boca úmida.

Era um beijo de adeus, forte e quente o bastante para preencher a vida com memórias. Ele escorregou as mãos ao redor da cintura dela e começou a juntar o pano do vestido, puxando pouco a pouco o algodão macio para cima até que pudesse finalmente sentir a pele nua de seu torso.

Os dedos dele tocaram a macia e quente carne e ela suspirou maciamente. O coração dele bateu mais forte no peito.

Subitamente ele soube, não poderia dizer adeus nem escolher outra mulher como esposa para gerar seus filhos. Antes que processasse o pensamento, uma batida forte soou na porta, assustando os dois.

Ela pulou para trás e a realidade voltou junto com as batidas que não paravam.

Roman soltou um gemido frustrado. "Diga-me que não está esperando visita."

"Não estou." Ela desviou os olhos, incapaz de encará-lo. "Tampouco esperava você e não há mais ninguém que viria a esta hora da noite sem ligar primeiro."

"Bom." Ele não estava de humor para tratar com outros seres humanos. "Vá embora", ele falou alto e recebeu uma cotovelada nas costelas.

"Eu disse que não esperava ninguém, mas pode ser importante."

Ele a deixou ir, o susto ainda vivo nele pela conclusão a que chegara após o beijo.

"Abra, Roman, é a polícia." Chegou até eles a voz de Rick.

Apesar da chateação que os havia dominado, Charlotte não abafou uma risada, mas Roman não achou graça. Rick era a última pessoa que queria ver. Especialmente quando a simples idéia de seu irmão e Charlotte ainda o deixava bravo.

Ao se encaminhar para a porta, ela alisou o vestido amassado e passou a mão que tremia pelo cabelo desalinhado. Era impossível disfarçar o que estavam fazendo.

Tampouco ele queria que disfarçasse. Os lábios dela sem pintura e bem beijados a denunciavam, e Roman gostava disso.

Bastava de boas intenções. Ele invadira para se desculpar por enviar sinais confusos. Pretendia dizer adeus e dar fim às ilusões que um tivesse sobre o outro. Mas com Charlotte nada era final ou acabado, independente de quanto se esforçasse.

Essa idéia pegara-o desprevenido. Adeus seria impossível. Não com Charlotte. Não poderia deixar esta mulher e se focar em outra, independente de suas razões.

Sacudiu a cabeça, sabendo que estava perturbado. E mais, que também a perturbara. Em vez de se livrar de sua procura por uma esposa, Roman já tinha uma candidata. Uma que não queria ser a esposa no lar distante de um marido errante. Precisavam de entendimento. Mas isso, tudo bem. Mesmo os planos mais bem-feitos se modificavam no caminho. E, no que dizia respeito a Charlotte, ele mudaria o que estivesse atrapalhando. Não tinha escolha.

Porém, era preciso, primeiro, convencê-la a dar-lhe uma oportunidade após todo o discurso dele sobre se separarem. Deixou escapar um resmungo. Roman sabia que ela não bateria simplesmente a porta em sua cara. Se houvesse a chance, ela dormiria com ele em uma tentativa de afastá-lo da mente, e estaria o tempo todo se convencendo de que poderia largá-lo ao final.

Ele não tinha outra escolha a não ser convencê-la de que estava errada. Teria que agir lentamente, disso ele sabia. Mas dessa vez não haveria volta.

O estômago dele se agitou com as conclusões a que chegara, e que, maldição, estavam corretas. Ajeitou os ombros, tentando aliviar a tensão e, antes que pudesse pensar mais, Charlotte havia aberto a porta para Rick. Chase seguia logo atrás.

Roman se indagou o que havia para que ambos os irmãos viessem ao apartamento dela.

"Beth está bem?", disse Charlotte olhando para Rick com evidente preocupação nos olhos.

"Ela está bem. Deixei-a quando recebi um telefonema urgente, mas estava melhor."

"Então, o que há?" Ela olhou Rick cuidadosamente. "Roman não precisa de um acompanhante, a que devo esta visita?"

Esta resposta Roman queria também.

"Vamos nos sentar", disse Rick.

"Não vamos", resmungou Roman. Ele não queria que a visita se esticasse.

"É o ladrão de calcinhas, não é?", perguntou Charlotte, erguendo a voz. "Atacou novamente?"

"Ela é esperta", disse Rick. "Você sabia disso, Roman?"

"Engraçadinho", riu Charlotte.

Roman girou os olhos, virou-se e dirigiu-se para a sala. Ao que tudo indicava, ele teria uma reunião com o irmão policial, o outro irmão e Charlotte, nem sua amante nem sua ex-amante, mas sua futura esposa. Não admitia as conseqüências se ela o rejeitasse. A adrenalina de Roman aumentava, audácia e aceitação lutando por predominar dentro de si. Podia apenas imaginar as reações dela aos seus pensamentos, mas não podia deixá-la saber. Não até que a fizesse dele de uma maneira que ela não pudesse negar-se.

Acomodou-se no macio sofá florido. "O que aconteceu?", perguntou, quando todos estavam sentados.

"Charlotte tem razão. Tivemos outro arrombamento." Rick quebrou o silêncio.

"E vou publicar amanhã", disse Chase.

Roman assentiu. Sabia que o irmão mais velho não podia esconder outro roubo. Tudo o que fizera fora em respeito à polícia e sua necessidade de investigar sem mostrar a mão.

Charlotte se inclinou para a frente. "Por favor, me diga que não roubaram a mesma marca."

Rick concordou. "Jack Whitehall tampouco se entusiasmou muito com a escolha da marca."

"O conjunto da Frieda?" Charlotte pôs a cabeça entre as mãos e gemeu. "Acabei de fazê-lo, pusemos no correio há poucos dias."

Roman sentiu algo na fala de Rick. "Além do fato de a casa ter sido roubada, o que deixou Whitehall desgostoso?" Por que o velho se importaria com a marca da peça roubada?

"Bem, Jack sempre soube que Frieda gostava de *lingerie* branca, simples e prática", disse Rick.

"O conjunto de Frieda era branco", disse Charlotte, obviamente defendendo a cliente.

"Branca e sensual", explicou Chase. "Deixamos os dois discutindo sobre com quem ela pretendia usar as calcinhas."

"Ela comprou de surpresa para o aniversário de setenta anos do marido", murmurou Charlotte. "É só deixar que os homens chegam a todas as conclusões erradas."

"Devagar com o gênero, beleza", disse Roman, recebendo dela uma cotovelada no ventre. Ele deixou escapar um gemido. Pelo menos a dor distraiu seu corpo do desejo. Quando a dor se acalmou, Roman começou a observar o ambiente para se distrair do cheiro perturbador de Charlotte. Correu a mão sobre um velho e lustroso livro de cabeceira.

"Estão estamos com três roubos...", disse ela.

"Cinco."

"*Cinco?*", perguntaram ele e Charlotte ao mesmo tempo.

"Três apenas esta noite. Enquanto a cidade inteira estava no baile de São Patrício, algum gaiato estava roubando calcinhas de mulher."

"Quem faria algo tão... tão..." Charlotte se levantou e, sentindo a frustração dela, Roman não tentou impedir. "Tão juvenil? Tão idiota? Tão *pervertido*?", perguntou ela.

Rick deu uma risadinha. Roman não tinha a menor vontade de relembrar a juventude em frente de Charlotte. "Bem, podemos reduzir a lista de suspeitos sabendo quem vimos no baile."

"Há um problema", disse Rick.

"Qual é?"

"O horário não bate. O último roubo foi às dez e meia da noite. Whitehall perseguiu o cara no quintal, mas ele era rápido e em um pulo estava no mato. Então a asma de Whitehall atacou e o velho desmaiou."

"Maldição", resmungou Roman.

"Bom, sabemos que é alguém ágil. Invadiu duas casas antes das dez e meia, em ruas diferentes e distantes. Teve bastante tempo. Quer dizer, não sabemos nada. Saí do baile em torno de quinze para as dez, Chase nem foi lá porque estava trabalhando e, de acordo com testemunhas, você, irmãozinho, saiu às nove e quarenta e oito."

"Isso Whitehall fez questão de informar", disse Chase.

A apreensão se instalou nas entranhas de Roman. "Por quê?"

Charlotte parou de andar em frente da enorme poltrona onde Chase estava sentado. "Isso mesmo, por quê?"

Chase apertou o nariz e Roman percebeu que estava em má situação. "O velho se lembrou de uma peça que Roman pregou há muito tempo."

"Muito, muito tempo atrás", resmungou Roman.

"Quando ele era juvenil e idiota", disse Rick, usando as palavras de Charlotte.

"Mas não pervertido", disse Chase com um sorriso.

"O assalto das calcinhas", murmurou Charlotte. "Faz tanto tempo que tinha esquecido."

"Gostaria que todos tivessem." Roman fuzilou os irmãos com os olhos.

"Mesmo assim, por que Whitehall teria desenterrado uma história velha como essa agora?", ela perguntou.

Roman esfregou as mãos sobre os olhos. "Porque o pernoite foi na casa de Jeannette Barke, mas as calcinhas que peguei..."

"E pendurou no retrovisor", completou Rick solícito.

"Pertenciam a Terrie Whitehall", concluiu Chase. "Que correu para a casa dos pais esta noite quando estávamos saindo."

Como Roman havia esquecido isso? Conversara tanto com a presunçosa caixa de banco esta noite e nem lhe passou pela cabeça que um dia roubara as calcinhas da moça. "Então Terrie ouviu o que foi levado da mãe e decidiu que eu deveria ser o culpado?", Roman perguntou incrédulo, sacudindo a cabeça.

"Não, ela apenas mencionou que viu você sair bruscamente do salão. Infelizmente, não foi a única a vê-lo sair." Rick se levantou e cruzou os braços sobre o peito. "Jack Whitehall o apontou como um possível suspeito."

Roman não acreditava no que ouvia. "Isto é uma suja..."

"Concordo, mas, como a acusação foi feita, preciso investigar." Em sua melhor pose de defensor da lei, maculada apenas pelo meio sorriso no rosto, Rick se virou para Roman e disse: "Você se incomoda se eu perguntar onde foi depois de sair do baile esta noite? Alguém pode confirmar onde estava?"

Charlotte abriu e fechou a boca incrédula. Chase caiu na gargalhada.

Enquanto levava Rick e Chase até a porta, Charlotte ponderou que a noite fora repleta de surpresas. Como Roman permanecia em pé atrás dela pressentia que não haviam terminado. "Obrigada por passar e me contar que houve outro roubo."

Rick parou no ato. "Afora todas as brincadeiras, passamos aqui para preveni-la. Foram cinco arrombamentos com apenas uma ligação: você. Não só você vende os itens roubados como também os fabrica."

As sobrancelhas de Roman se ergueram de surpresa, mas não fez perguntas, apenas assumiu a fala. "É por isso tudo que não a deixarei sozinha."

Ela sacudiu a cabeça e permaneceu em silêncio. Já previra que o traço protetor de Roman se mostraria, mas pretendia discutir sobre ele ficar quando estivessem sozinhos.

Charlotte era grata por sua preocupação, mas era desnecessária. O ladrão de calcinhas invadira casas das clientes e ninguém fora ferido. Seria cuidadosa, mas confiava que estava segura. Não permitiria que ele ficasse toda a noite. As fofocas eram o passatempo favorito da cidade, e ela não queria os vizinhos acordando com ele saindo de fininho pela porta ou pela escada de incêndio, ao raiar da aurora.

"Está segura o suficiente em casa", disse Rick, olhando Roman e dando a Charlotte uma desculpa, se ela quisesse uma. "Com vizinhos de todos os lados, ninguém seria estúpido o suficiente para arrombar por aqui, mas sugiro que mantenha as janelas bem fechadas e trancadas. A esta altura, não deve se arriscar facilitando as coisas para um mau-caráter."

Pelo canto dos olhos, ela viu o olhar de Roman e conseguiu segurar uma risada. Ambos sabiam que ele era o último crápula que entrara pela sua janela esta noite, mas não viu razão alguma para dar aos irmãos dele mais munição.

Com carinho, eles já o embaraçavam bastante, algo que ela nunca experimentara na vida toda. Era filha única que amadurecera muito depressa depois da partida do pai, ao passo que os irmãos Chandler puderam crescer no tempo certo e ainda serem crianças. Rivalidade de irmãos, competição masculina e amor estavam tão evidentes entre eles que estar por perto trazia um nó à garganta de Charlotte. Ela nunca tivera uma verdadeira família e percebia agora quanta falta sentia.

Olhou de volta para a janela aberta. "Cuidarei disso, prometo."

"Estamos trabalhando extra, mas não posso prometer nada até que peguemos o cara, portanto fique atenta."

Ela assentiu mais uma vez.

Chase colocou um braço fraternal em seu ombro. "Quando eu publicar o artigo, pode apostar que terá uma cidade cheia de gente vigiando você também."

"É só do que eu preciso: um *spot* em mim e na minha vida." Ela suspirou. "Espero que isso não acabe com o meu comércio. Não vou poder agüentar se as pessoas tiverem medo de comprar minhas mercadorias."

Rick sacudiu a cabeça. "Do jeito que eu entendo, o pior será um declínio nas vendas da peça em questão."

"Espero que esteja certo." Porque ela não poderia conciliar uma queda das vendas totais e ainda pagar o aluguel. Suas economias dos tempos em Nova York não durariam muito mais e apenas agora começava a ter um fluxo de caixa positivo.

"Poremos alguém para patrulhar a vizinhança, tudo bem?"

Ela aquiesceu e finalmente fechou a porta atrás de Rick e Chase. Então se firmou e virou-se para encarar Roman. Ele apoiava um ombro contra a parede, sedutor em sua pose e confiante na expressão.

Seu instinto lhe dizia que algo havia mudado entre eles. Novamente.

"O que há de tão diferente com a *lingerie* que está sendo roubada?", ele perguntou.

"Você me diga. Você viu uma pessoalmente em primeira mão." Ela engoliu em seco. "No provador, no outro dia."

A lembrança escureceu os olhos dele a um azul de tempestade. "Você fez aquilo à mão?"

Ela concordou. Ele entrelaçou a mão nas dela, as pontas dos dedos calosos perturbando os terminais nervosos dela e enviando flechas ardentes pelo corpo todo. Finalmente, ele ergueu as mãos dela para inspecioná-las. "Não sabia que estava lidando com uma artista."

Ela soltou um sorriso trêmulo, enervada pelo toque dele e o desejo que ele sempre provocava. "Não exageremos."

"Querida, eu vi aquelas calcinhas e vi você dentro delas. Não estou exagerando. De fato, posso entender por que um homem se daria a tanto trabalho para pôr as mãos em um conjunto. Especialmente se você o estivesse usando." A voz dele baixou a um nível rouco e sedutor.

Ele virou-lhe o pulso para fora e deu um beijo seguido de uma mordiscada na ponta de um dos dedos. Os bicos dos seios dela se entesaram com a primeira mordidinha e, enquanto ele beliscava cada dedo na seqüência, o corpo dela se despedaçava de desejo.

Ela imaginou onde isso iria parar, porque agora ele começara a seduzi-la, em vez de dizer adeus. Ela não entendia a súbita mudança no humor dele. Não tinha dúvidas de que o beijo anterior fora de adeus.

"Sabe que não conseguia tirar os olhos de você esta noite?" Roman roçou a parte interior do pulso dela e soprou em sua pele úmida.

Ela reprimiu um gemido de prazer. "Pois você engana muito bem."

"Estava tentando enganar a nós dois. Mesmo esta noite, quando entrei aqui com a falsa idéia de que poderia deixá-la, estava tentando nos enganar."

O coração dela subiu à garganta enquanto ouvia atentamente.

"No correr dos anos, aperfeiçoei a técnica de observar sem ser notado. É uma necessidade do meu trabalho." A boca dele viajava pelo braço dela acima, excitando-a com o toque de pena de seus lábios. "Eu a observava."

"Bem. Então você me enganou direitinho."

"Mas não penso que enganei Terrie Whitehall", disse ele quando chegou ao ombro dela, e então parou para roçar com o nariz a pele sensível do pescoço de Charlotte.

Os joelhos dela cederam e ela se encostou contra a parede para se apoiar. "Então Terrie o acusou por ciúme?"

"Parece que sim", disse ele, o hálito quente na carne de Charlotte.

Ele apoiou as mãos na parede às costas dela e a apertou com seu corpo esbelto e rijo. Charlotte lutou por uma respiração regular quando a ereção dele, cheia e sólida, se aninhou entre as pernas dela. Tentou lembrar o que estavam conversando, mas as palavras falharam. "Não posso me concentrar", ela murmurou.

"É o plano." Ele passou os dedos pelo cabelo dela. "Deixe-me ficar esta noite, Charlotte. Deixe-me cuidar de você."

Ela esperava esta tentativa de se passar por segurança. "Você ficar não é uma boa idéia." Por mais que se deleitasse com isso. Colocou ambas as mãos contra os ombros de Roman, mas, em vez de empurrá-lo, se deliciou no calor e força daquele corpo contra o dela.

"Então por que parece ser uma boa idéia?" Ele forçou os quadris para a frente apertando sua rigidez contra o monte feminino dela.

Ondas de sensação tomaram vida. Os cílios dela se cerraram e ela saboreou a sensação. "Parece boa porque não há nada de racional no sexo. Mas agora serei racional. Você não pode ficar porque veio para dizer adeus. Foi o que disse antes." Ela lembrava as palavras dele, a dor se instalando na garganta.

"Então eu a beijei e percebi que não vou conseguir deixá-la."

"O quê?" Excitação e esperança acima do que jamais sentira ferveram nela ao absorver as palavras dele. "O que está dizendo?", ela perguntou, pois não tinha certeza.

"Sempre houve algo entre nós. Algo que não vai embora. Se você tiver a coragem de assumir o risco e ver aonde vamos chegar, eu também tenho." Os olhos azuis de Roman fitavam os dela.

O pulso dela saiu do ritmo. Ele a surpreendera. Aparentemente ele também se perturbara. Ela compreendia o vai-e-volta entre eles tão bem quanto ele.

Apesar de ele a ter surpreendido, ela já pensara nessa possibilidade. Uma aventura com Roman não era apenas o que ela queria, mas também do que precisava. Porque, ao ceder ao desejo que fermentara por todos esses anos, ela lhe daria a chance de se esgotar.

Sem dúvida, Charlotte sabia que colocava em risco o coração. Ela o deixara uma vez antes e, apesar de nunca haver admitido sequer para si própria, muito se arrependia. Precisava da experiência de fazer amor com ele. Precisava de lembranças para acalentar por uma vida inteira sem ele.

Mas ela saberia pôr fim ao caso. Ao contrário da mãe, que se submetera a um interminável caminho de espera, Charlotte seria forte e sairia ilesa.

"Então, posso ficar?", ele perguntou, com um sorriso encantador no rosto.

"Porque pensa que eu preciso de proteção contra uma ameaça inexistente ou porque você quer ficar comigo?"

"Para mim, as duas razões valem."

"Posso me cuidar. Até mesmo o Rick disse que estou segura. Quanto à outra razão... não é muito cedo?" Charlotte não cairia na cama com ele, independente de quanto seu corpo protestasse contra a sua decisão.

Ela precisava de tempo para assimilar as intenções de Roman. Para saber que dessa vez ele não mudaria de idéia novamente. Mas, acima de tudo, ela queria conhecê-lo melhor. Por completo. Precisava de tempo para penetrar tanto na mente quanto no coração dele. Porque, quando ele a deixasse, como ela sabia que faria, não tinha intenção de esforçar-se para esquecer. Os céus sabiam, ela nunca o esqueceria, mesmo que continuasse na ativa.

Roman aquiesceu, aceitando a resposta de Charlotte. Ele não queria forçar, não depois de ter feito progresso e vencido as barreiras dela. Ela estava rindo de suas piadas, aceitando suas mudanças. Por enquanto, era suficiente.

Após todas as mensagens contraditórias que mandara, não esperava que ela se abrisse e confiasse nele da noite para o dia. "Que tal se eu dormir no chão e me fizer de seu guarda-costas?", ele perguntou em um último esforço para ficar mais tempo com ela.

Ela sacudiu a cabeça e riu. "Nenhum de nós dormiria coisa alguma."

"Dá-se importância demais ao sono. Podemos ficar conversando." Pelo menos estaria ao lado dela.

"Não falaríamos e você sabe disso." As faces dela coraram com um saudável tom rosa. "Mas os vizinhos falariam."

Pessoalmente, Roman não dava a mínima ao que os vizinhos falassem, mas Charlotte se importava, e, em uma cidade pequena, o comércio depende da reputação. Frustrado, passou a mão no cabelo e então se esforçou para aceitar o que ela dizia.

"Você me liga se precisar de mim? Até se você apenas pensar que precisa de mim?"

Ela encontrou o olhar dele. "Mas eu preciso de você, Roman. Só não quero ligar por esse tipo de necessidade."

Ele respirou fundo. Ele também precisava dela. De uma maneira além do desejo sexual. Como se ela estivesse segurando seu coração com a mão. Apenas gostaria muito que ela planejasse liberá-lo quando fosse hora de partir.

Roman acordou sob um cobertor de luz do sol que cobria seu quarto de infância e banhava seu corpo de calor. Deixara o apartamento de Charlotte, mas ela permanecera com ele a noite toda, em sonhos que eram ardentes e irresistíveis, mas muito insatisfatórios.

Fechou os olhos e se reclinou nos travesseiros, repassando tudo que soubera na noite passada. Enquanto ela e seus irmãos discutiam os últimos arrombamentos, Roman empregou sua arte de ouvir uma coisa enquanto observava outra, então descobriu os grandes e chamativos livros e revistas espalhados em uma mesa à sua frente. As capas mostravam lugares distantes e exóticos. Alguns domésticos, outros estrangeiros, como castelos na Escócia ou o Pacífico Sul. Nada que não pudesse servir para uma conversa, pensou Roman.

Muitas pessoas compravam grandes livros similares para decoração. Mas poucas pessoas os liam até que estivessem desgastados e muito menos deixavam aquelas edições com as orelhas amassadas expostas como Charlotte fizera.

Então, olhando ao redor, pôde montar uma imagem mental, de contradições e sedução. Charlotte era feminina e sensual. Como era de se esperar, gostava de flores. Mas era hesitante, sem segurança de seus encantos, os atos ousados não eram fáceis, o que fazia o tipo de comércio em que entrara bem surpreendente, pensou. Assim como as peças que ela fazia à mão. Elas exibiam mais do que escondiam, mostrando não apenas a pele sob as calcinhas de crochê, mas também Charlotte e seu íntimo.

Os livros revelavam muito mais. Apesar de gostar de aconchego e do lar em Yorkshire Falls, havia nela algo que era atraído por locais estrangeiros e exóticos. A idéia lhe deu uma carga de adrenalina. Charlotte era mais perfeita para ele do que ela estava pronta para admitir.

Charlotte, pensou. Ela o fascinava de uma maneira que nenhuma história ou mulher já o tinha cativado na vida. Precisava ganhá-la, convencê-la de que eles eram intimamente ligados, não tinham escolha a não ser fazer a vida juntos dar certo. Só então poderia cumprir sua obrigação com a família e satisfazer o desejo da mãe por um neto. Só então poderia voltar à sua vida na estrada, ir para onde as histórias o levassem e continuar informando o público sobre assuntos importantes. Talvez um dia ela quisesse viajar com ele.

"Pelo amor de Deus, Roman, acorde." A voz da mãe chegou até ele.

Havia algo de bom em se viver sozinho e, quando a mãe invadiu o quarto sem bater, ele se lembrou do que era: privacidade.

Sentou-se na cama e jogou as cobertas por cima. "Dia, mamãe."

Os olhos dela brilhavam e tinham um toque de diversão que o preocupou. "Leia isto." Ela sacudiu a *Gazette* em frente dele.

Ele agarrou o jornal. "CALCINHAS SURRUPIADAS", leu em voz alta.

"Bela frase", disse ela. "Chase sempre foi bom em redação."

Roman olhou a mãe e viu linhas de riso marcando suas faces. "Não está preocupada com esses roubos?", ele perguntou.

"Rick mantém as coisas sob controle, assim como o chefe Ellis. Além do mais, ninguém foi ferido. Leia a última linha, Roman."

Antes que ele pudesse obedecer, ela tirou o jornal da mão dele e leu. "A polícia ainda não tem suspeitos, mas Jack Whitehall perseguiu um homem, caucasiano, em seu quintal, antes que ele desaparecesse no mato atrás da casa. Apesar de a polícia ainda não ter nomeado um suspeito, Jack Whitehall acusou Roman Chandler por sua volta coincidente com o primeiro roubo, há uma semana. De acordo com o sr. Whitehall, Roman Chandler foi o líder de uma traquinagem juvenil envolvendo o roubo de roupas íntimas. Não foram registradas queixas nesse incidente, que ocorreu há mais de uma década, e a polícia crê que os incidentes não têm relação."

"Bela reportagem", ele resmungou.

"O que tem a dizer?"

Ele virou os olhos. "Por favor, mamãe. Eu estava no colégio." O que ela esperava que ele dissesse?

Mas, quanto ao seu irmão, Roman estava irritadíssimo. Mesmo que a citação fosse atribuída a Whitehall e negada pelos policiais, Roman não podia acreditar que Chase publicasse tanta asneira. "Pensava que Chase tinha melhor senso do que..."

"Chase informa os fatos, rapazinho. Não culpe seu irmão por coisas passadas que vêm assombrá-lo."

Há muitos anos, Roman não escutava este tom de "não fale bobagens" da mãe com um dos filhos. Devido ao tom fraco que ela apresentava desde que ficou doente, a força da voz o surpreendeu. Ela nunca admitira um irmão bravo com o outro e isso não mudaria só porque não se sentia bem; acreditava que os filhos deveriam ser unidos. Apoiar-se independente de tudo.

Geralmente Roman concordava, mas não hoje. No entanto, não queria que ela ficasse preocupada por ele estar aborrecido com Chase. "Sente-se. Ficar brava não é bom para o seu coração." Ele bateu na cama.

Raina pareceu surpresa, então se sentou vagarosamente aos pés da cama. "Você está certo. Apenas pensei que devia estar preparado. Está sendo acusado de roubo de calcinhas."

Roman não tinha o que fazer a não ser fechar a cara e cruzar os braços sobre o peito.

"O que não posso imaginar é qual será a reação das mulheres."

Ele se preparou. "O que quer dizer?"

A mãe deu de ombros. "Não tenho certeza se vão se jogar em cima de você ou sair correndo. Pelo seu bem, é melhor que seja um 'vinde a mim'. Espero que seja isso ou então aqueles netos que quero estarão ainda mais distantes."

Roman resmungou uma praga. "Que tal pegar no pé de Rick ou Chase?"

Raina bateu os pés no chão de madeira. "Infelizmente, seus irmão não estão aqui agora." Ela pegou a reportagem e pareceu examiná-la mais uma vez. "Sabe, quanto mais penso sobre isso, acho que as mulheres da cidade ficarão à distância até que as acusações sejam arquivadas. Ninguém quer se envolver com um criminoso. Não é alguém que uma boa moça leve para casa para apresentar à mamãe e ao papai."

"Por favor, mamãe", disse ele novamente.

"Não lhe disse que estas coisas costumam voltar como assombração? São como suas notas no SAT* ou do fim do ginásio. Tem a ver com a universidade em que você vai ser aceito. Mas você escutava? Não, sabia mais do que eu." Sem aviso, ela bateu no ombro dele com o jornal. "Não lhe disse que isso apareceria um dia?"

Percebendo que ela estava só começando, Roman gemeu e puxou as cobertas para cima da cabeça. Estava muito velho para morar com a mãe e muito cansado para ouvir sermões.

* Scholastic Aptitude Test é o teste de admissão a cursos superiores mais usado nos EUA. (N. T.)

Capítulo 7

A FILA COMEÇOU A SE FORMAR do lado de fora do Sótão da Charlotte às quinze para as dez da manhã. Charlotte olhou para Beth, que não falava de outra coisa que não fosse trabalho. Aparentemente esgotara o discurso na noite passada e Charlotte respeitava a privacidade dela, por enquanto. Pretendia abordar a amiga no fim do dia e descobrir o que estava acontecendo.

"Anunciou alguma liquidação e esqueceu de me contar?" Beth indicou o cordão de mulheres esperando do lado de fora.

"Antes fosse." Charlotte franziu as sobrancelhas, confusa.

Encaminhou-se para a entrada e abriu a porta. As mulheres entraram em tropel como se estivesse havendo distribuição de mercadoria grátis e se agruparam ao redor dela até que Frieda Whitehall deu um passo à frente, erigida em porta-voz. A mulher tinha o cabelo grisalho, cortado e arrumado do único jeito que Lu Anne sabia fazer. Frieda, de hábito, usava calças de poliéster com blusas de seda laváveis à mão combinando, e hoje não estava diferente. Charlotte sabia que Frieda queria recuperar o tempero de seu casamento, portanto comprara um conjunto de sutiã e calcinha feito por Charlotte.

"O que posso fazer pelas senhoras?"

"Estamos interessadas em..." Frieda pigarreou e corou.

"Calcinhas surrupiadas", Marge Sinclair gritou do fundo. "Minha Donna poderia usar um conjunto."

"E eu preciso substituir o meu", disse Frieda. "Também quero um para Terrie. Talvez ela se solte um pouco."

"Calcinhas surrupiadas?" Charlotte piscou de surpresa. "Vocês querem dizer as feitas em crochê?" Por certo o roubo se tornara de domínio público. As notícias andavam depressa nesta cidade e somente os pedidos de Rick e do chefe de polícia haviam mantido a situação calma depois do primeiro roubo.

"Nós todas queremos um."

"Todas vocês?"

Um murmúrio de concordância ecoou, enquanto o saguão da loja se transformava em um tumulto de mulheres. Algumas mais velhas, outras mais novas, todas interessadas nas "calcinhas surrupiadas" de Charlotte.

"Não mantemos estoque, vocês compreendem", assumiu Beth. "As peças são feitas sob encomenda. Vou anotar os nomes, cor e medidas. Façam uma fila e começaremos."

"O que está acontecendo?", perguntou Charlotte. Na noite passada se preocupara com a perda de freguesia, e agora este dilúvio de clientes procurando pelo mesmo tipo de calcinhas que encorajara o roubo. Neste passo, faria crochê até o Natal, daqui a nove meses.

"Viu o jornal?", perguntou Lisa Burton, uma ex-colega de classe de Charlotte e agora uma respeitável professora.

Charlotte negou com a cabeça. Acordara tarde, graças à noite mal dormida devido aos sonhos tórridos em que ela e Roman eram os atores. "Não tive tempo nem para o jornal nem para o café. Por quê?"

Os olhos de Lisa brilharam de excitação ao entregar uma cópia da *Gazette*. "Se há um homem nesta cidade que você gostaria que invadisse sua casa e roubasse suas calcinhas, quem seria?"

"Bem..."

Antes que Charlotte pudesse falar, Lisa respondeu sua própria pergunta. "Um Chandler, naturalmente."

Charlotte piscou. "Naturalmente." Roman era o único Chandler que lhe interessava, embora não dissesse isso em voz alta.

Não precisava que ele lhe roubasse as calcinhas, ela as entregaria de bom grado, assim como metade das mulheres nesta cidade, avaliou. Lembrou-se dos irmãos dele falando do roubo da noite passada e das acusações contra Roman. Chase dissera que ia publicar.

"O que o jornal fala?", perguntou para a amiga. "Não esconda nada."

Meia hora mais tarde, Charlotte trancara as portas. Precisava de descanso. Tinha em mãos uma nova lista de mulheres que queriam calcinhas, muitas das quais desejavam atrair Roman Chandler para suas casas.

"Estou com vontade de vomitar." Charlotte se acomodou na cadeira atrás da escrivaninha. Deixou Beth na loja, organizando e arrumando o lugar após o vendaval matinal, enquanto fazia uma cópia da lista de nomes para dar à polícia.

Não apenas receberam encomendas para os itens mais caros na loja como também venderam outras peças, enquanto as mulheres esperavam: sachês para gavetas, cabides de *lingerie* e outros acessórios. Foi o dia de maior sucesso desde a abertura, e ainda não era meio-dia. Mas, em vez de satisfeita, Charlotte estava desconfortável.

Não gostava de ganhar dinheiro com a reputação de solteirão de Roman. O ciúme cortava-lhe o coração ao pensar em todas as mulheres que falaram o nome dele na sua loja hoje. Desagradava-lhe ser lembrada do que e quem ele era: um errante que amava as mulheres. E ela concordava em ser uma delas, até que ele saísse da cidade. Charlotte estremeceu; mesmo assim, nada do que aconteceu mudou sua decisão sobre o caminho que ela e Roman haviam escolhido.

Olhou o jornal que Lisa deixara e balançou a cabeça. Roman tinha defeitos, era um solteirão e um nômade, mas não ladrão. Nem por um minuto acreditava que ele estivesse metido nesses roubos. A idéia era ridícula. Mulheres adultas terem engolido essa idéia a amedrontava. Estavam criando uma fantasia em torno dele.

Charlotte compreendia o impulso para agir assim, mas era mais lúcida que a maioria, fantasia não é fato e a realidade era uma mestra bem mais dura.

Roman se esgotou com exercícios e corrida antes de tomar um banho, se vestir e ir para os escritórios da *Gazette*. Esperava perder a vontade de dar um murro na boca solta do irmão mais velho. Como repórter, Roman respeitava a verdade, mas, neste caso, ele achava que haveria uma maneira melhor de lidar com as fofocas da cidade do que dar crédito a elas, publicando-as. O maldito povo desta cidade tinha a memória melhor que a de um elefante.

Dirigiu pela First Street com as janelas do carro abertas, o ar fresco o despertando e acalmando. Passou devagar em frente ao Sótão da Charlotte. Uma pequena multidão se aglomerava em frente, o que o surpreendia, considerando que ela se preocupara com o efeito negativo que os roubos pudessem ter em seus negócios.

Queria muito vê-la, mas, graças ao jornal e a sua recente fama, Roman devia ficar longe da loja.

Parou o carro em um semáforo. Um sedã cinza emparelhou do seu lado. Espiou enquanto a motorista baixava a janela do carona. Alice Magregor reconheceu Roman. O cabelo dela já não era espetado para cima, mas estava arrepiado como a juba de um leão. Ainda assim, Roman deu-lhe um sorriso amistoso.

Ela esticou a mão para o assento ao lado e a levantou, sacudindo algo no ar antes de buzinar duas vezes e partir.

Ele piscou. Quando o sinal ficou verde, percebeu que Alice havia mostrado um par de calcinhas para ele. Ela enviara o mais ousado recado feminino. *Venha me pegar, garotão.*

Bastou decidir que queria apenas uma mulher e as mulheres da cidade se decidiram a abrir a estação de caça. Roman suspirou fundo ao dar-se conta do que poderia esperar de parte da população feminina da cidade. Quando mais novo, teria gostado da atenção. Agora, queria sossego.

Péssima maneira de iniciar sua cruzada para trazer Charlotte para sua vida, pensou Roman, e sentiu uma renovada vontade de esmurrar o irmão. Sem dúvida, a atitude de Alice fora inspirada pela *Gazette*. Apesar de saber que Whitehall era uma fonte tendenciosa, agora, no café matinal, todos da cidade haviam sido lembrados da traquinagem de Roman.

Cinco minutos depois, Roman estacionou em frente à *Gazette* e caminhou até a entrada. Parou nas caixas de correio, marcadas cada uma com o nome de um departamento. As caixas ainda não estavam cheias, mas a Local tinha mais que a sua quota, devido ao fato de o editor estar com sua mulher e o bebê recém-nascido. Roman pegou o que a caixa continha, com a intenção de diminuir a carga de Ty e dar-lhe mais tempo com a família.

Roman disse que trabalharia para a *Gazette* como um favor para um velho amigo. Deus sabia que ele não estava motivado pelo desejo de ajudar o irmão mais velho.

Entrou no prédio. "Oi, Lucy." Acenou para a recepcionista, que era tão parte do local quanto as fundações. Primeiro, Lucy trabalhara para o pai dele e depois para Chase. Ela tinha jeito com as pessoas e a capacidade de organização sem a qual nenhum jornalista sobreviveria.

"Oi, Roman." Apontou um dedo chamando-o.

Ele chegou-se a ela. "O que há de novo?"

Ela curvou o dedo outra vez e ele se inclinou mais para perto. "O que está fazendo com a *lingerie* que você roubou?", perguntou cochichando. "Pode me contar. Está vestindo-a?" Ela piscou e soltou uma risada.

Ele revirou os olhos ao lembrar, tarde demais, que ela tinha um senso de humor malvado. "Isso não tem graça", resmungou.

"Se serve de consolo, Chase não queria publicar, mas não teve escolha. Whitehall ligou dizendo-lhe que ele não teria integridade jornalística se ocultasse você por ser seu irmão."

Roman sacudiu a cabeça. "Onde ele está?"

Lucy apontou com o polegar para cima. Roman correu escada acima e entrou no escritório de Chase sem bater.

"Quer me dizer o que diabos está pretendendo?", disse Roman, jogando o jornal em cima da escrivaninha do irmão.

"Com o quê?"

Roman se inclinou para a frente em uma postura ameaçadora que não teve o menor efeito no irmão mais velho. Chase apenas relaxou mais um pouco. Balançou-se para trás e o espaldar do que fora a cadeira de couro do pai deles apoiou-se no batente da janela, escondendo um cenário que Roman conhecia de cor. O laguinho e os velhos salgueiros em guarda eram tanto partes dele quanto a velha casa no estilo vitoriano que sempre fora a sede da *Gazette*.

"Não me faça de trouxa, não estou com humor para joguinhos. Há alguma razão para ter mencionado o meu nome?", Roman perguntou a Chase.

"Eu publico notícias. Ignorar a fala de Whitehall seria uma omissão escandalosa."

"Para quem?"

"Para qualquer um da cidade com quem o velho Whitehall conversasse. Não quero que pensem que temos favoritos ou que protegemos os parentes."

"Uma brincadeira do passado não é notícia."

Chase sacudiu a cabeça. "Você é um repórter e sabe que não é assim." Balançou a cadeira para a frente. "Nunca deu a menor para o que as pessoas pensam de você, então não posso acreditar que o artigo o tenha perturbado tanto. O que, na verdade, o está incomodando tanto?" Levantou-se e encaminhou-se para Roman sem tirar os olhos do rosto dele.

"Volte a viver com mamãe e não precisaria fazer esta pergunta."

"Isto o levaria a beber, não a querer me bater. Isso não tem nada a ver com mamãe. Pensando bem, você está com péssima aparência. O que fez? Cavou trincheiras a noite passada, em vez de transar?"

"Não seria apenas transar", Roman respondeu sem pensar.

"Como é?" Chase empurrou Roman para a cadeira mais próxima e bateu a porta do escritório. "Nunca se sabe quando a Lucy fica entediada e vem para cá", ele explicou, abrindo um armário no canto.

O pai sempre guardara bebidas lá e Chase não mudara muito as coisas. Colocou uísque em dois copos e passou um para Roman. "Agora fale."

Não interessava que era de manhã. Roman se soltou na cadeira e entornou a bebida em um gole só. "Precisava disso. E não tenho a menor idéia de a que você se refere."

Chase levantou o olhar. "Está bravo por ter perdido o cara e coroa, com raiva porque sua vida tem de dar uma volta de 180 graus, e, como você pensa que é meu devedor, não vai admitir isso."

"Perfeito." Não havia sentido em negar o óbvio. Mesmo que Charlotte tornasse o projeto de casamento e filhos mais atrativo, seus planos de vida haviam mudado desde a volta para casa e não por livre escolha.

"Não faça nada que não agüente." Chase apoiou os braços na escrivaninha. "Eu lhe disse isso naquela noite, ninguém o responsabilizaria se você caísse fora."

"Eu me culparia. Já lhe disse alguma vez o quanto o respeito pelas decisões que tomou?"

"Não precisa me dizer. Eu sei quantas pessoas você alcança com suas notícias e o seu talento. Toda vez que leio algo que escreveu, toda vez que você manda um recorte, demonstra que tipo de homem é. E o quanto gosta de tudo que tem na vida."

Roman olhou para Chase e sacudiu a cabeça. "Não estou falando sobre quanto gosto da vida. Ambos sabemos que gosto. Estou falando de quanto eu o respeito." Levantou-se e enfiou as mãos nos bolsos de trás. "Só depois de perder no cara ou coroa é que compreendi de vez o sacrifício que fez. Você era jovem e eu o respeito por isso."

"Sacrifício é uma palavra muito forte", disse Chase, baixando a cabeça.

Roman embaraçara o irmão e sabia que isso era o máximo que o reconhecimento da gratidão conseguiria.

"Agora me diga o que Charlotte Bronson tem a ver com as coisas", disse Chase.

Roman se serviu de outra dose. Por Chase ter precisado fazer escolhas difíceis na vida era quem melhor compreenderia o que Roman estava passando. "Eu amo a vida. As viagens, as histórias, informar as pessoas sobre os eventos importantes no mundo."

Chase lhe deu um sorriso irônico. "Mesmo quando éramos crianças, eu sempre o associei ao que há de melhor, eu me via em você." Ele respirou fundo. "Quando papai morreu, sabia que meus sonhos haviam partido com ele. Mas, se eu não viajasse, por certo me asseguraria de que você tivesse as oportunidades que não tive."

Um nó cresceu na garganta de Roman. "Eu te devo isso."

Chase dispensou as palavras com as mãos. "Não fiz isso para que um dia você me devesse algo. Paga é a última coisa que quero. Se eu ainda quisesse viajar, agora poderia ir a qualquer lugar. Minha vida vai bem. Portanto, se você não pode fazer isso e ficar bem", disse, referindo-se ao cara ou coroa, "então não faça."

"Espere aí, tenho todas as intenções de cumprir com as minhas obrigações, mas não consigo me ver amarrado com qualquer mulher desta cidade. Não quando..."

"Não quando é apenas uma que você quer."

Roman alcançou a garrafa, mas logo empurrou a bebida. "Exatamente", disse ele, encarando as palavras de Chase de frente.

Levantou-se da cadeira e caminhou para a janela. Olhou para o cenário que tanto prazer dera ao pai. Sabia disso porque todos os três filhos se revezavam sentando no colo do pai enquanto ele datilografava um artigo, pegava anúncios pelo telefone ou apenas ficava com as crianças, tudo isso com este cenário às costas. Os computadores substituíram a velha Smith Corona e as árvores eram maiores, com as raízes mais profundas, mas, afora isso, nada mudara. Por ser muito novo no tempo em que o pai era vivo, as memórias de Roman eram vagas. Mas existiam no limiar da memória e lhe davam conforto, até mesmo agora.

"É óbvio que ela também está interessada em você, então qual é o problema"?

Roman respirou. "Não quero magoá-la, e tudo, o cara ou coroa e o meu plano, cheira ao pai dela."

"Maldição." Chase apertou o nariz.

"Concordo."

"Então quem está em segundo na fila?", perguntou Chase.

Roman observou a brisa correndo pelos galhos das árvores ainda a florescer. Apenas as forsítias amarelas e o verde novo da grama davam cor lá embaixo. Olhando para fora, uma lembrança distante entrou em foco, um piquenique familiar que fizeram ali, planejado pela sua mãe em uma tentativa de tirar o *workaholic* do pai do escritório e passar algum tempo com as crianças. Ele quase podia sentir o cheiro dos sanduíches de galinha que a mãe fizera e ouvir a voz do pai treinando Rick a segurar um taco enquanto Raina atirava a bola.

No que dizia respeito ao seu próprio filho, Roman não conseguia imaginar outra mulher a não ser Charlotte fazendo o papel de esposa e mãe, mas tampouco podia se imaginar estabelecido, com uma família, à custa da carreira que construíra e amava. Mas uma criança era o seu futuro. Ele não queria fazer essa criança com outra mulher que não fosse Charlotte.

"Não tem mais ninguém na fila."

Chase veio atrás dele e deu-lhe um tapa nas costas. "Então sugiro que você encontre uma maneira de convencer a moça a aceitar um casamento a longa distância, irmãozinho."

Esse era o problema, pensou Roman. Charlotte não estava pronta para ouvir as palavras *casamento* e *bebês* vindas de sua boca. Ele tampouco tinha certeza de que estava pronto para dizê-las. Mas teria de começar de algum lugar. "O que você me disse quando eu quis fazer minha primeira entrevista e escolhi o prefeito?" Ele tinha dezesseis anos e estava convencido de que poderia ganhar o mundo como repórter.

"Comece devagar e aprenda no caminho. As mesmas palavras que o pai me disse. Você me impressiona, não acredito que essas palavras penetraram nesta sua cabeça dura." Sorriu Chase.

"Quer dizer, a despeito disso, eu estacionei do lado de fora do escritório do prefeito até que ele respondesse a minhas perguntas, em vez de ir entrevistar o presidente da Associação de Pais e Mestres, como você sugerira." Roman riu ao lembrar-se. "Quanto a Charlotte, vou seguir seu velho conselho", disse para Chase. "Mas não fique convencido."

Roman começaria devagar. Passar tempo com ela, conhecê-la de novo seria um prazer. Não precisava se preocupar com a sedução. A atração sempre aparecia quando ele e Charlotte estavam juntos. Se tudo desse certo, teria a carreira que amava e a mulher que sempre quis, não apenas em sua cama, mas em sua vida.

Dirigiu-se para a porta.

"Aonde vai?"

Virou-se para Chase. "Começar a convencer Charlotte de que quero fazer parte de sua vida, até ela desejar que eu não me vá."

Charlotte fechou a loja no fim do dia, às cinco da tarde. A noite de sábado se aproximava. Esfregou os olhos e fitou Beth, que rolava um lápis entre as mãos. "O que está pensando?", perguntou Charlotte à amiga.

"Nada."

"Bobagem. Você tem evitado qualquer conversa séria comigo nas últimas duas semanas. Precisa de uma amiga e é o que sou. Então, por favor, me deixe ajudá-la."

Beth sacudiu a cabeça. "Gostaria de poder, Charlotte, mas você não entenderia."

Charlotte se indagou se deveria ficar ofendida. "Pareço tão sem sentimentos assim?"

"Não, apenas empacada em suas crenças. Qualquer relacionamento que pareça com o de seus pais, imediatamente recebe sua desaprovação."

O coração de Charlotte se contraiu enquanto ela se encaminhava para sua melhor amiga. "Nunca pretendi julgar. Apenas estou sentida por você. Se disse ou fiz alguma coisa rude, me desculpe. Mas, Beth, você é uma mulher bonita, noiva do homem que ama e ainda sofre. Por quê?" Charlotte engoliu em seco, não querendo censurar. "Por que você está aqui e ele em Nova York?"

Beth sacudiu a cabeça. "Não é só isso."

"Por favor, me conte o que está acontecendo. Prometo ouvir e não julgar." Charlotte pegou a mão de Beth e a fez sentar-se. "Vou pegar algo para bebermos e você me conta, certo?"

Segundos depois, com uma lata de soda para cada uma, Charlotte se juntou a Beth e sentou-se em uma cadeira com as pernas recolhidas. “Então vocês se conheceram no Natal?” Conduziu as lembranças de Beth para o início.

“Sim. Norman deu sua festa anual e David estava na cidade visitando os Ramsey. Joanne é irmã da mãe dele. Enfim, fomos apresentados e começamos a conversar... Apaixonei-me por ele naquela noite. Sabia que era ele o meu homem.”

“Sobre o que conversaram? Como sabia que era o homem?” Charlotte se inclinou para a frente, querendo que suas suspeitas sobre David fossem injustificadas, que ele e Beth realmente tinham mais objetivos e interesses em comum do que ela podia ver.

“Especialmente sobre seu trabalho. Tem clientes famosos, mas também atende mulheres comuns que precisam de uma mudança para incrementar o potencial.”

“Parece interessante”, mentiu Charlotte. “Quando ele a levou para casa a beijou sob as estrelas?” Charlotte desejava, para Beth, uma história do tipo felizes para sempre que até agora não encontrara pessoalmente.

“Não. Na verdade, foi um cavalheiro. Beijou-me no rosto e...”

Charlotte colocou as mãos sobre as de Beth. “E então?”

“Deu-me seu cartão. Disse para procurá-lo se eu fosse a Nova York. Pois tinha certeza de que poderia maximizar minha beleza.”

O coração de Charlotte parou. Seus temores se transformavam em realidade. “Beth, não quero cometer um erro, portanto me corrija se precisar. Por que pensou que deveria maximizar o que já era bonito? Ninguém é perfeito, querida.”

“Bem, do jeito que estava não atraía o homem certo”, disse na defensiva.

“Porque Yorkshire Falls não tem tantos homens certos.” À exceção de Roman.

Charlotte baniu o pensamento traiçoeiro. Ele era o homem errado, certo apenas para umas poucas semanas, lembrou-se duramente. Então concentrou a atenção em Beth. "O que aconteceu depois?"

"Fiz uma viagem a Nova York. Sempre quisera ver um *show* da Broadway e então convenci minha mãe a irmos em um fim de semana. Ficamos em um hotel, assistimos ao *show*, presente meu, e passamos um fim de semana agradável." Ela mordeu o lábio inferior. "Mandei minha mãe para casa no domingo e na segunda procurei David no consultório. As coisas começaram aí. Um mês depois estávamos noivos."

"Após a cirurgia?"

Os olhos de Beth correram para longe. "Ele foi maravilhoso. Focou-se em mim e nas minhas necessidades."

No que ele queria criar, pensou Charlotte. O homem não se interessava pela mulher incrível que Beth sempre fora. Bebericou um gole de soda. "Fez muitas viagens para lá?"

Beth concordou. "Depois disso, na maioria dos fins de semana, ele vinha. Tínhamos feito planos fantásticos", disse ela, os olhos brilhando com as lembranças, mas um toque de tristeza e realidade permanecia. "Ele tem uma linda cobertura. Pode-se ver o East River e as lojas são inacreditáveis. Tem lojas para bebês por todo lado. Concordamos que queríamos filhos logo e ele disse que gostaria que eu ficasse em casa e criasse as crianças."

"Se importa se eu fizer uma pergunta pessoal?" Uma que Charlotte sabia que soaria como reprimenda e preconceituosa, baseada na experiência da mãe, mas, no caso de Beth, Charlotte tinha um pressentimento de que estava certa.

"Vá em frente", disse Beth cuidadosamente.

"Um homem com tanto dinheiro e que partilhava sonhos com você, por que não lhe sugeriu que você mudasse para a cidade para ficar juntos de imediato? É claro que poderia sustentar isso, então por que ficar separados?"

"Porque ele acredita em uma corte tradicional! O que há de errado com isso? Nem todos os homens que não ficam em Yorkshire Falls são cafajestes como o seu pai." Os olhos de Beth se arregalaram, cheios de lágrimas. "Pai do Céu, me desculpe. Isso foi uma coisa horrorosa de se dizer."

"Não, foi apenas honesto", disse Charlotte maciamente. "Estou fazendo perguntas fortes e você se defende. Do que tem medo, Beth?"

"De que ele tenha achado alguém que lhe interesse mais." A amiga enxugou os olhos. "Ele já foi noivo de uma paciente", admitiu.

"De uma paciente?" Charlotte tinha a impressão de que o dr. Implante era um homem apaixonado pelas suas criações e não pelas mulheres dentro dos corpos que ele reformava, e que perdia interesse ao encontrar um projeto novo.

Em Beth, ele encontrara uma paciente ideal, pois, apesar de sua bonita aparência natural, nunca se sentira perfeita, isso Charlotte sabia dos tempos da adolescência. Apesar de nunca saber por quê.

"Então ele não tinha interesse até que você se decidisse pela cirurgia plástica?" Charlotte esperava ter conseguido que Beth fosse compreendendo a dolorosa verdade pouco a pouco.

"É", disse ela maciamente. "Faz tempo que percebi a verdade. Mesmo quando ele estava aqui, era distante. Só conversávamos sobre como me reformar." Os olhos de Beth se encheram novamente. "Como pude ser tão imbecil? Tão desesperada?"

Charlotte segurou a mão da amiga. "Você não é imbecil nem desesperada. Às vezes, vemos o que queremos ver. Você queria que um homem a amasse." Ela olhou para a lata de soda em suas mãos. "Nós todas queremos."

"Até você?"

Charlotte riu. "Eu mais que todas. Sou apenas mais consciente dos riscos porque vi o que minha mãe passou tentando manter um homem que não queria se amarrar." Ela rodou a lata nas palmas. "Por que você pensa que não quero mais da vida? Por exemplo, alguém que me ame?" Sentindo o calor do olhar de Beth, levantou os olhos.

"Porque você é muito independente. Partiu, foi atrás de seus sonhos, voltou e os realizou. Eu fiquei aqui em um empreguinho até que você me trouxesse para a moda, algo de que sempre gostei. Mas foi preciso a sua coragem para que eu me movesse na direção certa."

"Teve suas razões para ficar e elas eram corretas para você." Charlotte olhou ao redor e observou a loja, decorada com babados de crivo e renda brancos. "Não poderia ter feito tudo isso sozinha. Você tem parte neste sucesso. Veja este lugar e tenha orgulho. Eu tenho." Voltou a olhar para Beth, esperando até que a amiga reconhecesse a verdade com um pequeno aceno. "Não tenho certeza de onde vem esta insegurança, mas, agora que você sabe disso, pode trabalhar para fortalecer sua autoconfiança."

"Sempre fui insegura. Duvido que você saiba como é."

Charlotte sacudiu a cabeça. Como Beth não conseguiria notar que a vida de Charlotte era bem menos que perfeita? "Você está muito errada. Claro que sei o que é a insegurança. Apenas acredito em curá-la de dentro para fora, não vice-versa. Isso explica a filosofia básica desta loja!"

"Suponho que deva aceitar a lição." Beth forçou um sorriso. "E Roman é parte desse trabalho de dentro para fora que você falou? Você não se permite envolver-se. É porque sabe o que é melhor para você?"

Charlotte suspirou. Como explicar para Beth sua mudança em relação a Roman? "Roman é diferente. Nosso relacionamento é diferente."

"Oba! Então existe um relacionamento."

"De curto prazo", Charlotte salientou. "Ambos sabemos as regras do jogo."

"Sempre soube que havia algo entre vocês. Você sabe que ele só saiu comigo depois que vocês saíram uma noite e as coisas não deram certo?"

Charlotte negou com a cabeça. Não era hora para aumentar a insegurança da amiga. Além do mais, nunca pensara que Roman se virara para Beth por despeito. Charlotte não se permitia pensar que significasse tanto para ele. Mas, pensando agora, sentiu-se palpitar com essa possibilidade.

Mas, no momento, era o ego de Beth que precisava de incentivo, não o de Charlotte. "Me poupe! Você era líder de torcida, ele não poderia resistir", disse ela, revelando o que acreditara na época.

Beth revirou os olhos, se divertindo e, finalmente, com o bom humor de volta. "Nós nos divertimos, mas foi só. Nada de sério ou irresistível. Eu me recuperava de Johnny Davis e Roman de você."

"Beth..."

"Charlotte...", a amiga imitou, com as mãos na cintura. "Agora é minha vez de explicar alguns fatos da vida para você. Existem tipos diferentes de rapazes e relacionamentos. Existe o rapaz para sempre e o rapaz de ocasião. Aquele com quem você se diverte e vai em frente. Roman para mim foi assim e eu para ele." Ela parou para pensar. "Acho que está na hora de você resolver o que Roman significa para você."

"Como você conseguiu virar esta conversa para mim?", perguntou Charlotte.

"Porque somos amigas, como você disse. Precisa de mim tanto quanto eu preciso de você."

"Bem, prometo explicar Roman para você um dia", quando pudesse explicá-lo para si mesma.

Beth olhou para o seu relógio. "Devo ir. Rick estará aqui a qualquer minuto."

"Esse *playboy* é o último homem com quem você deveria se envolver. Principalmente ainda estando noiva."

Beth riu. "Rick e eu somos amigos. A-M-I-G-O-S."

Charlotte suspirou com alívio.

"Rick me escuta e me faz rir. Preciso disso agora. Conversar com um rapaz, na verdade, me dá forças para encarar David e meus temores." Seu sorriso se apagou. "Depois devo encarar a vida por conta própria, e descobrir quem sou e do que preciso."

"E se tivermos julgado David mal?" Charlotte se sentiu obrigada a perguntar. "E se ele a ama e..."

Beth sacudiu a cabeça. "Nunca saberei se o interesse dele era por mim ou pela mulher na qual me transformou – eu lhe disse que quer reformar meu nariz?"

Charlotte pulou da cadeira. "Não ouse..."

"Sou mais sabida que isso, graças a você e a Rick." Ela abraçou Charlotte. "Você é uma boa amiga."

"Você também." Charlotte também apertou Beth.

Uma batida na porta e Charlotte correu a atender.

Samson estava do lado de fora, seu cabelo começando a embranquecer estava úmido e portava uma pilha de cartas nas mãos. "Você não pega sua correspondência?", resmungou. "Deixe as coisas lá fora e o vento se encarrega de levar ou ficarão molhadas pela chuva. Toma." Ele esticou a mão e sacudiu um punhado de cartas no rosto dela.

"Obrigada, Sam." Ela pegou as cartas e mexeu no bolso procurando o dinheiro que jogara ali de manhã. "Você sabe que eu nunca me lembraria de pegá-las." Esticou a mão com notas amassadas dentro dela. "Se puder, me traga uma garrafa de soda e fique com o troco. Certo?"

Ele resmungou, mas pegou o dinheiro com um lampejo de gratidão nos olhos escuros. "Algo mais que não consiga se lembrar de fazer sozinha?", ele perguntou.

Charlotte segurou uma risada. "Passe na segunda-feira cedo. Tenho um pacote ou dois que você pode postar para mim." Até lá, teria terminado de empacotar algumas calcinhas para suas clientes.

Como uma cortesia a mais em seu serviço, Charlotte gostava de surpreender as clientes de encomendas especiais, postando-as, quando estas ficavam prontas antes do prazo, em vez de ligar e pedir para que pegassem a encomenda na loja. "Que tal?", ela perguntou para Sam.

"Você é preguiçosa. Vejo você, então."

Charlotte sorriu e trancou a porta. Pobre incompreendido. Sacudiu a cabeça. Separava a correspondência quando o telefone tocou. "Eu atendo", gritou para Beth.

Pegou o telefone. "Sótão da Charlotte."

"É Roman."

A voz profunda a envolveu em calor e seu interior se retorceu de desejo. "Olá."

"Olá. Como você está?", ele perguntou.

"Tive um dia muito ocupado. Deveria ter visto as filas do lado de fora."

"Eu vi. Não havia como não ver. Mas tenho saudades de você." A voz dele caiu para um tom mais grave.

Foi percorrida por um tremor. "É fácil me encontrar."

"Pode imaginar as manchetes se eu entrar pela porta da frente de sua loja?"

Ela mordeu o lábio inferior. Se sua loja se beneficiara das manchetes do dia, Roman por certo sofrera. "Você está muito mal?"

"Vou contar. Fui chamado de travesti pela secretária de Chase, de potencial criminoso pela minha mãe e mais de uma mulher abanou uma daquelas calcinhas de que você tanto gosta na minha cara."

"Oh, não." Charlotte se sentou em uma cadeira, o estômago embrulhado com a idéia de outras mulheres se oferecendo a Roman.

"O que há de errado?" Beth se chegou atrás dela.

Charlotte abanou-lhe a mão para ela não continuar falando. "É o Roman", disse baixo, pondo o dedo sobre os lábios.

Beth sorriu e sentou-se para esperar.

"Então foi terrível?", Charlotte perguntou para ele.

"O bastante para eu pensar em sair da cidade para o resto do fim de semana."

Desapontada, percebeu o quanto esperava vê-lo. Estar com ele. Consumar a relação. Ela tremeu com a idéia, o corpo reagindo ao simples pensamento.

"O fim de semana termina amanhã à noite", ela o lembrou.

"Mas pode imaginar quanto podemos fazer em vinte e quatro horas?"

"Nós?" Ela apertou o fone com força.

"Bem, não moramos em uma metrópole próspera, mas queria levá-la a algum lugar legal."

Um calor correu por ela, e que nada tinha a ver com desejo sexual. Lógico que isso também estava nela, mas o carinho na voz de Roman a pegou no coração. "O que pretende?"

"Estava pensando no Falls." O único restaurante da cidade que exigia um traje formal, pensou Charlotte.

"Mas você imagina como é comer enquanto mulheres estão enfiando calcinhas no bolso do meu paletó?"

Ela riu. "Não me diga que já tentaram isso também."

"Ainda não."

"Seu ego me assombra." Ela percebeu Beth fitando-a curiosa e virou a cadeira para escapar de seu olhar. "Você está me convidando..."

"Para fugir comigo. Uma noite e um dia. Você e eu. Que me diz?", ele perguntou.

"Um encontro?"

"Mais que isso, você sabe."

Charlotte respirou fundo. Eles caminhavam para isso há algum tempo. Ela já racionalizara seu caso com Roman. Porque estar com ele parecia a única maneira de esquecê-lo. Se tivesse sorte, descobriria que ele tinha muitos hábitos ruins. Se não, pelo menos teria lembranças para o futuro. Nunca olharia para trás e se arrependeria de não ter arriscado.

"Ele a está convidando para sair. O que está esperando? Diga que sim", disse Beth nas costas dela.

Charlotte olhou sobre o ombro. "Cale a boca."

"Não é a resposta que eu esperava."

"Não estava falando com você." Sinalizou para Beth sair com uma mão. "Sim, eu digo sim", disse ela, antes que pudesse mudar de idéia.

Beth soltou uma exclamação de alegria.

"Vou fazer tudo para que sejam horas que você nunca esquecerá", disse ele com aquela voz sensual.

Charlotte acreditava nele. Ela sabia que, quando este fim de semana terminasse, nunca mais se indagaria o que perdera desde a adolescente rejeição a ele.

Mas não iria esquecer que era um caso de curto prazo. Roman era um rapaz de ocasião.

Capítulo 8

ROMAN PEGOU CHARLOTTE NA hora combinada. Dirigiu até a saída da cidade onde parou no acostamento. Do porta-luvas, pegou um lenço de seda, que balançou na frente dela.

"Para que isso?" Charlotte espiou o lenço, intrigada.

"Não quero que você veja a surpresa antes da hora."

"Adoro surpresas", disse Charlotte.

A risada de Roman a envolveu dentro do pequeno carro de aluguel. "Estou errado ou o tom de sua voz é de quem gostou?"

Inclinou-se e amarrou o pano de seda ao redor da cabeça dela. As sensações correram pelos terminais nervosos de Charlotte.

Ergueu as mãos para tatear a venda que cobria seus olhos e seu coração acelerou com a excitação. Assim que ficou sem a visão, os outros sentidos se aguçaram, dominando-a.

O som da respiração profunda de Roman e sua colônia masculina e embriagadora a faziam tremer de excitação. "Então, aonde vamos?"

"Devia tentar uma pergunta mais sutil. Se eu quisesse que soubesse, por que taparia seus olhos?" Ligou o carro e ela levou um solavanco ao entrarem de novo na estrada.

Não saberia dizer ao certo quanto tempo se passou enquanto travavam uma conversa amistosa. Davam-se bem, o que não era uma surpresa. Também não surpreendiam as coisas que tinham em comum, o amor pela história, um agudo interesse por terras estrangeiras, muitas das quais ele descreveu para ela em detalhes, como apenas um observador *in loco* poderia. Charlotte invejava as viagens dele muito mais do que admitiria em voz alta.

"Quando estive em seu apartamento não pude deixar de ver os livros na mesa." Não era uma mudança súbita de conversa, considerando as histórias e descrições com que ele a brindara.

"Muitas pessoas têm esses livros", disse ela, ainda não querendo mostrar muito de sua alma.

"Foi o que pensei. Depois olhei direito. Os seus estão usados e muito lidos."

Maldito homem. Ele observava e dissecava as menores coisas até chegar à conclusão correta. "Então me chame de superficial. Gosto de livros de figuras."

"Eu a chamaria de muitas coisas." Ele descansou a mão no joelho dela, a palma quente abrasando a carne de Charlotte através da calça de algodão leve que usava. "Superficial não seria uma delas. Arriscaria dizer que cultiva um desejo secreto de viajar."

"Uma grande conclusão baseada em uns poucos livros."

Ele sacudiu a cabeça. "Eu já pensava isso, mas suas vinte perguntas sobre minhas viagens e o anseio em sua voz me disseram que gostaria de visitar esses lugares algum dia."

Ela pensou em mentir, mas mudou de idéia. Prometera se liberar de todas as inibições e desfrutar o máximo, para não se arrepender. Isso significava nada de mentiras ou omissões. "Suponho que um lado meu queira viajar", admitiu.

"O lado aventureiro que você esconde?" O bom humor tingia a voz dele.

"O lado superficial", disse ela, sem o menor bom humor. Charlotte olhou do outro lado, onde estava a janela, mas a mesma escuridão a esperava em qualquer direção que se virasse.

"*Superficial.* Eis a palavra novamente."

Ela sentiu a desaceleração do motor, a trepidação de um carro sendo estacionado e o escorregar da sarja contra o vinil quando Roman se virou em seu assento.

"Eu só viajo. É isso que pensa de mim?", perguntou, finalmente.

Ela podia imaginá-lo, um braço no descanso de cabeça enquanto olhava para ela. Só que não podia realmente vê-lo. Podia apenas adivinhar o que ele fazia e que expressão apresentava. A voz tinha um leve toque de mágoa ante a possibilidade de que ela o julgasse vazio. O tom era de preocupação com o que ela pensava dele e essa idéia pôs o coração dela a bater mais rapidamente.

Roman era inteligente e cuidadoso. Ele usava esses traços para passar as notícias de uma maneira que atraía o leitor. Charlotte lera seus artigos e não pensava que Roman fosse superficial, longe disso.

"É o que tenho medo de ser." Nada de mentiras, lembrou-se e, sob a cobertura e proteção da escuridão, Charlotte admitiu seu maior temor. Entre todas as pessoas, ela queria que Roman soubesse disso.

"Curiosidade pelo desconhecido faz a pessoa inteligente e não superficial."

"Mas e se para ver esses lugares ou fazer outras coisas você for levado para longe de casa e mantido lá?", ela perguntou. "Longe das pessoas que amam você."

Roman escutou as palavras dela e procurou um significado mais profundo. Charlotte poderia estar falando sobre ele, mas intuía que ela admitia temores mais pessoais. "Está falando sobre seu pai, não é?"

"É uma pergunta retórica." Ela ainda olhava a janela.

Ele se esticou e tocou-lhe o queixo, virando-a para ele. "Não foi o desejo dele de morar em Los Angeles ou mesmo de ser ator que causou o problema. O problema foi causado pela falta de vontade dele de assumir suas responsabilidades e também porque ele parece ser emocionalmente desligado da família. Foram escolhas que ele fez. As suas seriam diferentes, porque *você é* diferente."

Ela encolheu os ombros. "Meu pai, meus genes. Nunca se sabe."

"Você também tem os genes de sua mãe e ela é caseira." Mais para reclusa, pensou, mas não disse. "A maior possibilidade é que você seja uma combinação de ambos." O melhor de cada um, ele pensou. "Então, qual a outra razão de ter tanto medo desses desejos escondidos?"

Ela não respondeu.

Ele pressentia que a genética não era realmente o que perturbava Charlotte. Era apenas uma cobertura conveniente. Ele a conhecia o suficiente para saber que ela não era egoísta nem uma cópia do pai, e ela também deveria saber. Se bem que qualquer pessoa que estivesse ressentida com um dos pais teria medo de agir do mesmo modo, pensou Roman. Charlotte era inteligente o bastante para olhar para dentro e ver a verdade. "Você não é mais superficial do que aqueles livros na sua mesa."

"Você é tendencioso." Os lábios dela se curvaram em um meio sorriso.

"E isso não é uma resposta. Vamos lá, Charlotte. Você viveu em Nova York e gosta de livros sobre países estrangeiros. Você deseja viajar, mas se recusa a reconhecer que isso pode fazê-la feliz. Por quê?"

"E se a realidade for uma decepção?"

Ela já tivera muitos nesta vida, pensou Roman. Mas ele iria mudar isso. "Se pudesse estar em qualquer lugar agora, onde seria?"

"Que não aqui com você?"

Ele sorriu. "Boa resposta." Em um impulso, ele se inclinou e roçou a boca nos quentes lábios dela. Um tremor inconfundível sacudiu-a e o corpo dele se entesou em resposta. "Penso que está na hora de lhe mostrar onde é *aqui*." Ele saiu do carro e deu a volta até o lado dela, ajudando-a a sair.

Uma garoa fina caía sobre eles, a névoa e as nuvens pesavam na escuridão, o clima incrementando a atmosfera quase sombria desse lugar que ele escolhera. Somente quando ele a colocou de frente ao destino final foi que tirou a venda. "Dê uma espiada."

Enquanto ela observava ao redor, Roman a espiava. O cabelo negro, despenteado pelo lenço e pelo tempo, enrolava pelos seus ombros e pescoço. Ela puxou as mechas longas para trás com a mão, deixando o pescoço nu e exposto. A vontade de mordiscar aquela pele branca era forte e avassaladora, mas ele conseguiu observar e aguardar.

Ela piscou e apertou os olhos, enrugando o nariz. "Parece uma casa de fazenda."

"Na verdade, é um estábulo reformado. Discreto, com uma vista incrível das montanhas de Adirondack. Perdemos o pôr-do-sol, mas não há razão para não vermos o nascer."

Ela deu um passo à frente, obviamente ansiosa para ver mais.

"Espere aí." Ele pegou os pertences no porta-malas. Ela trazia pouca bagagem, o que não apenas o surpreendeu, como, de uma maneira ridícula, o fez sentir como se pudesse se relacionar com ela ainda melhor. Ou que ela se relacionaria com ele e seu modo de vida de um jeito que ele não esperara.

Sem saber como interpretar esses sentimentos, simplesmente a alcançou. "Não é um castelo escocês, mas a fará sentir que deixou o mundo real para trás. Prometo que não se desapontará."

Ela o encarou. "Você é perspicaz e intuitivo. Sendo repórter, creio que seja natural. O que não sei é se isto é por mim ou por você."

Não se sentiu ofendido, porque ela estava ruminando sobre o pai e se sentia impulsionada a procurar motivos ocultos em Roman. Ele compreendia e não se importou em responder. "Sair da cidade é para agradá-la, ter você comigo é por mim e escolher este lugar em particular foi tudo por você, querida."

"Você pensa que sabe tudo de mim." Ela mordeu o lábio inferior.

"E não sei?" Ele abriu um braço indicando o horizonte montanhoso. "Esta súbita escapada não lhe agrada? Esta estalagem não a faz lembrar de lugares que você gostaria de visitar, mas não teve oportunidade?"

"Você sabe que sim. Isso ficou óbvio no seu estudo do meu apartamento ou ao me dissecar com esses instintos de repórter. Mas não quer dizer que você saiba tudo. Há muito ainda escondido."

"Mal posso esperar para descobrir o resto de seus segredos."

Os lábios dela se curvaram até se transformarem em um sorriso ferino. "Então, o que está esperando?" Ela girou e encaminhou-se para a estalagem, o efeito de sua partida majestosa diminuído pelo desequilíbrio de andar de salto alto em um estacionamento não pavimentado.

O tempo que Charlotte e Roman ficariam juntos, por acordo, seria o de um caso de curto prazo. "Caso" sendo a palavra-chave. Por mais que quisesse contar seus segredos para ele e ouvir aquela voz confortadora e compreensiva, não queria desperdiçar o pouco tempo que tinham, um tempo sem duração definida, com conversas.

Não quando tinham tantas coisas mais excitantes e eróticas a fazer. Coisas que lhe oferecessem memórias a cultivar e uma maneira de provar que ela era mais forte que sua mãe. Podia pegar o que queria e partir, em vez de esperar que ele voltasse e completasse sua vida. Seria completa por conta própria. Independente de quantas saudades tivesse dele.

Quando chegaram dentro da casa de fazenda reformada, despretensiosamente chamada The Inn, a excitação era sua única companheira.

Foram saudados à entrada por um casal idoso. "Bem-vindo, sr. Chandler."

"Roman, por favor."

A mulher com o cabelo raiado de branco e olhos vivos concordou. “Roman está bem. Sabe que parece com seu pai?”

Ele sorriu. “Já disseram.”

“Ela conhece seus pais?”, perguntou Charlotte surpresa.

“Mamãe e papai vieram aqui na lua-de-mel.”

Ele falou como se nada houvesse de especial, mas Charlotte não achou a informação tão sem importância. Ele a trouxera para o lugar onde os pais haviam compartilhado a noite após o casamento. Melhor assim.

“É verdade. Eu sou Marian Innsbrook e este é meu marido, Harry.”

Charlotte sorriu. “Então isto explica o nome do lugar.”

“Fácil de lembrar, caso as pessoas queiram voltar.”

Charlotte concordou.

Roman chegou-se e a abraçou pela cintura. Aquele toque aumentou sua excitação. O Inn preencheu-se de sensações eróticas. O calor a invadiu e em seus seios havia um peso e no vão de suas pernas um pulsar especial. Tudo muito impróprio para a hora e o lugar, mas logo estariam sozinhos, e ela pretendia dispensar as roupas e também as inibições.

Fingindo não reparar na agitação que causava nela, Roman sorriu para os Innsbrook. “Esta é Charlotte Bronson.”

Charlotte conseguiu sorrir com naturalidade enquanto se revezavam apertando as mãos do casal. Forçou-se a olhar em volta e apreciar o charme e o clima de Velho Mundo que havia no Inn. O forro apresentava vigas de madeira e as paredes eram recortadas em painéis. *Conforto* e *caseiro* eram as palavras que vinham à mente dela.

Vazio foi outra palavra que lhe passou pela cabeça. Não havia ninguém ao redor. “Cuidam de tudo sozinhos?”

Marian assentiu com a cabeça. “É o período calmo do ano. Apesar de estarmos a uma hora de Saratoga, temos esta queda de movimento entre as férias de inverno e a estação de corridas. Estou contente, pois pudemos acomodá-los com tão pouco prazo."

"Nós agradecemos", disse Roman.

"Prazer nosso. Agora vamos instalá-los."

Após uma curta escada e um estreito corredor, Marian lhes indicou um quarto semi-iluminado na penumbra. "Esta é a área de estar, aquelas escadas à esquerda chegam ao quarto. Temos TV por assinatura e controle de temperatura ali." Ela foi até a parede do fundo e explicou o sistema. "O café-da-manhã é servido às oito horas e vocês podem acordar e pedir o que quiserem." Ela virou-se para sair.

"Obrigada, sra. Innsbrook", disse Charlotte.

"É Marian, e não tem de quê."

Roman a acompanhou e uns segundos depois a porta se fechou com um forte estalo. Estavam sozinhos.

Ele se virou, encostado na porta fechada. "Pensei que ela nunca mais fosse embora."

"Pare de reclamar." Charlotte sorriu. "Gostei deles."

"Eles mantiveram contato com minha mãe todos estes anos, até foram ao enterro do meu pai."

"Que gentil."

"São gente boa." Ele deu de ombros. "Minha mãe e meu pai vinham aqui todo aniversário de casamento."

O olhar dele encontrou o dela, escuro e sugestivo, fitando-a até que ela se perturbasse. "Não sei o que dizer", ela admitiu.

Ele encaminhou-se para ela. "Posso pensar em coisas melhores do que conversar." Ele parou em frente dela.

O cheiro de almíscar dele a enchia de um desejo tão forte que seus joelhos quase dobraram. Ela engoliu em seco. "Então por que não me mostra?"

Subiu da garganta dela um som que parecia um rosnado baixo, uma profunda admissão de desejo. Na seqüência, ele a pegou nos braços, escada acima e a deitou na cama *king size* do *loft*. Então, os lábios dele chegaram firmes nos dela.

Era o que ela estivera esperando. Este beijo firme, exigente, que não acabava e criava uma sucessão de ondas de urgência carnal a lhe percorrer o corpo com a velocidade de um raio. Os lábios dele eram implacáveis. Este assalto quente e úmido a trouxe para a vida.

Ela aninhou o rosto de Roman nas mãos e passou os dedos pelo cabelo dele, tendo prazer naquela maciez de seda, tão contrastante com o corpo firme e duro em cima dela. Ele corria a boca pela sua face e pelo pescoço, parando para mordiscar a carne macia dela.

"Quando a peguei e a vi nesta blusa decotada, só podia pensar em sentir o seu gosto", a voz dele raspou-lhe o ouvido com um som rouco.

A urgência e o desejo dele a faziam sentir-se leviana e valente. Ela arqueou as costas, esticando o corpo contra o colchão e empurrando seus seios sensibilizados e com os bicos intumescidos contra o peito dele, dando-lhe acesso total ao pescoço. "Então? Está tão bom quanto esperava?"

Ele deixou escapar outro daqueles rosnados que a ligavam e roçou os lábios mais bruscamente na pele dela.

A sensação dos dentes dele puxando sua carne encontrou uma resposta entre as pernas dela, o lugar que estava e sempre estivera vazio e que assim continuaria até que Roman o preenchesse.

Ele se encaixou melhor nela, com a virilha quente e pesada aninhada entre as suas coxas. A sarja era uma barreira restritiva, mas ela sentia o peso dele e a largura estocando-a, à procura de uma entrada. O corpo dela agitou-se sob ele, querendo mais do que o provocante roçar de corpos vestidos. Nunca admitiria isso em voz alta, mas o corpo dela reconhecia aquilo que tentava esquecer – esperara por este homem a vida toda. Agora ele era seu.

E ela era dele. As grandes mãos de Roman tomavam posse, enquanto ele contornava a silhueta dela com as palmas, parando apenas para segurar firmemente seus seios, sentindo-lhes o peso e acariciando os bicos com os polegares. Ela gemeu de uma maneira que a surpreendeu.

Ele se ergueu, apoiando-se nas pernas. "Não tem idéia de como me deixa."

Ela sorriu. "Pode estar certo de que eu tenho uma pista."

Quando ele pegou o elástico da cintura das calças dela, ela tomou um fôlego profundo e esperou que ele as puxasse para baixo. Para longe do corpo dela.

Porém ele parou. "Sobre prevenção..."

Normalmente seria um assunto que cortaria o clima. Com Roman era apenas um atraso que ela não queria. "Estou tomando a pílula", garantiu.

A surpresa passou pelos olhos dele, sendo logo substituída pela inconfundível chama do desejo. Ela se indagou se os pensamentos dele seriam reflexos dos dela, pois tudo que podia imaginar era ele a penetrando, carne a carne, sem barreiras, nada entre eles. "Mas..." Ela era muito sabida para ignorar a realidade.

Um músculo enrijeceu no queixo dele, demonstrando o que este controle lhe custava. "O quê?", perguntou em um tom de voz mais macio do que ela podia acreditar que ele conseguisse em momentos assim.

"Faz muito tempo para mim e as poucas vezes, eu... nós... usamos camisinha." Ela desviou o olhar para a parede cor de creme a seu lado, chocada pela completa intimidade desta conversa. Porém, não havia nada mais íntimo do que o que estavam por fazer.

Ele respirou e ela imaginou se ele estaria chocado com as palavras dela. Indagou-se se o assustara. Os homens não gostam de pensar que uma mulher está apostando demais em uma noite. Mas ela e Roman já tinham conversado sobre isso e ambos sabiam onde pisavam.

"Eu não sou promíscuo."

Ao tom da voz dele, ela o focou antes que lamentasse o fim do que ainda não começara.

"Sou cuidadoso", ele continuou. "Antes de cada viagem ao exterior faço todos os exames de sangue imagináveis." Um silêncio pesado caiu entre eles. "Nunca antes dei tanto valor ao que uma mulher está pensando, portanto não me deixe em suspense."

Um peso se fechou no peito dela e um nó lhe apertou a garganta enquanto ela agarrava os punhos dele. Mas ela se recusava a sucumbir à emoção, pelo menos não quando o desejo era tão forte e abrangente. "Pare de falar e me ame, Roman, ou terei de..."

Ele a calou puxando-lhe as calças em um movimento rápido e Charlotte sentiu o ar mais fresco atingir-lhe as coxas.

"Gosto de um homem que escuta." De fato, ela gostava muito dele. Mais do que era prudente, pensou, enquanto chutava as calças para longe dos tornozelos.

Ele se levantou para despir-se e ela tirou a blusa em seguida. Quando ele voltou para a cama, estava nu e era magnífico. A pele bronzeada complementava o cabelo escuro e os olhos azuis estavam escuros de desejo, desejo por ela.

"Gosto de uma mulher que não teme me dizer o que quer." Ele colocou as mãos nas coxas dela e abriu-lhe bem as pernas. "Uma mulher que não teme a própria sensualidade." Centelhas de luz brilhavam em seu olhar enquanto ele observa o conjunto de calcinha e sutiã azul-claro. "Sabe qual é minha cor favorita?"

Ela abriu a boca para responder, mas, com o toque abrasador dele queimando-lhe a pele e o desejo pulsando em suas veias, as palavras não vieram.

"De agora em diante é azul." Com isso, ele inclinou a cabeça para sentir o gosto dela.

Charlotte pensou que morreria de prazer. Imaginou se isso seria possível. Depois, não pensou em mais nada. A língua dele fazia mágica, conseguindo se enfiar dentro dos orifícios da calcinha feita à mão. Com carícias longas, ele a lavava, então alternava com repetidas chupadas que mandavam flechas de fogo pelo corpo dela, enquanto todos os seus nervos imploravam pelo arrebatamento final.

Ele a levou à beira do orgasmo muitas vezes, apenas para arrefecer as passadas amorosas de sua língua e trazê-la de volta. Ela se retorcia e implorava até que ele usou a língua e os dentes para roçar as dobras de sua carne mais sensível, levando-a ao êxtase mais uma vez. Mas ela se recusava a ter o primeiro orgasmo sem ele estar nela. Precisava por demais ter esse contato emocional com ele e, quando Roman pegou e segurou a mão dela, soube que ele compreendia.

Sem aviso, ele escorregou para o lado dela, o corpo quente a envolvendo em calor. Tirou-lhe rapidamente o sutiã e a calcinha e voltou a abraçá-la.

"Você tem um gosto muito bom." Ele afastou o cabelo dela e, antes que ela pudesse responder, fechou-lhe a boca com um beijo. Ao mesmo tempo, apertou a mão sobre o morro feminino dolorido e vazio. Ondas de urgência começaram a se acumular nela novamente. Ela jogou os quadris para cima e gemeu. Ele sentiu o som na garganta.

Ele interrompeu o beijo sem retirar os lábios. "O que há, meu amor? Isto ajuda?", ele perguntou, colocando o dedo profundamente nela.

O corpo dela tremeu em reação. "Eu sei o que ajudaria mais."

Roman também. O controle dele não era fácil. Ele estava se deleitando, mas se não a penetrasse explodiria. "Me diga o que você quer." Ele precisava ouvir isso daqueles lábios tão bem beijados.

"Me deixe mostrar." As faces dela estavam rosadas de ardor e os olhos brilhantes de desejo, quando pegou e segurou na mão a longa ereção dele.

Ele não precisava responder, apenas deixar-se guiar e foi o que fez, ajeitando-se em cima dela enquanto ela abria as pernas e colocava a cabeça do membro no V úmido de suas coxas. Neste momento, as preliminares se acabaram.

Ele a penetrou, duro e rápido. Ela dissera que se passara muito tempo desde a última vez e, quando seus músculos macios se contraíram ao redor dele, Roman percebeu quanto tempo ela queria dizer. Ela estava apertada e molhada, envolvendo-o em um calor sedoso. Ele começou a suar, não apenas por estar muito excitado e tão no ponto que temia explodir, mas porque sentia que exatamente aqui era o seu lugar.

Sentiu-se como que retornando ao lar.

Abriu os olhos e encontrou o olhar surpreso dela. Não foi dor ou desconforto que ele viu neles, mas consciência. Estava claro que ela sentia a mesma coisa.

Ele começou a mexer rapidamente, pretendendo se distrair, para se afastar da realidade de seus sentimentos. Para ele, sexo sempre fora uma forma distante de alívio rápido e fácil. Não agora.

Não com Charlotte. Não se o ritmo dela complementava o dele, a respiração dela combinava com a dele e o corpo dela se amoldava tão perfeitamente ao redor dele. Quando ela gozou, levando-o junto, Roman sabia que as coisas nunca mais seriam as mesmas.

Roman saiu do banheiro e dirigiu-se a Charlotte, completamente nu e nada embaraçado. Ela ponderou que não restara muito a esconder entre eles e não se importava em olhar para ele. Nada, nada.

Ela não estava pronta para agir tão livremente. Cruzou as pernas e se cobriu com os lençóis. "Estou morrendo de fome."

Os olhos de Roman brilharam em provocação. "Posso cuidar desta fome sua."

Ela sorriu. "Isso você já fez. Duas vezes. Agora é meu estômago que precisa ser preenchido." Ela deu uns tapinha na barriga sobre o lençol. O exercício os levara a um apetite saudável e ela não se envergonhava de admitir isso.

Tinha vergonha de olhar muito profundamente dentro do coração, por não ser mais a mesma mulher que entrara na pousada. Era muito fácil estar com este homem que prometia honestidade com a mesma tranqüilidade com que garantia que iria partir.

Ele pegou o livreto encapado em couro verde no criado-mudo e olhou a lista de lanches noturnos.

"Quais as escolhas?", ela perguntou.

"Não há muita escolha. Uma bandeja de bolachas com chás diversos ou uma bandeja de vegetais com molho de mostarda doce ou queijo azul e alguns refrigerantes. Também há frutas frescas da estação. Não imagino o que sejam nesta época do ano, mas uma coisa é certa, comida fria e nada feito em casa." Ele riu. "Então, peço os vegetais para você?"

Ela ergueu as sobrancelhas, surpresa de que ele tivesse errado a escolha. "Creio que não me conhece tão bem quanto pensa."

"Bem, isso é um desafio. Então você quer as frutas?"

Ela franziu o nariz. "Roman Chandler, com que tipo de mulheres você anda?" Ela sacudiu a cabeça. "Esqueça que perguntei."

Ele se acomodou perto dela. "Sinto muito, mas não posso." Ele pegou-lhe a mão e começou uma massagem lenta e constante na palma dela. Seu toque era tão sedutor quanto seus olhos eram magnetizantes e azuis. "A reputação Chandler é bem exagerada."

"Realmente? Seus irmãos não colecionam mulheres?"

"Não estou dizendo que elas não fazem filas por mim." Seu sorriso maroto mostrava que ele estava brincando. "Mas eu as dispenso. Estou ficando muito velho para aventuras curtas."

Apesar da curva provocante nos lábios dele, ela jogou um travesseiro nele. "Me diga uma coisa. Não me lembro de seu pai. Tinha essa mesma reputação de 'as mulheres me amam'? É isso que vocês três cultivam?"

Ele sacudiu a cabeça. "A única mulher por quem meu pai se interessou foi minha mãe e a recíproca é verdadeira."

"Se meu pai tivesse sentido o mesmo por minha mãe."

Ele inclinou a cabeça para trás, pensando. "Sabe o que mais? Nossas mães não são realmente tão diferentes."

Charlotte não evitou o riso. "Você deve estar brincando."

"Não. Deixe de lado esse ressentimento obstinado por seu pai e veja uma coisa. Ele partiu e sua mãe tem estado esperando desde então, não é?"

"É", disse ela, sem saber o que ele pretendia.

"Meu pai morreu e minha mãe nunca se envolveu com outro homem novamente. Até esta semana, mas isso é outra história." Aquele maldito olhar perspicaz encontrou o dela. "Não é muito diferente", disse ele. "Ambas puseram a vida em suspenso."

"Nisso você tem razão." Ela piscou, surpresa ao perceber que eles tinham algo tão fundamental em comum.

Porém nada mudara para eles, mesmo que ela se sentisse mais próxima emocionalmente. Os objetivos de longo prazo deles ainda eram diferentes e opostos, algo que seria melhor não esquecer enquanto estivessem juntos, ela anotou.

Suas próprias palavras ecoaram na mente de Roman. Sua mãe pusera a vida em suspenso pelo que parecia ser para sempre. Por se ligar tanto à vida do marido, ficou perdida sem ele. Até chegar a essa conclusão, nunca percebera que a mãe parara no tempo.

"Mas pelo menos Raina viveu uma versão de um amor feliz." A voz de Charlotte interrompeu os pensamentos de Roman.

As palavras dela o fizeram refletir. Esse final de conto de fadas que as mulheres queriam teria valor mesmo se passassem o resto de suas vidas em um limbo infeliz? No caso de sua mãe, felicidade em curto prazo à custa da realização em longo prazo? Mas e a situação da mãe de Charlotte, perseguir uma fantasia que nunca se realizaria? Ele sacudiu a cabeça, nenhuma das escolhas o atraía.

Observara a mãe após a morte do pai, o luto, o retiro, e então os pequenos passos em direção ao mundo real. Mas realmente nunca mais foi o que era com o pai e tampouco tentou se redefinir.

Escolha dela, ele concluiu. Assim como fora escolha dele partir e se distanciar não apenas de sua cidade natal, mas de sua família e da dor que via nos olhos da mãe toda vez que estava em casa. Principalmente no começo.

Neste instante, Roman percebeu que vinha fugindo de um envolvimento emocional, da mesma maneira que Charlotte estava correndo dele. Ela temia a mesma dor que vira na mãe, enquanto crescia, dia após dia.

Porém, fazer amor com ela lhe mostrara que, quando se tratava dos fatos da vida, não havia alternativa. Eles estavam predestinados. Não apenas porque ele a desejava, mas porque ele queria lhe dar as coisas que ela perdera na vida, a família e o amor. Como conseguiria isso e ainda manteria a liberdade de que precisava para seu trabalho e sua vida, não sabia.

Tinha uma longa estrada pela frente, provar para si e para ela que seu estilo de vida poderia satisfazer a *ambos*. Que a vida deles não precisava repetir os erros dos pais, mas ser a que eles próprios construíssem.

Isso significava compromisso, percebeu. O compromisso que prometera à sua família e o que queria fazer com esta mulher.

Fitou o olhar doce de Charlotte e algo dentro dele derreteu. "*Felizes para sempre* é o que você quer?", ele perguntou.

"É isto que você não quer?", ela devolveu.

"*Touché*." Ele passou um dedo pela face dela.

Pobre Charlotte. Ela não imaginava que Roman tinha tudo claro. Ele sabia o que queria – ela. Ele estava prestes a atacar suas defesas e ela não percebia. "Notei que você mudou de assunto mais cedo. Eu queria conversar sobre *minhas* mulheres."

O rosto dela corou. "Mas eu não."

"Você não precisa falar. Mas vai escutar." Em um movimento rápido, ele a pôs de costas na cama e ficou a cavalo nas cadeiras dela.

Ela olhou bravo para ele. "Você joga sujo e esqueceu de encomendar minha comida", disse ela.

"Termine esta conversa e eu providencio todas as bolachas que você pode comer e *mais*." Ele mexeu os quadris contra os dela, quente e provocante de propósito.

"Isso é chantagem." Mas os olhos dela brilharam, deixando-o perceber que ela estava ligada na provocação erótica dele. O estômago dela escolheu este instante para roncar alto, cortando o clima. Ela sorriu humilde. "Vejo que não tenho escolha, a não ser escutar você, se eu quiser comer."

"Está certa." Ele não tinha inibições quanto a usar um tanto de coerção erótica para chegar aonde queria. Apoiou o peso de jeito a não incomodá-la, mas podia sentir suas curvas fartas e pele macia. Caramba, ela era muito gostosa. "Só me escute", disse ele, recusando-se a ser distraído. Não quando havia tanto em jogo. "Primeiro, minha vida tem sido tão ocupada que mulheres mal entraram na equação, acredite se quiser. E eu prometi que não mentiria. Número dois, posso não ter me envolvido antes, mas agora estou."

Ele se espantou e obviamente a surpreendeu também com essa confissão, pois o silêncio reinou entre eles.

Algo próximo de medo tremulou nos olhos dela. "Você disse que nunca mentiria."

"Desta vez penso que devo ficar ofendido."

Ela balançou a cabeça. "Não o estou chamando de mentiroso."

"Então do quê?"

"Não faça disto", ela indicou os corpos nus deles, "mais do que realmente é."

"Ah, e o que exatamente é isto?", ele perguntou, porque precisava ouvir exatamente contra o que lutava quando viesse o tempo de virar o pensamento dela.

"Sexo", disse ela, deliberadamente banalizando o que haviam partilhado.

Por mais que Roman soubesse do mecanismo de proteção dela, não podia dizer que ela não o magoara. Forçou um riso leve. "Que bom que você não prometeu não mentir, querida."

Com essas palavras, ele a fez saber que não acreditara em uma palavra que ela dissera e desta vez ela respirou fundo, percebendo que fora pega.

Ele também respirou. O cheiro de sexo ainda pairava no ar, excitando-o e fazendo com que ele a quisesse apesar da teimosia dela em diminuir o que havia compartilhado. Já plantara sua idéia. Juntos haviam partilhado algo muito mais profundo do que apenas sexo.

Ele separou as pernas dela com os joelhos.

"O que está fazendo?", ela perguntou.

"Você disse que tem fome, não disse?" Não esperou pela resposta. "Também disse que entre nós é apenas sexo." Ele acomodou a cabeça de seu membro entre as pernas dela e a penetrou, lenta e metodicamente, com um toque grosso e liso que ela não podia evitar sentir.

Os lábios dela se abriram e seus olhos se dilataram na medida em que ele entrava.

Ela havia perguntado o que ele estava fazendo. "Vou fazê-la engolir suas palavras." Ele a iria fazer sentir todos os sabores, toques e sensações de modo a que sempre fizessem parte dela. Ele iria provar para ela que o que havia entre eles era profundo e significativo.

Os movimentos fortes dele dentro do corpo de Charlotte provocavam uma resposta que ele não podia confundir. Uma que ela tampouco confundiria, se os sons excitados que vinham dela valessem como uma indicação.

Cada gemido que passava pelos lábios dela o penetravam e traziam uma sensação de ardência aos olhos dele e um forte nó na garganta.

Mais tarde, enquanto Charlotte dormia em seus braços, Roman percebeu que ela se tornara parte dele também. Ou talvez, pensou, sempre tivesse sido.

No dia seguinte, o sol, uma bola alaranjada de fogo no céu avermelhado, de há muito se deitara no horizonte, quando Roman dirigiu de volta para a cidade. O estômago de Charlotte estava travado. Ela não tinha pressa, não queria que o tempo deles acabasse tão depressa.

Após aquela conversa séria que os levara a lugar algum, as coisas se clarearam. Fizeram amor, comeram bolachas, dormiram nos braços um do outro e acordaram em tempo para o nascer do sol. Fizeram um piquenique no belo local, depois jantaram com os Innsbrook antes de voltar para o quarto e fazer amor mais uma vez antes de deixar o Inn.

Talvez a melancolia de Roman fosse igual à dela, porque viajaram em silêncio. Quando ele a acompanhou para entrar no apartamento, havia um nó no estômago de Charlotte.

Não estava pronta para dizer adeus. "Será que houve algum arrombamento a noite passada?", disse ela, tentando alongar a despedida deles.

"Não que eu deseje isso para qualquer pessoa, mas isso me livraria das mulheres da cidade." Os olhos azuis de Roman brilharam divertidos. "Eu tenho um álibi."

Ela sorriu. "Ah, sim, sei o que quer dizer. Se você não estava na cidade, o ladrão não pode usá-lo como escudo, se era esta a intenção dele." Ela deu de ombros.

"Apenas minha mãe e meus irmãos sabem que eu saí, portanto vamos ver o que acontece."

A mãe dela também sabia, mas, como raramente saía de casa para conversar, não havia possibilidade de que ela espalhasse a notícia. "Arrombar casas para roubar calcinhas", disse Charlotte sacudindo a cabeça.

Um rubor tingiu suas faces ao levantar a mão para tocá-lo mais uma vez. Quando as pontas dos dedos de Charlotte acariciaram levemente a face de Roman, ele encontrou e segurou o olhar dela. Um relance de compreensão brilhou naqueles inteligentes olhos azuis e ela se retraiu, embaraçada pela simples mostra de afeição que revelava muito de seus sentimentos.

"Isso é mais sério que uma traquinagem juvenil", disse ela, mantendo leves as coisas entre eles. "Ninguém em seu juízo perfeito o culparia. A idéia de roubo de calcinhas é ridícula."

Ele deu de ombros, atraindo o olhar dela para sua camiseta preta e os músculos rijos por debaixo. "Nunca se sabe o que estimula um homem, um homem estranho, pelo menos."

Ela concordou, então engoliu em seco. O silêncio os envolvia. Não havia som nos outros apartamentos, nem na rua. Nada restava a não ser dizer até breve. "Então..."

"Então."

"Vou vê-lo novamente?" Ela mentalmente se chutou assim que as palavras saíram. Esta deveria ter sido a fala dele.

"Por quê? Está querendo mais sexo?", ele perguntou, com um sorriso cínico nos lábios.

Ela fez cara feia, as palavras dele a atingiram como um soco no estômago. Ela se arrependera das palavras defensivas assim que escaparam de seus lábios. Agora sabia como ele se sentira. "Acho que mereço isso."

Estava claro que ela o magoara quando classificara a relação deles dessa maneira. Não pretendia isso, queria apenas proteger-se. Como defesa, as palavras eram muito pequenas, muito tardias.

Ele esticou a mão e pegou-lhe o queixo. "Apenas não quero que me mande embora com comentários como esses. Abra sua mente e veja para onde as coisas nos levam."

Charlotte já sabia o final. Ela ficaria em Yorkshire Falls enquanto ele viajaria pelo exterior. Fim da discussão, fim do relacionamento.

Mas ele não parecia estar com pressa de chegar a esse final inevitável, não parecia estar saindo da cidade a qualquer momento. Então, por que arrumar encrenca discutindo com ele? Ela conseguiu sorrir. "Penso que posso fazer isso."

"Você fala como se não fosse nada."

"Vamos lá, não vamos arruinar um fim de semana espetacular com discussões, está bem?"

Ele chegou mais perto. "Eu fui espetacular, é?"

O cheiro masculino dele a envolveu, tornou-se parte dela e seu coração acelerou. "Quis dizer que o fim de semana foi espetacular."

Ele apoiou o braço acima da cabeça dela e seus lábios chegaram à distância de um beijo. "E eu?"

"Você foi ainda melhor", ela murmurou, quando a boca dele tocou a dela. O beijo foi leve, ligeiro e acabou logo. Roman a deixou querendo mais, o que, supunha ela, era o que ele pretendia.

"Você me verá de novo." Ele pegou a chave da mão dela, abriu a porta e a deixou entrar.

Quando ela se virou, ele já se fora.

Capítulo 9

Roman entrou na casa destrancada e jogou as chaves no balcão. Os quartos escuros e silenciosos indicavam que a mãe não estava em casa. Ele resmungou. Era de se esperar que a mãe fosse mais sensata e não deixasse a casa aberta com um ladrão à solta. Porém, ela possivelmente pensasse que o assunto do ladrão de calcinhas fosse uma brincadeira, como também o pensaria metade das mulheres da cidade.

"Ridículo." Na manhã seguinte, conferiria com Rick se houvera algum arrombamento na última noite.

Mas, agora, precisava dormir. Deus sabia que não dormira nada esta noite e a lembrança das razões era suficiente para agitá-lo novamente. Foi para o seu velho quarto de infância, jogou as roupas no chão e encaminhou-se para o banheiro.

Tomou um banho frio, mas isso não melhorou a dor que Charlotte provocava. Tomara um banho com ela esta manhã e se lembrava claramente de penetrá-la, com a água correndo de todos os lados. A ducha batia em sua pele agora, mas nem mesmo a água gelada o refrescava.

Ele estava cansado e excitado ao mesmo tempo e, quando voltou ao quarto, estava tão exaurido que nem sequer acendeu as luzes.

Apenas um pensamento corria pela sua mente. Após o tempo que passara com Charlotte, sua vida e futuro haviam mudado, e não apenas pela promessa feita à família.

Tinha decisões a tomar, mas primeiro precisava dormir. Enfiou-se na cama, a cabeça atingiu os lençóis frescos e suas costas se acomodaram no colchão, foi então que seu corpo entrou em contato com carnes quentes e macias.

"Que merda!" Roman pulou para trás e endireitou-se na cama. "Que inferno! Quem está aí?"

Pulou da cama e foi para a porta, pretendendo acender a luz.

"Esta não é a recepção que eu esperava, mas suponho que uma moça deva começar em algum lugar. Agora volte para a cama e lhe mostrarei o que trouxe para você." A voz era mais felina do que feminina.

Considerando que Roman se sentia como uma presa acuada, a analogia fazia sentido. O som da mão batendo no colchão ecoou em volta dele.

Ele acendeu a luz e foi recebido pela visão grotesca de Alice Magregor, o cabelo encarapinhado e cheio de creme e laquê, o corpo enfiado em uma das famosas calcinhas de Charlotte. Era um corpo que Roman não tocaria nem que estivesse estuporado de bebida, e neste instante ele estava extremamente sóbrio.

"Oh, você não dorme pelado."

Ela fez um biquinho e revoltou o estômago dele.

"Não tem problema. Cuidarei disso. Agora apague a luz e volte para a cama." Ela se arqueou e se acomodou, esticando a mão no travesseiro dele.

Maldição, ele teria que trocar a roupa de cama antes de conseguir dormir. Travou o queixo, aquela invasão de sua privacidade não era nem bem-vinda nem desejada. "Vou me virar e permitir que fique decente. Então vou fingir que isso nunca aconteceu e você fará o mesmo."

Antes que ele pudesse se virar, ela disse: "Não diga que não tem interesse. Outro dia lhe dei um sinal e você sorriu para mim."

"Você confundiu os fatos. Eu sorri antes que você me abanasse as calcinhas."

"Vocês, jornalistas, e os fatos. É tudo a mesma coisa. Você sorriu. Você mostrou interesse. Agora venha para a cama."

Se ela estava se fazendo de sonsa ou sendo miseravelmente imbecil ele não sabia dizer. "Vivemos em uma pequena cidade, Alice. Eu estava sendo civilizado. Agora se vista." Ele cruzou os braços e virou-se. Apoiou-se no batente da porta, incapaz de acreditar que Alice Magregor estava nua em sua cama.

Não era cruel, mas não iria lhe fazer a vontade nem lhe dar a mínima indicação de querer que algo assim acontecesse novamente. Se a casa estivesse fechada, isso não teria acontecido. Sua mãe iria ouvir um sermão. Não poderia mais ser tão confiante. Graças às falsas idéias dela sobre os atos seguros, deixara a casa aberta, suas calcinhas correndo o risco de serem roubadas e o corpo dele podendo ser violado, se Alice conseguisse seu intento.

Não imaginava como ela soubera que sua mãe não estaria em casa para que pudesse entrar e se pôr à vontade. Não que ele se importasse, desde que ela saísse agora. Olhou por sobre os ombros, mas não se mexeu.

"Adoro um homem que se faz de difícil."

O nítido som de risada veio do saguão de entrada. A risada da mãe e outra rouca de um homem. Ouvindo o som de outras pessoas na casa, os olhos de Alice se abriram.

Era o que ele precisava, pensou Roman, uma platéia. Sinalizou a Alice para que se movesse, mas ela estava paralisada.

"... estou vendo luz lá em cima. Roman, é você?" A voz de Raina veio mais forte e conseguiu o que Roman ainda não conseguira.

Alice voou da cama. "Meu Deus." Ela se jogou em suas roupas. Lutando para puxar as calças, ela pulava em um pé só, tentando colocar uma das pernas no *jeans* que se virara pelo avesso.

"Roman? Se for você, me responda."

"Não ouse", sibilou Alice.

"Pensei que tivesse aprendido o básico no jardim-de-infância", comentou Roman. "Se você se sentasse e pusesse uma perna de cada vez nas calças, seria mais fácil."

Os passos de Raina soaram mais alto que as fortes batidas do coração dele e, pensando bem, a coisa mais doce que tinha ouvido em um longo tempo. Não havia nada como o flagrante para matar o interesse e, se o rosto cor de beterraba de Alice valesse como indicação, ela não voltaria nem o olharia por algum tempo.

Ele esperou até que Alice tivesse se acalmado o suficiente para enfiar a perna até a metade da calça, antes de falar alto para a mãe. "Estou ouvindo, mamãe. Cheguei faz um tempinho."

Uma voz de homem falou com Raina, possivelmente Eric, o que explicava por que ela não subira. Ela só usava a escada uma vez de manhã e outra de noite. Roman estava pensando em falar com Chase para transformar uma das salas embaixo em um quarto para ajudar a saúde de Raina.

"Quero saber tudo sobre seu fim de semana", respondeu Raina e ele ouviu os passos dela nas escadas em uma rapidez que o surpreendeu.

"Oh, não!", desta vez Alice esganiçou de pânico.

Roman, ainda à porta, virou-se em tempo de vê-la chutar longe as calças. Ela pegou o edredom e o enrolou em volta de si como se fosse uma mortalha.

Isto é surreal, Roman pensou e sacudiu a cabeça. "Aliás", disse para Alice, "o dr. Fallon também está aqui, mas não se preocupe. Com tantos anos de sigilo entre médico e paciente, tenho certeza de que ele sabe como ser discreto."

Além do mais, ponderou Roman, as coisas poderiam ser piores se fosse Chase, o Senhor Apenas-Relato-Os-Fatos, subindo as escadas atrás de sua mãe.

Raina chegou ao último degrau e se encaminhou para ele. Roman bloqueou-lhe a visão do quarto da melhor maneira que podia. "Oi, mamãe, tudo bem?" Ele olhou por cima do ombro dela para onde estava Eric.

"As escadas me tiram o ar. Vamos sentar em sua cama e conversar?" Ela tentou passar, mas ele, gentilmente, a segurou pelo braço. "Você não pode entrar."

"Quem está aí? Charlotte?", ela perguntou, parecendo contente com a idéia.

"Não, não é Charlotte. Agora, por favor, isto já é uma confusão grande o suficiente sem você se envolver ou ficar brava." Raina sacudiu a cabeça e tentou olhar por cima do ombro dele.

Atrás dela, o dr. Fallon girou os olhos, como a dizer: *uma vez que ela comece, não consigo pará-la*, algo que Roman entendia perfeitamente.

"Está bem, veja você mesma", Roman cochichou, pondo a mão nos lábios, silenciosamente pedindo que a mãe ficasse quieta. Não era sua obrigação proteger Alice de sua própria estupidez, mas preferia que Raina desse uma espiada e desaparecesse sem humilhar a mulher.

Ele deu um passo para dentro do quarto, a mãe atrás dele, em tempo de ver Alice tentando abrir a janela com as mãos trêmulas. Mas Roman viu de imediato que o trinco estava travado e que Alice não corria risco de altura ou êxito.

"Penso que devemos deixar Eric cuidar dela, Roman. Ela está obviamente perturbada e infeliz", cochichou Raina, então pegou a mão dele e o tirou do quarto.

Percebendo que estava com a roupa de baixo, Roman pegou seu *jeans*, que havia deixado no chão. Ele se recuperaria do embaraço melhor que Alice. "Você está certa, vamos descer, certo?" Roman conduziu Raina para fora.

Rapidamente passou pelo banheiro para vestir as calças e então voltou para a cozinha a tempo de ver a mãe tomar uma colherada de antiácido.

"Você me faz um chá?", perguntou Raina. "Esta excitação toda me pegou."

Ele a olhou, preocupado. "Tem certeza de que é apenas azia? Nada relacionado com o coração? Posso chamar Eric..."

"Não, estou bem. Só o costumeiro mal-estar de estômago." Deu uns tapinhas no peito. "Aquela moça precisa mais do Eric do que eu."

"Apenas não se descuide se houver algo realmente ruim, está bem?" Ele verificou se a chaleira tinha água e acendeu o fogo.

"Penso que Alice deveria tomar um sedativo e um bom sermão. O que ela está pensando?" Raina sacudiu a cabeça e se acomodou em uma cadeira.

"Isto me lembra uma coisa. O que a senhora estava pensando ao deixar a casa completamente aberta?"

"Devo lembrá-lo que, aqui em Yorkshire Falls, nunca houve razão para se usar a tranca."

"Cinco roubos na semana passada não é razão suficiente para você?"

"Concordo e discutiremos isso mais tarde." Eric entrou na cozinha. "Alice está esperando no saguão, completamente vestida", disse ele em voz mais baixa. "Vou levá-la para casa. Prometi que daqui não sairá uma palavra sobre isso." O olhar dele não se firmou em Roman, que tinha todas as razões para manter o assunto em segredo, mas em Raina, que parecia desejar queimar os fios do telefone e contar os detalhes para as amigas.

"Sou sensível o suficiente para saber quando ficar quieta", disse ela, com olhar de ofendida.

Roman cobriu a mão dela com a sua. "Tenho certeza de que ele não pretendia insultá-la, mãe, está apenas sendo cauteloso."

"Exatamente. Obrigado, Roman. Raina, ligarei para você." A voz de Eric se amaciou. "Sinto muito que nossa noite tenha sido curta."

"Agradeço por me tirar de casa. Sabe que os meninos se sentem mais tranqüilos quando estou com você." Deu-lhe um olhar cuidadoso. "Tomarei chá com meu filho. Eu e você podemos sempre estar juntos."

"Amanhã de noite está bom para mim."

"Vamos ficar apenas com o amanhã." Raina deu um suspiro prolongado.

Eric deu um passo para ela, mas Raina acenou dispensando-o. "Uma xícara de chá é tudo que preciso. A gordura no Norman está parada em meu peito. Alguém deve invadir o local e roubar toda a gordura dos armários dele."

Eric riu e virou-se para Roman. "Não tenho certeza se devo pedir que cuide de sua mãe ou de si próprio." E saiu, antes que Raina pudesse responder, deixando-a sem a última palavra.

A chaleira começou a chiar e Roman se levantou para pegá-la. "Sabe, acho que o dr. Fallon é bom para você."

"Não está bravo?" A voz dela estava suave e preocupada.

Ele olhou por sobre os ombros, surpreso, depois voltou ao serviço, pondo o envelope de chá na água e adicionando uma colher de açúcar, antes de se sentar com ela. "Bravo com o quê? O homem obviamente a faz feliz. Você está se dando bem com ele, sorrindo mais do que fez em anos, a despeito de sua saúde."

"Talvez seja porque você está em casa."

"Ou talvez seja porque um homem a considera especial e você gosta da atenção." Ele colocou a caneca em frente dela.

"Não permita que sua imaginação voe. Ele é um viúvo solitário e eu lhe faço companhia, e é só."

"Você tem sido uma viúva solitária nos últimos vinte anos ou mais. É hora de recomeçar a vida."

Ela olhou para baixo, dentro da caneca. "Eu nunca parei de viver, Roman."

"Parou sim." Ele não queria esta conversa séria, mas não podia negar que chegara a hora. "De alguma maneira, você parou de viver e mudou nosso modo de vida em razão disso. Roman, Rick e Chase, os irmãos solteirões", disse ironicamente.

"Você está dizendo que é minha culpa que vocês ainda estejam solteiros?" A mãe parecia brava e ofendida.

Ele ergueu os dedos pensativo. Queria dizer para ela que não havia culpa ou erro, mas não podia mentir. "Você e papai nos deram uma bela vida familiar."

"E isso é ruim? Ruim o suficiente para que vocês corressem do casamento e da família?"

Ele sacudiu a cabeça. "Mas você ficou destruída quando ele morreu. Foi quase como se a vida tivesse parado. Você viveu na dor."

"Isso amainou com o tempo", ela o lembrou. "Não trocaria um minuto com seu pai, mesmo que significasse que nunca mais sofreria. Se não se sente dor, não se vive realmente", disse ela francamente.

Ele já percebera de que não tinha vivido até seu encontro com Charlotte, neste fim de semana. E, como dissera a mãe, ele percebeu por quê. Tentando não repetir o doloroso luto da mãe, tinha optado por correr, viajar e manter distância de sua cidade, de sua família e de Charlotte. Charlotte, a única mulher que sempre soubera, ou pelo menos intuía, que poderia prendê-lo a Yorkshire Falls e mantê-lo aqui.

A única mulher que tinha o poder de feri-lo, de fazê-lo sentir a dor que temia, caso ela morresse ou o deixasse de alguma maneira. Mas esta única noite com ela provara que tampouco podia viver sem ela.

Ela valia o risco.

"Eu vivi e amei. Não são todos que podem dizer o mesmo. Tive sorte", disse a mãe.

Um sorriso irônico crispou os lábios de Roman. "Você poderia ter tido mais sorte ainda."

Uma mistura de tristeza e alegria, de lembranças óbvias, se assentou nos olhos dela. "Não vou mentir. É claro que eu preferia que tivéssemos envelhecido e criado vocês juntos, mas então não teria esta chance com Eric." O olhar preocupado dela procurou o dele. "Tem certeza de que não fica triste com isso?"

"Ele é bom para você. Não tenho por que ficar triste com isso."

Ela sorriu. "Então você percebe que não se pode correr da vida para sempre."

Não o surpreendia que ela lesse seus pensamentos. A mãe sempre fora muito perspicaz. Ele herdara esse traço dela, o que o ajudou em sua carreira, mas era um constrangimento quando aplicado nele. Era essa perspicácia que o deixava acessível para ver e sentir as dores da mãe.

"Bem, presumo que pode continuar correndo, mas pense no quanto estaria perdendo." Ela bateu na mão dele com um gesto que ele conhecia bem. "Você é esperto o bastante para se manter em uma situação que é uma fuga e não uma solução. Bem, dito isso, onde a Charlotte cabe em sua nova vida? E não me diga que não cabe."

Ela voltara à sua missão. "Você me conhece o bastante para saber que não vou contar", disse Roman.

Ela ergueu os olhos para os céus. "Moças. Por que Deus não me deu uma menina junto com os meninos, para que eu pudessse entender o que pelo menos um de vocês pensa?"

"Vamos lá, mamãe, você gosta de ficar adivinhando, isto a mantém jovem."

"Prefiro beber da Fonte da Juventude", ela resmungou. "Falando de moças, *você* me disse, na noite passada, que iria visitar um velho amigo que se mudou para Albany, mas Samson me disse que viu Charlotte saindo no seu carro."

"Para um homem que é o recluso da cidade, ele tem muitas informações." Roman pensou em quem mais os teria visto sair. Não que tivesse importância, não haveria danos à reputação dela. A não ser que se casar com um Chandler que se dizia ter um fetiche por calcinhas de mulher fosse um problema.

Era incrível, mas estava pronto a comprometer-se mais do que havia imaginado. Entretanto, antes de apresentar esta idéia para Charlotte, precisava convencê-la de que ele poderia e seria um bom pai e marido, que ele queria mais do que um conveniente casamento à distância. Exatamente quanto estava disposto a sacrificar sua carreira, suas viagem, ele ainda precisava pensar direito. Tinha compromissos, pessoas dependiam dele e também desfrutava de um prazer real com o seu trabalho, do qual não queria se privar quando acabasse sua licença.

Porém, agora sua meta era pessoal. O neto de sua mãe seria um subproduto, não a razão para o casamento de Roman. Sentia a cabeça leve e tonta, muito como no dia de sua primeira matéria para a *Associated Press*.

"Você poderia ter-me dito que ia viajar com Charlotte", disse a mãe, interrompendo seus pensamentos.

"E deixá-la interrogar a pobre mulher? Preferi poupá-la."

Um olhar divertido apareceu nos olhos dela. "Bem, ainda posso fazer isso, apesar de sua intenção de me deixar às escuras. Mas não farei. Ela já tem muito trabalho nas mãos agora."

O alerta interno dele disparou. Se Alice fora louca o suficiente para se enfiar em sua cama, quem sabe o que mais acontecia na cidade? "Por que isso? Outro roubo de calcinhas?"

A mãe sacudiu a cabeça. "Não, e Rick está bem aborrecido por ninguém o ter defendido a noite passada, isso posso lhe dizer. Não que a polícia o considere um suspeito, mas Alice e as senhoras na cidade ainda estão agitadas."

"Mãe, que trabalho Charlotte tem agora?" Ele interrompeu a ladainha dela.

"Desculpe, fiquei exaltada." Ela corou.

Ele não gostava do tom da voz dela ou da ruga em seus lábios. "O que está acontecendo?"

Ela suspirou. "Russell Bronson está na cidade."

Ele praguejou.

"Comporte-se", disse a mãe, porém o olhar solidário no rosto mostrava que ela entendia por que ele estava agitado.

A chegada do pai de Charlotte não podia ocorrer em pior hora. Só porque Roman se entendera consigo mesmo, com o passado e o futuro, isso não significava que Charlotte faria o mesmo. Ele havia brigado consigo mesmo desde o instante em que voltou para a cidade e perdeu no cara ou coroa. Apesar de suas tentativas de ficar longe, Charlotte era a única mulher que queria na vida. A única mulher com quem queria viver e ter filhos.

No início fizera essa escolha por ter perdido no jogo da moeda. Fora uma decisão egoísta e sem emoção, porque ainda estava fugindo. Ainda pensando mais em si mesmo do que em Charlotte, independente do quanto tentasse se convencer do contrário. Ele tinha uma necessidade. E fora Charlotte que ele escolhera para satisfazê-la. Tão simples. Tão estúpido. Ela merecia muito mais, um homem que a amasse, que ficasse com ela e lhe desse a vida familiar que lhe fora negada quando criança. Roman queria ser o homem a ofertar todas essas coisas. Mas ela nunca acreditaria nele, especialmente agora.

Raina descansou o queixo em uma das mãos. "Tem um plano?"

Se tivesse, não dividiria com a mãe, mas, do jeito como estavam as coisas, agora sua mente estava bloqueada.

"Bem, sugiro que pense em alguma coisa", disse ela, diante do silêncio.

Roman deu um olhar aborrecido para a mãe. "Até aí eu já percebi. Mas, a não ser que Russell não seja a escória do mundo que a cidade pensa que é, terei problemas."

"Não sei o que Russell é." A mãe deu de ombros. "Há muito que ele está ausente. Você é o repórter, você descobre os fatos. Mas lembre-se, há sempre três lados em toda história: a dele, a dela e a verdade."

Roman aquiesceu. Apenas esperava que a verdade fosse boa o suficiente para garantir o futuro deles.

Charlotte flutuava ao chegar ao trabalho na manhã da segunda-feira, tinha o andar leve e estava mais feliz do que estivera em anos. Enquanto a euforia durasse, pretendia usufruí-la e não analisar todas as razões que tinha para não se acostumar com Roman ou sua atenção. Ele lhe pedira que mantivesse a mente aberta e a fez sentir-se bem demais para discutir. Ele a levava a pensar que, afinal, tudo era possível. Até mesmo os dois juntos. Ela se surpreendeu com esta atitude nova e iluminada, mas Roman não lhe dera nenhum motivo para duvidar dele.

"Estou sentindo cheiro de café", disse Beth, saindo do quarto dos fundos.

"Você está sentindo cheiro de chá *chai*.* O Norman ainda não faz chá com leite gelado, mas ele conseguiu este chá e é delicioso. Quente ou frio, tanto faz. Hoje escolhi o quente. Tome, prove." Charlotte passou sua xícara para Beth. "É muito doce", ela preveniu Beth caso ela gostasse de mais amargo.

Beth tomou um golinho para provar. Seus olhos se arregalaram. "Parece uma mistura de mel com baunilha. Bom."

---

* Chá *chai* é uma bebida antiga consumida em muitas partes do mundo, em especial na Índia. É um chá preto feito com uma combinação de especiarias e diluído com leite e açúcar. (N. T.)

"É originário da Índia. A primeira vez que tomei foi em Nova York, no ano passado."

"Nem quero saber quantas calorias."

Charlotte sacudiu a cabeça. "Nem eu, mas isto é um mimo puro e me recuso a fazer algo que não seja apreciá-lo." Uma frase que ela havia adotado desde que reencontrara Roman. "Comerei apenas uma salada no almoço." Charlotte fechou os olhos e aspirou a fragrância do chá antes de beber mais. "Hum, hum." Ela soprou.

"Oba." A voz de Beth perturbou a satisfação dela.

Charlotte abriu os olhos e encontrou o sorriso da amiga. "Oba o quê?"

"Conheço esta fisionomia, este som. É puro estado de bênção. Êxtase."

"E daí?" Charlotte sacudiu a cabeça. "Eu disse que gostava disto."

"Suas faces estão rosadas e você parece que está tendo um orgasmo. Não me diga que é tudo por causa do chá."

"Que mais poderia ser?"

Beth se sentou em uma cadeira em frente à escrivaninha entulhada de Charlotte. "O que mais poderia ser?, pergunta ela. Como se eu não pudesse saber que você e Roman estavam fora da cidade na noite de sábado. Coincidência? Acho que não." Beth bateu com os dedos em uma pilha de contas. "Veja você, Rick e eu passamos a noite de sábado por aí. Jogamos dardos com a minha mais recente foto do bom doutor como alvo."

"Ele ligou?"

Os olhos de Beth se encheram de lágrimas. "Eu liguei para ele e, quando ele me dispensou, liguei de volta e terminei, e você está me interrompendo." Abruptamente, mudou de assunto.

Charlotte reconheceu a técnica do disfarce, mas não podia ficar quieta. "Você terminou?" Correu ao redor da escrivaninha para abraçar a amiga. "Sei que não deve ter sido fácil para você."

"Não tinha escolha." Beth sacudiu a cabeça, triste.

Charlotte se afastou e sentou-se no canto da escrivaninha, balançando as pernas do lado. Percebeu que Beth não usava mais o esplendoroso diamante na mão esquerda. "E ele permitiu?"

"Acho que ficou aliviado."

"Que tonto!"

Beth riu, mas com lágrimas nos olhos. "Bem, concordo, mas sou eu quem ficou com o maior problema, sabe? Envolvi-me e nunca olhei fundo o suficiente ou admiti a tendência que ele tinha." Ela tremeu. "Vamos mudar de assunto, está bem?"

Charlotte assentiu. Não queria aumentar o sofrimento da amiga.

Beth se inclinou para a frente, colocando os cotovelos nos braços da cadeira. "Permita-me retornar ao meu assunto original."

"Que era...?"

"Você, e como estas faces rosadas e murmúrios de prazer nada têm a ver com chá *chai*." Charlotte revirou os olhos, mas Beth a ignorou.

Beth sabia virar a mesa e colocá-la na berlinda. Charlotte levantou as duas mãos. "Invoco a Quinta Emenda."* Qualquer coisa relacionada com ela e Roman era muito pessoal para discutir, mesmo com Beth.

"Ai, ai!" Ela se endireitou no assento.

Charlotte apertou os olhos. "O quê?"

"Invocar a Quinta Emenda significa que você tem algo a proteger. Algo particular." A curiosidade brilhava no fundo dos olhos de Beth e ela se inclinou para a frente. "Vamos lá, me conte. Foi mais que um encontro, certo? Por favor, me revele as boas-novas, não tenho nenhuma para contar."

Apesar de Charlotte se sentir solidária com Beth, também sabia quando estava sendo conduzida e Beth fazia isso bem. Charlotte ofe-

* Quinta emenda à Constituição americana, que permite à pessoa manter-se calada para não se incriminar. (N. T.)

receu um acordo. "Quando eu tiver novidades, prometo informar. De momento, tudo que tenho é esperança." A esperança que guardava no coração, temendo que, se a expusesse, seus sonhos seriam apenas isso e ela estaria sozinha, assim como a mãe.

Enfrentou o olhar preocupado da amiga. "Se eu tiver algo a contar, você será a única pessoa com quem falarei." Ela se inclinou para apertar a mão de Beth. "É uma promessa."

Beth soltou o ar com força. "Eu sei. Apenas não gosto de ser a única a revelar os próprios problemas e fraquezas."

"Você não é fraca. É humana."

Beth deu de ombros. "Bebamos." Ela ergueu seu copo de plástico. "Saúde."

"Saúde." Charlotte terminou o chá, agora já morno, em alguns gostosos golinhos. "Você se importa em cuidar da loja hoje? Vou me esconder em meu apartamento e fazer crochê."

"Oh! Parece muito excitante."

"Não muito." Ela riu. "Mas o dinheiro que vai entrar quando entregarmos a mercadoria vale bem as horas vendo televisão que terei que agüentar."

Beth se levantou. "Melhor você do que eu."

"Encontro você no jogo da Liga Juvenil mais tarde, está bem?" O Sótão da Charlotte patrocinava um time e ela procurava ir lá e entusiasmar as crianças sempre que podia. Apesar de a temporada estar apenas começando, eles já haviam jogado duas vezes e estavam bem classificados. Ela pensava neles como o time dela e tinha orgulho de cada tacada e pegada deles.

Beth deu de ombros. "Por que não? Não tenho nada mais excitante para fazer."

"Oba, obrigada", disse Charlotte cinicamente.

"Falo sério. Assistir ao jogo é melhor que uma noite jogando paciência."

Charlotte jogou o copo vazio no lixo. "Pode parecer triste, mas o jogo é o ponto alto de meu dia também." A menos que Roman passasse por lá. *Você me verá,* ele dissera, e o estômago dela se retorceu de expectativa. Ela não podia esperar.

"Meu coração sangra por você." Beth a olhou sem uma gota de piedade.

Charlotte riu. "Sim, sim. Apenas traga o jantar, porque, após um dia de trabalho duro, estarei faminta." Elas tinham um acordo em que cada uma fornecia a comida alternadamente. Na semana anterior, passaram frio comendo uma galinha frita e, com a temperatura caindo, esta noite não seria diferente. "Não esqueça o casaco."

"Sim, mamãe."

As palavras de Beth causaram um tremor em seu peito. Devia ser seu relógio biológico que provocou o nó na garganta, porque certamente não poderia ser um súbito desejo de ter filhos. Os filhos de Roman.

Mantenha a mente aberta. Ainda assim, o homem era um viajante, por escolha e ocupação. Não havia jeito de ela abrir tanto a mente.

Ou poderia?

Mais tarde, as mãos de Charlotte estavam cansadas, os ombros tensos e ainda assim ela tinha um sentimento de realização correndo em suas veias. Fizera crochê, costurara e trabalhara o dia inteiro. Então, embrulhou cuidadosamente umas calcinhas azul-claras e as despachou para a próxima cliente em sua lista antes de parar no armazém para abastecer a geladeira.

Ao voltar para casa, encontrou na secretária uma mensagem estranha da mãe, dizendo que se encontraria com Charlotte no jogo de beisebol desta noite. Os jogos da Liga Juvenil eram o acontecimento da cidade, mas sua mãe nunca comparecera. Charlotte se indagou se o veterinário local tinha algo a ver com a súbita vontade de sua mãe de sair. Se fosse isso, Charlotte iria para Harrington, a cidade vizinha, para comprar um cachorro no abrigo como um incentivo para que Annie visitasse o homem.

A mãe ligara, mas Roman não. Bem, ele não fizera nenhuma promessa, o que queria dizer que tampouco faltara à palavra. Mesmo assim, ela estava desapontada que o tempo deles juntos não o deixara sem ar, querendo mais. De seu charme, técnica ou competência erótica, concluiu.

Não conseguia acabar com o desânimo por completo, mas sabia que estaria bem. Não era filha de sua mãe, pelo menos nesse aspecto.

Endireitou a coluna e os ombros e aproximou-se da escola. Uma brisa fria corria pelo ar ao seu redor. Como previsto, a temperatura havia caído estranhamente durante o dia e ela se abraçou mais apertado. Mas, felizmente para as crianças e para os torcedores como ela, o clima estava ideal para aproveitar um jogo de beisebol. O Sótão da Charlotte patrocinava os Rockets e ela queria vê-los acertar mais algumas jogadas. Seu estômago roncou e ela colocou a mão sobre a barriga vazia. Esperava que Beth já estivesse esperando com algo bom para comer, porque ela estava faminta.

Ao chegar perto das filas de cadeiras do estádio, um lugar onde passara muito tempo de sua adolescência, ela apertou o passo. De repente, foi pega por trás. A mão forte apertou sua cintura, travando seus braços ao seu lado.

O medo apertou-lhe a garganta, por apenas dois segundos, porque uma colônia familiar assaltou seus sentidos e uma voz sensual murmurou em seu ouvido. "Sempre quis namorar você embaixo da arquibancada."

O medo se transformou em excitação e daí em desejo. Sentira falta de Roman hoje. E se parasse para pensar quanta falta sentira, o medo poderia voltar. Preferiu relaxar nos braços dele e aproveitar. Assim que falou, Roman sentiu os músculos de Charlotte se amaciarem. Não sabia como conseguira ficar longe dela o dia todo. Não sabia como ficara longe dela nos últimos dez anos. Uma conclusão humilhante para um homem que fazia de suas viagens seu meio de vida. Ele enterrou o rosto entre o pescoço e os ombros dela, inalando seu perfume. "Sabe que, no colégio, eu teria matado para pegá-la atrás da arquibancada?"

"E o que teria feito comigo?"

Pelo tom brincalhão dela, Roman deduziu que estava de bom humor. Obviamente, ainda não soubera da volta do pai, o que lhe dava uma pequena brecha para cimentar tudo que haviam partilhado. Ele a pegou pela mão e a puxou para trás dos bancos até que estivessem bem escondidos. Ele conhecia o lugar, se especializara em rondar por aqui, quando no colégio. Com as meninas erradas.

Agora tinha a moça certa. Ela vestia um *jeans* azul com uma camiseta da Liga Juvenil sob uma jaqueta aberta de sarja forrada de lã crespa. Mas o que chamou a atenção dele foram a boca, seus lábios estavam tão vermelhos quanto as suas botas de couro de cobra.

Ele agarrou a gola branca de pele e a puxou para si. "Você não usava esta maquiagem quente no colégio."

Ela sorriu. "Não estava querendo atrair atenção nesse tempo."

Um alívio inesperado o invadiu. "Sentiu minha falta hoje?" Era o que ele queria que ela sentisse, antes de vê-la novamente. Mas para ele também não fora fácil.

Ela revirou os olhos. "Eu não disse que estava tentando atrair a *sua* atenção hoje."

Ele não se enganou. Charlotte sentira falta dele tanto quanto ele dela. "Bem, você a tem de qualquer maneira. Agora, fique quieta e me beije."

Foi o que ela fez. Seus lábios estavam frios e ele os esquentou, pondo a língua dentro de sua boca. Ela o abraçou pela cintura e o puxou para perto, aprofundando o beijo e suspirando de satisfação.

Ela enfiou as mãos nos bolsos de trás do *jeans* dele com as mãos espalmadas em sua bunda. A língua dela encontrava a dele, o mesmo acontecendo com os corpos, agora alinhados, que procuravam imitar os movimentos eróticos. Infelizmente, havia muitas camadas de roupas entre eles.

O canto da torcida começou na distância e ela interrompeu o beijo. "Não posso fazer isso agora", disse ela, através dos lábios umedecidos.

Ele olhou sua expressão ofuscada. "Lógico que pode. E quer."

Ela inclinou a cabeça para um lado. "Então, vou mudar a fala. Eu quero, mas não posso."

Ele ainda segurava os antebraços dela com ambas as mãos e o desejo de fazer amor com ela, a despeito do chão frio e duro, era alucinante. "Me dê uma razão por que não e que seja uma boa."

"Porque minha mãe deixou um recado na secretária. Disse que me encontraria no campo de beisebol. Ela quase nunca vem aos eventos da cidade e agora temos dois em uma semana. Devo estar lá."

A tristeza no olhar dela era suficiente para satisfazê-lo. Por enquanto. "Não imaginei que conseguiria apresentar algo tão convincente, mas conseguiu." Soltou-lhe as mãos. O corpo dele estava excitado, mas o coração ganhou. Ele queria dar-lhe tudo que ela desejasse e, neste caso, era ver a mãe. Apenas esperava que não lhe causasse sofrimento. "Ainda não falou com ela desde que voltou?"

Charlotte sacudiu a cabeça. "Brincamos de esconde-esconde ao telefone."

Então, com certeza, ela não sabia sobre o pai. "Charlotte..."

"Venha." Ela agarrou a mão dele. "Vamos achar minha mãe, pegar o jogo, e, se tiver sorte, deixo você me pegar depois." Ela riu e, antes que ele pudesse dizer mais uma palavra, saiu correndo.

Com um resmungo, Roman correu atrás dela, considerando que poderia amenizar o estrago quando o choque acontecesse.

Charlotte olhou por sobre o ombro e riu. Graças a sua rápida arrancada, ela estava um pouco tonta. Naturalmente, o beijo de Roman tinha muito a ver com sua tontura, mas a fuga fora fruto de autopreservação. Não se importava com quão distantes estivessem do campo de beisebol, todos a olhariam e adivinhariam o que eles estiveram fazendo. Portanto, quanto menos ficasse sob as arquibancadas, melhor no que lhe dizia respeito. Até mais tarde. Então poderiam recomeçar de onde interromperam e fazer o que bem entendessem. Este pensamento remeteu formiguinhas de expectativa pela sua espinha, excitando todos os seus terminais nervosos, causando um rubor ardido em suas faces. Uma rápida olhadela por cima do ombro e viu que Roman estava andando atrás dela calmamente. Ele sorriu e abanou a mão, então foi desviado por Rick, que o pegou pelo ombro.

Charlotte segurou o passo, virou-se e esbarrou na mãe. Uma versão radiante de sua mãe, desde a maquiagem até o brilho no sorriso e nos olhos.

"Mãe!"

"De onde vem com tanta pressa?" Annie a equilibrou com um abraço antes de soltá-la.

"Eu estou... eu estava..."

"Namorando sob a arquibancada com Roman." A mãe ergueu a mão e roçou o nó do dedo na face de Charlotte. "Conheço os sinais. Seu pai e eu fazíamos isso o tempo todo."

Um protesto lhe subiu aos lábios. Charlotte não aceitava que qualquer dos seus sentimentos por Roman fosse similar aos de Annie e Russell. Nem mesmo algo tão leve e divertido como se comportar como adolescente.

"Então, o que a traz esta noite?", perguntou Charlotte.

Olhou ao redor, procurando por Dennis Sterling, então virou-se para a mãe com curiosidade. "Ou talvez devesse perguntar com quem saiu esta noite?"

Pelo canto dos olhos, Charlotte reparou em Beth, que acenava freneticamente à distância. Se Beth estivesse com fome, deveria comer sem esperar. Charlotte gesticulou de volta com um dedo, indicando que levaria mais ou menos um minuto.

Annie suspirou. "Deveria saber que não conseguiria manter um segredo nesta cidade."

"Parece que conseguiu, porque não tenho idéia do que está falando." A única coisa que Charlotte sabia era que a mãe estava com um sorriso de alta voltagem e um riso fácil que há muito não via. Quando Charlotte encontrasse Dennis, ela lhe daria um grande beijo.

Abraçou apertadamente a mãe. Aspirando, sentiu um excelente perfume que não conhecia e que provocava seus sentidos. "Perfume e maquiagem", ela murmurou.

"Espero que me cumprimente com o mesmo entusiasmo, Charlie."

Aquela voz, usando este nome. Charlotte se empertigou e deixou cair os braços, afastando-se vagarosamente da mãe.

A traição caiu como chumbo em seu estômago. Charlotte deveria saber que sua mãe nunca se interessaria por alguém que não seu ausente marido, Russell Bronson.

Virou-se para encarar o homem que entrava e saía de sua vida de acordo com sua agenda pessoal. Estava bonito como sempre, vestia calças cáqui e um suéter azul-marinho. O cabelo estava bem penteado, com mais cinza do que ela se lembrava. O rosto apresentava mais algumas rugas, mas envelhecia bem. E parecia feliz.

Ao contrário da mãe, Charlotte não tinha dúvida de que os humores dele não mudavam quer estivesse ou não com Annie. Mas o humor, ações e até mesmo a aparência da mãe pareciam depender de Russell estar ou não na cidade e em quando ele partiria novamente.

A raiva de Charlotte cresceu, não apenas contra o pai, mas contra a mãe, por permitir ser manipulada tão facilmente e por tanto tempo.

"Charlie?"

Charlotte colocou as mãos na cintura. "Então o pai pródigo voltou."

Ele deu um passo à frente e ela um para trás.

O desapontamento relanceou pelos olhos dele e talvez fosse isso que ela quisesse ver. Aquela maldita semente de esperança que sempre tivera no coração e nunca fora extinta, mas ela se recusava a se guiar por ela.

O jogo de beisebol continuava, mas Charlotte perdera o interesse. Aparentemente, o resto da assistência também. A não ser que estivesse paranóica, sentia dúzias de pares de olhos atrelados na anômala família Bronson. A curiosidade de uma pequena cidade em seu auge. Ela se preparou para os olhares e falatórios e permaneceu em pé em silêncio, esperando que os pais falassem.

Russell suspirou. "Não é a recepção que eu esperava", ele disse finalmente.

"Porém a que previa, tenho certeza."

Roman chegou e colocou o braço no ombro dela.

Mais assunto para as fofocas no Norman, pensou secamente. "Estou interrompendo uma reunião familiar?"

Ela sacudiu a cabeça. "Roman, você se lembra do meu..." Pigarreou. "Você se lembra de Russell, não?"

"Naturalmente." Ele estendeu a mão. "É bom revê-lo."

A doce Raina havia injetado modos perfeitos em todos os seus três filhos. Pena que não lhes tivesse transmitido sua capacidade de estabelecer-se e criar raízes.

Russell apertou a mão de Roman. "Faz tempo."

"É realmente...", disse Roman.

Ela apertou os dentes, forçou um sorriso e dirigiu seus comentários seguintes para Roman. "Verdade. Considerando que você está na cidade já há alguns dias, está mais a par dos acontecimentos. Então por que não informa Russell sobre o que ele perdeu nesta sua última ausência?"

Roman respirou bruscamente. Isso cortou-lhe o coração, mas ela não mudaria sua intenção. Em sua mente, via-se correndo de detrás das arquibancadas, rindo, feliz e excitada pelo encontro com Roman. Esperando ansiosa a noite pela frente, quando poderia estar com ele sozinha. Agora via a mãe, com as faces afogueadas e expressão despreocupada, tudo porque Russell Bronson se dignara a voltar.

Os paralelos entre ela e a mãe eram fortes. Tão fortes que ela começava a perceber como a vida de Annie com Russell começara e terminara. Uma vida no limbo. Não podia se permitir terminar como a mãe. Ela olhava de um homem para o outro. Eles tinham o poder de rasgar seu coração, se ela permitisse. Não podia amaciar com nenhum deles.

Por mais que não quisesse magoar Roman, ele representava tudo o que ela temia. Como pudera esquecer isso? "Agora que estou pensando nisso, vocês dois têm tanto em comum que é impressionante."

Russell olhou para Roman, ou, mais precisamente, pensou Charlotte, para a mão dele no ombro dela. "Não estou certo que isso seja verdade."

"Mas eu estou. Quanto tempo ficará na cidade desta vez? Um dia? Um fim de semana? Talvez um pouco mais, pois faltam alguns meses para o início da temporada de pilotos."*

"Charlotte!" A mãe falou forte, dando-lhe um toque no braço.

Ela cobriu a mão fria da mãe com a sua. A última pessoa que ela queria magoar era Annie. "Vê? Ele não tem resposta, mãe. Partirá quando se entediar."

Charlotte olhou para Roman e então se virou, pois um nó lhe subia à garganta. "E você?", ela perguntou sem encará-lo. "Raina parece melhor a cada dia, graças a Deus." Ela indicou o lugar onde a

* A temporada de pilotos é o período mais agitado do ano para a televisão, quando os programas em desenvolvimento são aprovados e a escalação de atores se inicia. Janeiro é considerado o início dessa temporada. (N. T.)

mãe dele estava sentada em um cobertor de praia com Eric Fallon, observando-os, assim como Fred Aames, Marianne Diamond, Pearl Robinson, Eldin Wingate e os demais na cidade. Charlotte detestava ser o centro do burburinho. "Você pode partir a qualquer hora também. Como disse, vocês têm muito em comum."

Antes que perdesse o controle de si ou do que restava de sua compostura, deu a volta e foi-se. Para longe de sua mãe, seu pai e, mais que tudo, para longe de Roman.

Capítulo 10

Roman observou Charlotte sair. Para longe do campo, de seu pai e dele. Sentiu sua dor, enfiou as mãos nos bolsos e suspirou de frustração. Não podia permitir que ela saísse sozinha. Não quando estava tão transtornada. Vira, em primeira mão, o estrago que o retorno do pai fizera nela.

"Alguém deve ir atrás dela", disse Annie. Estava claro que não se referia a si própria, pois agarrou o braço de Russell com mais firmeza.

"Alguém deveria ir", acrescentou Russell. "Mas ela não escutará nada do que eu disser."

"É de se admirar?" Roman ergueu uma sobrancelha para os pais dela. "Não estou aqui para julgar, mas um de vocês pensou em falar com ela em particular em vez de fazer desta reunião familiar um espetáculo público?" Sentindo que minutos preciosos estavam passando, Roman olhou para o campo. Ficou aliviado quando percebeu que Charlotte estava pegando o caminho mais longo para casa e a pé.

Russell, desalentado, deu de ombros, com o arrependimento estampado em seus olhos verdes, tão parecidos com os de Charlotte. "Annie tinha certeza de que ela não viria se contássemos pelo telefone e achava que ela não nos largaria no meio de tanta gente."

"E você não a conhece o suficiente para saber o que podia ocorrer."

Russell sacudiu a cabeça. "Mas gostaria. Sempre quis."

A mãe de Roman e Eric escolheram aquele instante para se juntar ao grupo. Roman se surpreendera ao ver a mãe no jogo de beisebol, mas como estava novamente com Eric, ele deduziu que estava se sentindo bem.

"Espero que não estejamos interrompendo nada", disse Eric.

"Aparentemente, neste grupo, quanto mais, melhor", resmungou Roman. Tinha pouco tempo se não quisesse arrombar a porta de Charlotte para ficar a sós com ela. "Russell, posso ter uma palavra com você?", perguntou, mandando para a mãe um olhar agudo.

"Annie, venha tomar uma limonada. Fui eu que fiz e está deliciosa."

"Mas..." O pânico iluminou os olhos de Annie, como se tivesse medo de que, nos cinco minutos que estivesse longe, Russell desaparecesse de novo.

Observar Annie deu a Roman uma melhor visão dos medos de Charlotte. Ela não era como a insegura mãe, ainda assim ele podia ver como esta teria infundido em Charlotte o medo de se tornar carente, tristemente patética e isolada como Annie.

Queria protegê-la da dor e cuidar dela para sempre, mas Charlotte o gelaria antes que permitisse que ele chegasse perto o suficiente para magoá-la. Este pensamento o abalou até o âmago.

Porque ele a amava.

Ele a amava. A verdade se estabeleceu em seu coração, aquecendo lugares que sempre foram frios.

Ele admirava a forte vontade dela de manter sua individualidade para não terminar como a mãe. Admirava a loja que ela construíra sozinha, em uma cidade que não estava preparada, e ainda assim conquistara as pessoas. Amava como ela via o melhor nele quando ele não merecia. Amava tudo nela.

Ver sua dor mais profunda assim de perto forçou-o a reconhecer seus próprios sentimentos. Sentimentos que deveriam vir após as necessidades de Charlotte ou ele se arriscaria a perdê-la para sempre. Ele lhe diria, mas deveria ser no tempo certo.

Não sabia quando seria isso. A família de Roman não dava um bom exemplo de relacionamentos com mulheres. Chase saía com os solteiros do jornal, bebia cerveja, conversava sobre esportes e dormia com uma mulher ocasional, evitando qualquer envolvimento. Rick salvava mulheres e, no momento, estava agindo como o Príncipe Encantado para Beth Hansen, até que ela se recuperasse do noivado rompido e estivesse pronta para seguir a vida. Então, ele também seguiria para a próxima mulher em sua vida.

Roman sacudiu a cabeça, sabendo que ele não tinha parâmetros onde procurar respostas. Estava por conta própria.

"Sem alternativas", atalhou Eric, falando com Annie. Sua voz era confortadora, porém, ao mesmo tempo, autoritária. "Devo insistir que você experimente o refresco de Raina. Além do mais, Raina não deve ficar muito tempo em pé. E eu agradeceria se você a levasse de volta ao cobertor até que eu possa ir para lá."

"Vá em frente, Annie." Russell bateu no braço dela e libertou-se dela.

Assim que o trio desapareceu, Roman encarou o pai de Charlotte. "Eu não tenho muito tempo."

"Sei disso. Mas deve saber que a vida é mais complicada do que qualquer um de vocês" – Russell varreu o ar com o braço indicando o campo e o povo da cidade – "pode compreender."

Na expressão atormentada, Roman não viu o ator egoísta que abandonara sua família por fama e fortuna. Em vez disso, viu um homem de idade, que muito perdera. Roman deixou escapar um resmungo. “Nenhum de nós precisa entender, sua filha é que precisa.” Ele prendeu Russell em um olhar firme. “Se realmente se importa, espero que gaste mais tempo desta vez para provar isso.”

“Ela teria que me ouvir.”

Roman deu de ombros. “Faça-a ouvir.” Após uma última encarada, Roman partiu para o estacionamento correndo, pretendendo seguir seu próprio conselho.

“Está na hora, Annie.” Russell Bronson se sentara na toalha de piquenique que Raina Chandler lhe emprestara. Depois que os quatro conversaram, Eric levou Raina para casa, deixando Russell e Annie a sós. Russell lembrava Raina como uma vizinha gentil, boa mãe para os três filhos e uma amiga de sua mulher. Era óbvio que as coisas não haviam mudado.

E este era o problema, pensou Russell. Nada havia mudado. Do dia em que se casara com Annie Wilson, a menina por quem se apaixonara na quinta série, até o presente, tudo no mundo de Annie permanecia o mesmo.

Ela colocou as pernas sob o corpo e olhou os jogadores no campo. “Não estou certa de que fará diferença”, disse ela.

Ele também não, mas tudo que podiam fazer era tentar. Russell bateu no bolso e sentiu o papel que pegara com o dr. Eric Fallon. Antes de sair, Eric havia conversado com ambos como médico dela. Annie era depressiva, ele dissera. Clinicamente, com quase toda probabilidade.

Por que Russell não percebera isso antes? Preferia pensar que era porque não era médico, mas era homem o suficiente para reconhecer seus defeitos. Ele era egoísta e egocêntrico. Suas vontades estavam sempre em primeiro lugar. Nunca parara por tempo suficiente para pensar em por que Annie falava e agia do jeito que fazia. Ele simplesmente aceitou Annie, da mesma maneira que ela o aceitara.

Depressão, pensou mais uma vez. Algo de que Charlotte desconfiara e conversara com o dr. Fallon. Agora cabia a Russell pedir a Annie que aceitasse ajuda. Ele agradeceu silenciosamente à filha linda e cabeça-dura por perceber o que ele não vira.

Sua filha. Uma mulher que tinha uma mistura de desdém, medo e vulnerabilidade em seus olhos. Ele havia causado essas características e se desprezava por isso. Mas agora tinha a oportunidade de emendar muitos erros, começando por Annie e terminando por sua filha.

Annie não havia respondido a seu comentário, mas havia chegado a hora. Ele faria isso, ainda que precisasse obrigá-la.

"Que é que Charlotte sente por Roman Chandler?"

Annie inclinou a cabeça. Seu cabelo macio caía nos ombros e sua vontade de correr os dedos pela mechas pretas era forte. Sempre fora.

"O mesmo que sinto por você. Charlotte está destinada a repetir o modelo. Ele irá, ele voltará. Ela estará sempre aqui quando ele vier. Está em nossos genes." Ela falava calmamente, como se essa perspectiva não a incomodasse. Annie era muito complacente, muito tolerante, e ele tirara vantagem disso, compreendia agora.

Sabendo ou não que ela era clinicamente deprimida, ele usara a sua tolerância como desculpa para vir e ir a seu bel-prazer. Sacudiu a cabeça, desgostoso consigo.

Não podia mudar o passado, mas não queria o mesmo futuro para sua filha. "Não concordo", disse ele, lutando contra a descrição de Annie sobre Charlotte e Roman. "Mas vai acabar sozinha se dispensar qualquer homem que não queira se estabelecer em Yorkshire Falls."

Annie sacudiu a cabeça. "Se você estiver certo, pelo menos ela não passará a vida esperando pela volta dele. Sentindo-se viva apenas durante as visitas."

Russell olhou para a mulher, vendo-a, o passado deles e o futuro juntos. Pensara que, por permanecer em sua cidade natal, Annie seria feliz, mas ocorrera o inverso. Por escolha, ele admitiu. "Se ela vai esperar pelos esporádicos retornos de Roman ou romper com ele e terminar sozinha, de qualquer maneira não será bom para ela. E você sabe disso muito bem."

Ela descansou a cabeça no ombro dele. "Não me sinto solitária agora." Ele sentiu o hálito quente no pescoço dele.

Não, pensou Russell, ela era tolerante e ele começava a odiar essa palavra. Annie aceitava. O que quer que ele fizesse ou o que a vida lhe desse. Há tempos acreditara que poderia fazer ambos felizes, mas essa teoria esfacelou-se rapidamente. Nada podia fazer Annie realmente feliz, a não ser que ele se anulasse e se estabelecesse em Yorkshire Falls. E, mesmo assim, algo em Russell sempre suspeitara que não seria a solução.

Ele não fora capaz de abandonar sua vida pela dela, nem conseguir que Annie deixasse a cidade para trás. Ele se comprometera com ela. Cada um escolhera seu modo de vida. Não podia dizer que foram felizes, mas tocaram a vida. Ele a amava tanto agora como no início. Mas não fizera bem a ninguém permitindo que ela agisse da sua maneira.

Menos ainda para sua filha.

Charlotte merecia escolher seu destino. Merecia tomar uma decisão lúcida. "Ela precisa saber, Annie. Ela precisa entender as escolhas que fizemos."

"E se ela me odiar?"

Ele a trouxe mais para perto. "Você a criou bem e ela a ama. Com o tempo, ela entenderá." Se não entendesse, bem, pelo menos ele e Annie a teriam livrado de repetir o passado. Ele tinha esperança.

Roman alcançou Charlotte descendo a First Street. Buzinou uma vez, então diminuiu a marcha do carro ao lado dela. Ela olhou por cima e continuou andando.

"Vamos lá, Charlotte. Entre no carro."

"Neste momento você não gostaria de enfrentar o meu humor, Roman."

"Qualquer mulher que admita estar de mau humor está perfeita para mim." Ele manteve o carro em marcha lenta. "Para onde está indo?"

Ela inclinou a cabeça na direção dele. "Para casa."

"Sua geladeira está tão vazia quanto a minha?"

"Vá embora."

Ele não aceitaria um não. De fato, ele tinha três coisas para fazê-la mudar de idéia. "Eu a levo ao restaurante chinês, tiro você da cidade e não conversarei sobre seu pai."

Ela parou.

"Caso essas promessas não a convençam, começarei a buzinar, farei um escândalo e só pararei quando você estiver afivelada ao meu lado. A escolha é sua."

Ela deu a volta, abriu a porta com força e se jogou no assento ao lado dele. "Foi a comida chinesa que me convenceu."

Ele sorriu. "Já sabia que esse era o motivo."

"Muito bem. Porque não quero que pense nem por um segundo que tem algo a ver com o seu charme."

Ele pisou no acelerador e saiu da cidade. "Você acha que eu tenho charme?", ele perguntou.

Com os braços cruzados, ela olhou-o com raiva.

Diante do silêncio, ele disse: "Tomarei isso como um sim".

Ela deu de ombros. "Entenda o que quiser."

Obviamente, ela não estava com humor para jogos verbais. Tudo bem. Desde que estivesse a meio metro dele e que ele pudesse vigiá-la, estaria satisfeito.

Vinte minutos depois, estavam sentados em um restaurante chinês típico, forro de brocado de veludo vermelho nas paredes e candeeiros escuros iluminando o ambiente.

Um garçom os levou para uma mesa no canto. Uma família de quatro pessoas, dois adultos e dois meninos novos estavam comendo barulhentamente do lado direito. Havia um tanque de peixes em um dos cantos e um laguinho interno cheio de peixes tropicais à direita deles.

"Está bom para você?", Roman perguntou para Charlotte sobre a mesa. Ele não se incomodava com as crianças, mas não podia avaliar o humor dela.

Um sorriso passou pelos lábios dela. "Desde que não peça peixe, aqui está bem." E deslizou para dentro da área mais reservada.

Roman poderia ter sentado à frente dela e manter distância. Porém, juntou-se a ela, prendendo-a entre ele e a parede.

Ela o recebeu com um bico obviamente falso. "Você não joga limpo."

"Eu disse que jogaria?" Ele percebeu que o duelo verbal era um meio de evitar conversa séria. Indagou-se quanto tempo duraria.

Charlotte sacudiu a cabeça. Ela não conseguia encarar Roman agora. Em vez disso, ela olhava para a família. Os dois meninos loiros tinham a travessura estampada nos olhos. Um deles levantava um macarrão enroladinho e o segurava com o polegar e o indicador. Ele estreitou os olhos, mirando para atirá-lo. O outro irmão cochichou alguma coisa no ouvido dele e então ele mudou de ângulo, Charlotte deduziu que ele o estava instigando. Os pais, conversando seriamente, pareciam não notar.

"Ele não faria isso", Roman se inclinou para trás e cochichou.

"Eu não poria todo meu dinheiro nisso." Ela usou um clichê antigo. "Na verdade, no seu caso, eu não apostaria um centavo."

"Ai, ai."

Ela o ignorou, observando as crianças. "Aprontar, apontar, fogo", ela sussurrou, junto com as ações dos meninos.

Como que em sintonia, o menino mandou o macarrão duro, que se quebrara em dois, voando pelo ar até que mergulhou na água cheia de peixinhos dourados.

"Pode um peixe morrer ao ser atingido por um talharim frito?", ela perguntou.

"E se engolir o talharim frito? Se fosse meu filho, eu o pegaria pelo colarinho e enfiaria sua cabeça na água. Após aplaudi-lo em silêncio pela pontaria."

"Você fala como um homem que teve sua cota de problemas quando criança."

Ele deu um sorriso fantástico que derreteu as entranhas de Charlotte e a fez desejar subir no colo dele e nunca mais sair. Pensamento perigoso. Ela mordeu a bochecha por dentro.

"Posso compreendê-los. Meus irmãos e eu causamos muitos problemas quando éramos novos." Ela se voltou para ele e se inclinou na cadeira, apoiando o queixo nas mãos. "Como, por exemplo?" Precisava se entreter com tempos felizes.

"Vejamos." Ele parou para pensar. "Achei uma. Houve um tempo em que minha mãe auxiliava na escola noturna para adultos e deixou Chase cuidando de Rick e de mim."

"Chase imperava como um ditador?"

"Quando estava acordado, sim. Mas, naquela noite, ele caiu no sono." Linhas de riso se desenharam no canto dos olhos dele enquanto se lembrava.

"Não me diga que vocês o amarraram."

"De jeito nenhum!" O tom dele era de ofendido. "Permita-nos alguma imaginação. Digamos que a caixa de maquiagem de mamãe nos dava uma abundância de possibilidades."

Ela arregalou os olhos. "Ele não acordou?"

"A única vantagem de ter Chase como um pai postiço é que ele dormia como um morto. Nós o deixamos muito lindo." Roman, de propósito, arrastou as sílabas. "A namorada dele também achou."

Charlotte deu uma risada. "Está brincado?"

Roman sacudiu a cabeça. "Ele tinha dezoito anos e saía com uma menina do primeiro ano do colégio, e ela disse que iria encontrá-lo lá em casa para que pudessem sair assim que mamãe chegasse. A campainha tocou e nós o acordamos para atender..."

Charlotte não escutou o resto, ela ria tanto do absurdo que as lágrimas rolavam. "Ah, queria ter visto."

Ele chegou mais perto. "Eu tenho fotos."

Ela enxugou os olhos com o guardanapo de linho. "Preciso ver."

"Case comigo e eu mostro para você."

Charlotte piscou e endireitou-se na cadeira. Os meninos brincavam por perto, o cheiro de rolinhos de primavera chegava até ela e Roman propunha casamento? Devia ter ouvido errado. "O quê?"

Ele pegou-lhe a mão, segurando-a firmemente dentro de seu punho forte e quente. "Eu disse: case comigo." Os olhos dele se abriram mais e parecia abismado por ter dito essas palavras, mas não tanto que não as repetisse.

Ela ficou sem ação. "Você não... eu não posso... você não quer isso realmente", conseguiu dizer. O coração batia desvairado em seu peito e ela não conseguia recuperar o ar. Duas surpresas em um só dia. Primeiro o pai, e agora isso. Pegou a água, mas suas mãos tremiam tanto que teve de baixar o copo antes que o derrubasse.

Ele levou o copo até os lábios dela. Charlotte tomou um longo e frio gole. "Obrigada."

Ele acenou com a cabeça. "Não pretendia falar tão de improviso, mas sou sincero em cada palavra."

Ela se indagou quando a sala pararia de rodar. "Roman, não é possível que você queira se casar."

"Por que não?"

Ela desejou que ele desviasse o olhar, qualquer coisa para interromper o encanto, porque aqueles fascinantes olhos azuis lhe imploravam para que dissesse sim e aos infernos com os como e porquês. Mas o retorno do pai lhe mostrara exatamente por que não podia seguir seu coração. "Porque..." Ela fechou os olhos, tentando formular a melhor resposta. A que fosse mais lógica. Uma que explicasse as diferenças deles.

"Eu amo você."

As pálpebras dela se escancararam. "Você não pode..."

Ele se inclinou para a frente, um braço sobre o encosto do reservado e calou-lhe a boca com um beijo. Um beijo quente de derreter o coração. "Você precisa parar de usar este termo, *não pode*", ele murmurou, com a boca pairando sobre a dela. Então novamente colou os lábios nos dela e penetrou-a com a língua profundamente, absorvendo-a, até que um gemido baixo subiu da garganta dela.

"Mãe, veja! Eles estão beijando à francesa."

"É, língua e tudo. Podem fazer isso em público?"

Charlotte e Roman se separaram. Ela sacudiu a cabeça e riu. "Ouvir isso de um guri que estava usando um peixe para treino de tiro ao alvo."

"Eu lhe fiz uma pergunta", disse Roman, todo sério.

"E já sabe a resposta." O coração de Charlotte bateu dolorosamente. "Eu..." Lambeu os lábios úmidos. "Você viu meus pais, sabe da vida da minha mãe. Como me pede para repetir isso?" Baixou a cabeça, desejando com todas as forças que pudesse sustentar a raiva justiceira que juntara no jogo de beisebol, mesmo que tivesse transferido seus sentimentos pelo pai para Roman.

"Não estou pedindo que repita a vida deles." Ele segurou-lhe o rosto nas mãos. Gentilmente. Reverentemente.

O nó voltou à garganta dela. "Planeja viver em Yorkshire Falls?" Ela sabia a resposta e se preparou de acordo.

Ele sacudiu a cabeça. "Mas", os dedos dele se apertaram no rosto dela, "estou estudando possibilidades. Não quero perdê-la e estou disposto a chegar a um acordo. Tudo que peço é que mantenha a mente aberta. Me dê tempo para encontrar uma solução para que nós dois fiquemos bem."

Ela engoliu em seco, incapaz de acreditar no que ouvia. Insegura se poderia confiar no intangível e não se ferir. Mas, se o perdesse, ela ficaria magoada de qualquer maneira. Charlotte queria mais tempo com ele antes que o inevitável acontecesse.

Se o inevitável acontecesse. Ela varreu os pensamentos sobre os pais da mente. Teria que lidar com eles logo mais. Roman usara a palavra *acordo*, o que significava que considerava as necessidades dela. Uma adrenalina inesperada correu por seu sistema. "Você disse que me ama?"

Ele assentiu. Ela observou a garganta dele mexer-se convulsivamente para cima e para baixo.

"Nunca disse isso a ninguém mais."

Ela piscou, contendo a umidade dos olhos. "Nem eu."

As mãos dele caíram do rosto dela para os ombros. "O que está dizendo?"

"Eu amo você."

"Ele vai fazer aquilo de novo", gritou uma das crianças da outra mesa.

"É, é", repetiu o irmão, duas vezes mais alto.

Roman riu e ela sentiu o prazer dele tão forte e intenso quanto o próprio.

"Pode imaginar ter uma casa cheia de meninos?", ele perguntou.

"Nem brinque com um assunto tão sério."

Ele a ignorou e simplesmente sorriu. "Na minha família dá muito homem e nós dois sabemos que são meus genes que determinam o sexo. E pense em quanto nos divertiremos fazendo esses nenês." As pontas dos dedos dele começaram a fazer uma massagem rítmica nos músculos das costas dela.

Os filhos de Roman. Ela tremeu; queria isso mais do que nunca, mas sabia que era impossível. Tinham ainda muito a acertar antes que ela se permitisse pensar num futuro como esse.

Mas ele lhe tocava o coração, era seu dono, realmente. Sempre o possuíra, desde a noite em que confessara seus sonhos mais profundos e ela não tivera escolha a não ser mandá-lo embora.

Ela ainda não tomara qualquer decisão concreta, mas sabia que, desta vez, não o mandaria embora.

"Querem pedir?", perguntou um garçom alto de cabelo escuro.

"Não", responderam os dois ao mesmo tempo.

Charlotte não sabia como fora, mas, minutos depois, com o estômago ainda vazio e uma nota de vinte dólares deixada em cima da mesa, estavam de volta à estrada, indo para casa e, meia hora depois disso, abriu o apartamento escuro para eles.

Ela bateu no interruptor da sala e a lâmpada do teto se acendeu banhando-os em luz suave. Ele fechou a porta com o pé e a trouxe para os braços. Em pé, ela se apoiou na parede com os lábios dele baixando firme sobre os dela. A necessidade dele era imperiosa e aparente, tão profunda quanto a dela. Ela dispensou a jaqueta, deixando-a cair no chão, e Roman trabalhou ainda mais rápido com a camiseta dela, até que ela estivesse usando apenas as botas vermelhas, *jeans* azuis e sutiã branco de renda.

Roman respirava rápido, enquanto seguia o desenho da renda com as pontas ásperas dos dedos. Os bicos dos seios dela pularam sob o toque dele e o corpo se entesou, o desejo invadindo-a rapidamente.

"Você deve estar com calor com todas essas roupas." Ela alcançou o colarinho do blusão dele e o puxou para baixo, permitindo que a peça se juntasse à pilha.

Os olhos azuis de Roman brilhavam de desejo. "O que sinto é muito mais que calor." Arrancou a camiseta azul-marinho por sobre a cabeça e a jogou de lado. Ela atingiu a parede atrás deles e caiu com um som mudo. "Sua vez."

Charlotte sentia um ritmo constante entre as pernas e a umidade acompanhava as palavras sedutoras de Roman. A excitação era sua parceira quando ela se inclinou e pegou nas botas para tirá-las, mas suas mãos tremiam e o couro parecia colar-se à pele.

"Permita-me." Ele ajoelhou-se e puxou primeiro uma bota de couro de cobra vermelho para fora, depois a segunda, antes de dar atenção ao botão do *jeans* dela. Ele trabalhou como um profissional, suas mãos fortes descendo o zíper e então passando o cós pelos quadris dela.

As pernas de Charlotte tremiam e apenas a parede a escorava quando ele passou o pesado *jeans* pelos tornozelos dela. Aí parou. Ela tentou livrar um pé, mas a maldita calça era muito estreita embaixo.

"Não se esforce. Você está como eu quero." Ele ajoelhou-se no chão aos pés dela e a olhou. Um sorriso cínico curvava-lhe os lábios e uma expressão satisfeita se assentou no belo rosto dele.

Ela estava cativa por mais do que roupas apertadas. Estava prisioneira do desejo e subjugada pelo amor. Amor que ele retribuía. Quando Roman se inclinou com seus cabelos pretos em contraste com a pele branca dela, flechas incandescentes de desejo atingiram o seu corpo, uma combinação única de erotismo e carência emocional.

Ela queria que ele aplacasse seus desejos mais diversos, mas sabia que apenas a penetração lhe traria satisfação. Ele a fitou e deve ter lido seus pensamentos, porque, em vez de lhe dar prazer com a boca, como parecia pretender, tirou suas calças e levantou-se. Em segundos, estava despido, gloriosamente nu e excitado como ela.

Ele se encaminhou para ela abrindo os braços. "Venha."

Charlotte obedeceu e ele a ergueu nos braços, as pernas dela enroscadas em sua cintura, as mãos travadas atrás do pescoço dele e, mais uma vez, as costas dela estavam contra a parede. O calor e a força do corpo de Roman se infiltravam nela, envolvendo-a em calor e excitando-a ainda mais.

"Preciso de você dentro de mim", disse Charlotte.

Finalmente ela sentiu a ereção dele, grande e grossa, pronta para penetrá-la. Quando ele se introduziu, seu coração se abriu para todas as possibilidades. Como não, se ele estava quase a explodir dentro dela?

Conforme Roman se movia, seu duro membro causava uma fricção gloriosa dentro de Charlotte que se intensificava à medida que as investidas do pênis se tornavam mais profundas. Ela não conseguia respirar, não precisava, sensação após sensação a varria, levando-a além do precipício para o clímax mais explosivo que ela já experimentara, porque era marcado pelo amor.

O gemido de Roman lhe dizia que ele se sentia da mesma maneira. Ela o amava. Mais tarde, quase dormindo em seus braços, ela se indagou por que negara isso por tanto tempo.

Charlotte acordou e se espreguiçou, sentindo os lençóis frescos em sua pele nua. A sensação de acordar sozinha era comum e estranha ao mesmo tempo. Nada diferente da maioria das manhãs em sua vida, porém, por ter dormido aninhada no corpo de Roman, o friozinho era desagradável e algo perturbador. Assim eram também as emoções que empanavam sua mente ainda sonolenta.

Ela compreendia as razões dele de beijá-la e cair fora no meio da noite e agradecia o respeito que ele demonstrava por ela diante de uma pequena cidade fofoqueira. Mas sentia falta dele, queria fazer amor com ele novamente. Ela o amava. Esses pensamentos a assustavam além do imaginável.

Levantando-se, cumpriu a rotina matinal, tentando acreditar que tudo era igual. Banho quente, café mais ainda, correr escada abaixo para o trabalho. Certo, pensou Charlotte, a mesma rotina. Mas não havia como evitar o fato de que ela estava diferente.

Porque se comprometera com Roman com aquelas três pequenas palavras. *Eu amo você*. E, agora que as palavras haviam sido ditas, temia que sua vida estivesse prestes a mudar para sempre. Se o passado fosse um exemplo, o da sua mãe, de seu pai e até mesmo o de Roman, as mudanças não seriam para melhor.

Com esse pensamento perturbador, ela entrou na loja aberta com a esperança de que a familiaridade dos babados e renda e a mistura de essências de baunilha que perfumava o ambiente acalmariam seus nervos. Ela entrou, o cheiro inesperado de alfazema invadiu seus sentidos, abalando-a e destruindo qualquer vislumbre da tranqüilizadora rotina que ela esperava encontrar aqui.

"Beth?", ela chamou.

"Aqui nos fundos." A amiga saiu do quarto dos fundos com um *spray* de ambientador nas mãos, borrifando enquanto andava. "O pessoal da limpeza esteve aqui a noite passada e derramou uma garrafa de amoníaco no escritório." Ela abanou a mão em frente do rosto. "Podia-se morrer com o cheiro. Estive borrifando para tentar disfarçar o cheiro."

Charlotte franziu o nariz, enojada. "É mesmo tão forte?" Porque a alfazema era suficiente para fazê-la ter ânsias. Charlotte entrou mais na loja deixando a bolsa no balcão e, quando chegou ao provador, sentiu o horrível odor. "Credo." A idéia de se fechar no escritório e esquecer os pensamentos na papelada acabara de ser asfixiada.

Beth concordou. "Eu fechei a porta do escritório para evitar que o cheiro chegasse aos vestiários e abri as janelas completamente, para arejar o lugar."

"Obrigada. Pelo menos não está tão ruim na frente."

"Esperemos que permaneça assim."

"Bem, vamos fechar a área dos vestiários e anotar nos recibos. Você pode aceitar devoluções em qualquer item comprado hoje." Em geral, itens de liquidação, roupas de banho e de baixo não podiam ser trocadas, mas não seria uma política justa se a cliente não pudesse experimentar a mercadoria antes. "Se o cheiro piorar, teremos de fechar por hoje. Não faz sentido nos envenenarmos."

Beth borrifou mais um pouco de alfazema.

"Não poderia ter escolhido outro perfume?"

"Não havia outro no armazém."

"Deixa para lá. Apenas, por favor, pare de borrifar e vamos ver o que acontece."

Após colocar o *spray* na prateleira, Beth seguiu Charlotte para a entrada da loja, e viu a amiga escancarar a porta para entrar ar fresco.

"Então." Beth se empoleirou no balcão perto do caixa. "Estou contente de ver você aqui e sorrindo. Como está depois... bem, você sabe." Ela abaixou a voz até quase um sussurro nas duas últimas palavras, obviamente se referindo ao escândalo que Charlotte e a família haviam feito no jogo da noite passada.

Assim que entrou no carro de Roman, Charlotte se esquecera de tudo sobre Beth, jantar e o mais. "Estou bem", disse ela em tom igualmente abafado, antes de se aperceber. Olhou a loja vazia e virou os olhos. "Por que estamos cochichando?", perguntou alto.

Beth deu de ombros. "Sei lá."

"Então, estou bem. Não gostei de ser tocaiada em público. Se meu pai, quer dizer Russell, queria falar comigo, ele deveria ter ligado. Ou vindo aqui. Ou ter me encontrado em algum lugar sozinha. Foi muito humilhante."

Beth olhou para as unhas, evitando olhar para Charlotte, e perguntou. "Você teria lhe dado tempo se ele tivesse agido assim?" Charlotte sacudiu os ombros, onde estava alojada a tensão desta conversa. "Eu não sei. Você daria tempo ao dr. Implante?" Imediatamente ficou envergonhada com a sua resposta. "Por Deus, desculpe, Beth. Não sei por que estou descontando em você." Charlotte correu para o balcão e abraçou Beth. "Você me perdoa?"

"Claro. Você não tem uma irmã para torturar e sua mãe é muito frágil. Só sobrou esta coitadinha." A despeito das palavras duras, quando Beth se soltou, tinha um sorriso no rosto.

"Na verdade, você fez uma pergunta interessante. Eu daria um tempo ao dr. Implante, o suficiente para agradecer-lhe por ter aberto meus olhos para minhas inseguranças. Depois jogaria água gelada no colo dele."

"Você está realmente se sentindo melhor?", Charlotte perguntou.

"Como posso explicar?" Beth olhou para cima, como que procurando respostas. "Estou me sentindo mais consciente", disse ela. "Ultimamente, penso o tempo todo e posso ver um padrão em meus relacionamentos anteriores. Todos os homens com quem me envolvi queriam me mudar e eu permitia. Eu me adaptava facilmente ao que eles queriam que eu fosse. David foi o caso mais extremo. Mas não mais. Tenho de agradecer a você e a Rick por me ajudar a me recuperar."

"Eu?", perguntou Charlotte, surpresa. "O que eu fiz?"

"Eu lhe disse outro dia. Você me ofereceu este emprego porque sabia, melhor do que eu, onde estavam meus talentos e interesses. Agora eu também sei. E isto é só o começo."

"Bem, fico feliz de ter ajudado. E Rick?"

"Ele fala e ouve. A maioria dos homens não fala. Eles vêem televisão, resmungam e talvez arrotem algumas vezes antes de concordar com a cabeça, fingindo prestar atenção. Rick ouviu as histórias sobre o meu passado e me ajudou a chegar às conclusões corretas."

"O homem nasceu para salvar donzelas desconsoladas. Talvez devesse ter sido psiquiatra e não polícia."

"Que nada, essa autoridade lhe dá *sex-appeal*", disse Beth rindo.

"Por favor, não me diga que está caída por ele."

Beth sacudiu a cabeça. "Não tem como. Estou na minha há um longo tempo."

Charlotte concordou. Acreditava na amiga. Os olhos de Beth não tinham aquela tinta de sonhos quando falava de Rick. Não parecia suspirar pelo sedutor policial. Não da maneira como Charlotte desfalecia quando pensava em Roman. Seu íntimo ardia de excitação só com a idéia de vê-lo de novo.

"Preciso aprender mais sobre mim", disse Beth, interrompendo os pensamentos de Charlotte bem a tempo. "Quero saber do que gosto e do que não gosto. Não o que se espera de mim. Portanto, por agora, tudo de que preciso são amigos."

"Você nos tem, querida." Charlotte apertou a mão de Beth, que devolveu o gesto. Charlotte apenas esperava que *ela* não fosse a próxima a precisar da amiga.

"Então o que vai fazer agora que não pode esconder-se no seu escritório e trabalhar na papelada? Crochê lá em cima?"

Ela se arrepiou com a idéia. "Não, minhas mãos doem. Tenho que espaçar esse tipo de serviço. Primeiro passarei no escritório da *Gazette* e conversarei com Chase sobre o anúncio da liquidação de Páscoa. Não posso acreditar que o feriado é daqui a apenas duas semanas e meia."

"Sabe qual é a melhor parte do feriado?"

Charlotte bateu com um dedo na testa. "Hum, deixe-me pensar. Seriam os comerciais do Coelhinho Cadbury de chocolate?", ela perguntou, referindo-se à fraqueza da amiga.

"Como sabe?"

"Está se esquecendo de que eu lhe mando bombons todos os feriados? Conheço você como a palma da minha mão." Charlotte pegou a bolsa do chão.

"Vamos nos fartar juntas este ano." Beth lambeu os lábios pensando no chocolate.

Charlotte riu. "Passarei por aqui quando sair da *Gazette*. Se tudo estiver calmo, talvez leve a papelada lá para cima."

“Sabia que isto aconteceria.” Beth sacudiu a cabeça com tristeza. “Um dia em casa fazendo crochê e você está viciada nas novelas.”

“Não é verdade.”

“Vai negar que assistirá a *Hospital Geral* enquanto trabalha?”

Charlotte fez um gesto de passar o zíper nos lábios. Ela se recusava a confirmar ou negar. Claro que assistiria a *Hospital Geral*, pois tinha um ator sensual que lhe lembrava Roman.

Céus! Estava pior do que imaginava. “Vejo você mais tarde.” Acenou e saiu pela porta da frente aspirando profundamente o ar fresco. “Muito melhor”, disse alto. Pendurou a bolsa no ombro e começou a descer a estrada.

Na periferia da cidade, na última praça com grama, narcisos e outras flores, viu Samson limpando os canteiros e chamou por ele. Ele não ouviu ou fingiu que não.

“Muito bem.” Deu de ombros e seguiu, grata pelo fresco ar da primavera. Enquanto andava, seus pensamentos se desviaram para Roman. Sentia uma combinação de expectativa e inquietação pelas palavras trocadas e o nível de compromisso que elas implicavam.

Charlotte pensava não apenas no que Roman queria dizer com trabalhar em um acordo, mas também se poderia confiar no amor que ele oferecera e o casamento que dizia desejar.

Roman entrou no escritório da *Gazette* usando suas chaves. O lugar ainda estava quieto. Era muito cedo para Lucy ter chegado e, pelo jeito das coisas, mesmo Chase ainda não descera. Roman precisava de café novo e de ar mais fresco que o do escritório abafado, portanto, deixou a porta da rua aberta, e foi para a cozinha para fazer um café bem forte.

O raiar do dia o tirara da cama de Charlotte. Ele a deixara dormindo. Apenas um beijo no rosto e então saíra. A cidade já falava o suficiente sobre Charlotte e sua família. Ele não queria incrementar a maledicência da cidade saindo do apartamento dela em plena luz do dia. Sair bem cedo era arriscado, mas ele não resistira à oportunidade de passar a noite com o corpo nu e quente de Charlotte aninhado ao seu. Como o faria pelo resto da vida.

Um tremor o sacudiu. Ele reconhecera verdades difíceis: que pretendia parar de fugir, queria se estabelecer e que amava Charlotte, mas seria um mentiroso se não dissesse que estava apavorado. Não o suficiente para mudar de idéia. O suficiente para fazê-lo humano, pensou Roman. Encontrava-se à beira de uma mudança significativa em sua vida e estava inquieto.

Ainda não acreditava que as palavras haviam saído de sua boca. Não que tivessem sido difíceis. Para quem escreve, elas nunca são. Mas Roman sempre pensava em tudo antes de falar. Nunca, antes, permitira que a emoção dominasse o bom senso. Mas seus sentimentos por Charlotte haviam fermentado por dez anos. Ele a amava e queria casar-se com ela. Não planejara nenhuma das declarações, mas espontaneidade era bom. Mantinha a relação fresca, pensou Roman cinicamente.

Porém sua mão tremia enquanto fazia o café, contando as colheradas e pondo água na cafeteira. A oportunidade poderia ter sido melhor. Ele fizera a proposta em público, quando ela saía de um confronto emocional com o pai e antes que ele tivesse oportunidade de tomar decisões cruciais para o futuro dele. Dado tudo isso, deveria admitir que Charlottte recebera suas palavras melhor do que imaginara.

Mas, agora que estava sozinho no escritório onde passara muito tempo quando criança, percebeu que sua fuga da cama de Charlotte fora uma boa atitude. Ele precisava estar sozinho para planejar como equilibraria a vida agora, e não tinha idéia do que viria a seguir. Se bem que pensasse que contatar o *Washington Post* sobre a oferta de emprego seria um bom começo. Achou que o fato de a idéia de pegar o telefone não o assustar era um bom sinal.

“Oba, irmãozinho. Acordou cedo.” Chase entrou no escritório principal. “O que faz aqui? Mamãe não tem mais cereais de chocolate?”

Roman deu de ombros. “Não sei dizer.” Porque não estivera em casa o suficiente para tomar o desjejum. Olhou o irmão mais velho. “Quer saber, acabo de perceber que não fazemos mais nada além de falar de mim desde que cheguei. O que acontece com você ultimamente?”

Chase deu de ombros. “O mesmo de sempre.”

“Alguma mulher nova?” Roman não vira Chase com ninguém em particular desde que chegara.

Chase sacudiu a cabeça.

“Então quem lhe faz companhia? Quem cuida da sua solidão?”, perguntou Roman. Não falava apenas de sexo. Os irmãos nunca comentavam nada. Chase sabia o que Roman queria dizer. Ambos tinham aquela solidão infernal que vinha de suas escolhas. O tipo de solidão que Charlotte curara nele.

Dando de ombros, Chase disse: “Se preciso de companhia, tenho alguns amigos em Harrington. Você sabe que Yorkshire Falls é muito pequena para se envolver sem que ninguém saiba. Mas não estou sentindo falta de companhia. Agora de volta para você”.

Roman riu. Chase nunca conseguia manter uma conversa sobre ele por muito tempo. “O que você diria se eu lhe contasse que o *Washington Post* me ofereceu emprego?”, perguntou ao irmão mais velho.

Chase andava pela sala de meias, sem sapatos, um dos benefícios de morar no andar de cima. Juntou-se a Roman na pequena cozinha, onde se serviu de uma xícara de café. Ele ergueu a caneca. “Aliás, obrigado.”

Roman estava encostado na geladeira. “Não há de quê.”

“Eu diria que você aceitaria um emprego de escrivaninha porque perdeu no jogo.”

Passou a mão pelo cabelo. "Não posso fingir que não aconteceu." A ironia era que, agora, Roman estava agradecido por ter perdido, feliz por ter sido forçado a ficar em Yorkshire Falls, feliz por ter sido levado a pensar em casamento. Porque as circunstâncias haviam conspirado para lhe dar uma segunda chance com Charlotte, a mulher que ele amava.

A mulher que sempre amara.

"Aquele jogo é a razão de minha vida toda estar a ponto de mudar." Sacudiu a cabeça. Não se expressara bem. Na verdade, o cara ou coroa lhe oferecera o ímpeto para começar uma vida nova. Mas o amor era a razão de ele se casar com Charlotte. Não obrigações familiares.

"Casamento é um passo grande. Do mesmo jeito que um bebê. Sei o quanto mamãe quer netos, mas você deve admitir que, desde que começou a sair com Eric, ela se acalmou um pouco."

"Isto é porque ele a mantém ocupada demais para nos encher, mas confie em quem a vê quase todas as manhãs. Ela não esqueceu que quer netos e ainda está entornando antiácidos." Apesar de algumas vezes pensar que ela parecia mais ativa quando achava que ele não estava por perto, Roman deduzia que estava imaginando coisas. "Portanto, se você me perguntar, nada mudou nesse assunto." Mas os sentimentos de Roman pelas necessidades da mãe haviam mudado.

"Ainda insisto em que tenha certeza de que pode viver com suas decisões." Chase parou para um gole de café. "Rick e eu entenderemos se você não quiser ser o cordeiro do sacrifício na busca da mamãe por netos só porque perdeu no cara ou coroa. Ainda pode cair fora."

As palavras de Chase eram as mesmas que Roman usara pouco antes. Mas as coisas haviam mudado desde que voltara exausto de Londres.

Até recentemente, ele não examinara as razões de suas ações durante o pouco tempo em casa. Tonto com a mudança do fuso horário e exausto, ele sabia apenas que a família tinha uma necessidade e que era sua vez de satisfazê-la. A presença de Charlotte na cidade mudara tudo. Ele imaginou como explicar sua mudança para Chase, o irmão que mais dava valor a sua solidão e celibato.

Charlotte subiu o caminho para a *Gazette* e encontrou a porta escancarada. Bateu, mas ninguém respondeu. Como a *Gazette* sempre fora um local sem cerimônias, onde se podia entrar, ficar, conversar com Lucy, Ty Turner ou até mesmo Chase, dependendo do humor e agenda dele, ela entrou. Esperando ver Lucy ao telefone em sua escrivaninha, Charlotte se surpreendeu ao ver a grande sala vazia.

Olhou o relógio de pulso e percebeu que era mais cedo do que pensava. Porém, vozes vinham da cozinha e Charlotte seguiu o som baixo. Quanto mais perto chegava, mais forte sentia o cheiro de café e seu estômago começou a roncar, lembrando-a de que ainda não comera nada.

Uma voz masculina parecia a de Roman e as entranhas dela se torceram. Seria sempre assim?, indagou-se. Puro prazer à idéia de vê-lo? A voz dele a excitando, a ligando? Um avassalante anseio de fitar aqueles olhos azuis profundos e vê-los devolver o olhar com o mesmo desejo? Se fosse isso, ela esperava que ele se sentisse da mesma maneira, porque não via como se livrar dessa aflição.

Chegou à porta da cozinha. Roman estava em pé olhando o teto, como que procurando por respostas, enquanto Chase tomava o café. Nenhum dos dois percebeu que ela estava ali.

Ela estava para pigarrear e falar quando Chase falou antes.

"Ainda insisto em que tenha certeza de que pode viver com suas decisões." Chase parou para um gole de café. "Rick e eu entenderemos se você não quiser ser o cordeiro do sacrifício na busca da mamãe por netos só porque perdeu no cara ou coroa. Ainda pode cair fora."

Charlotte ouviu as palavras de Chase e estrelas dançaram em frente aos seus olhos. Sua mente rapidamente interpretou o que ouvira. Raina queria netos e Roman prometera dá-los? Era por isso que o viajante e solteirão convicto subitamente começara a falar em casamento? Amor e casamento? *Oh, meu Deus.*

Seu estômago doeu, mas lembrou-se de que quem escuta nunca ouve nada corretamente. Ela escutara apenas parte da conversa. Mas não pressagiava nada de bom. Pelo menos, não para ela.

As boas maneiras diziam que anunciasse sua presença agora, antes de escutar algo mais que não fosse para seus ouvidos. Mas isso não significava que ela poderia ignorar o que escutara. "Que cara ou coroa?", ela perguntou.

O som de sua voz assustou os dois homens, porque Chase girou e o corpo de Roman sacudiu como se ela houvesse atirado nele. Ele virou-se para onde ela estava.

"Como você entrou?", perguntou Chase, com sua usual tendência para ser direto e sem nenhum tato.

"Eu bati, mas ninguém respondeu. A porta estava escancarada, então entrei." Jogou sua bolsa no balcão da cozinha e passou por Chase para encarar Roman. "Que jogo é esse?", perguntou de novo. Com determinação, fogo e... um tremor que trancava sua garganta.

"Aqui é onde eu peço licença", disse Chase.

"Covarde", murmurou Roman.

"De alguma forma, não penso que ele tenha algo a ver com isso." O coração dela batia forte no peito enquanto Chase jogava seu café na pia e saía da cozinha, deixando-a sozinha com Roman.

Um homem com segredos que ela temia ouvir.

Capítulo 11

ROMAN FOI ATÉ CHARLOTTE, pegou-a pelo cotovelo e a levou até uma pequena mesa no canto da cozinha da *Gazette*. Fórmica branca, cadeiras brancas, mobília que ela sabia tinham vindo de Raina.

"Sente-se", disse ele.

"Tenho a impressão de que agüentarei melhor em pé."

"Eu quero garantir que não seja tão fácil para você virar-se e sair. Agora sente-se."

Ela cruzou os braços e se sentou na cadeira. Não estava com humor para joguinhos ou disfarces. "Por favor, me diga que você não me pediu em casamento porque sua mãe quer netos."

Os olhos azuis de aço dele encontraram os dela. "Eu não a pedi por esta razão."

O coração dela acelerou. "Então, que acordo fez com seus irmãos?"

"Vamos lá, não lhe contei a noite passada como os irmãos podem ser ridículos?" Ele segurou firme a mão dela. "O que aconteceu entre mim e meus irmãos não interessa."

Se ela tivesse alguma dúvida sobre a seriedade dessa revelação, ele acabara de confirmar. "Interessa, ou você não estaria evitando me contar." Uma espiada na expressão séria dele e sabia que estava certa.

"Eu vim porque mamãe foi mandada às pressas para o hospital com dores no peito, lembra?"

Ela aquiesceu.

"Ela nos disse que os médicos queriam que ela evitasse estresse e que tinha um desejo, que nós todos conhecíamos, para realizar."

Charlotte engoliu em seco. "Um neto."

"Certo. Mas, como nenhum de nós tinha um relacionamento sério com uma mulher..."

"Ou planejava se casar", ela acrescentou.

Ele deu um sorrisinho humilde. "Como nenhum de nós estava em posição de fazer isso acontecer, precisávamos decidir quem daria o próximo passo."

"Então vocês jogaram o cara ou coroa para ver quem daria o neto a Raina e você perdeu." O fel subiu à garganta dela.

"Sei que soa muito mal..."

"Nem queira saber como", disse ela amargamente. "O que aconteceu em seguida? Eu me joguei em você e me tornei a candidata de sorte?"

"Se tentar se lembrar, eu corri de você. Tentei como pude ficar longe. Porque você era a única mulher com quem eu não podia fazer isso."

"Não poderia fazer o que comigo?"

"Vai ficar pior, mas depois melhora", ele avisou.

"Não vejo como."

"Eu disse que nunca mentiria para você e não vou começar agora. Mas precisa ouvir a história toda antes de julgar." Ele olhou para baixo e então falou sem fitá-la. "Pensei em procurar uma mulher que quisesse filhos. Casar, engravidá-la e voltar para o exterior. Honraria meus compromissos financeiros e viria para casa quando possível, mas não mudaria meu estilo de vida."

"Igualzinho ao meu pai." Ele era mais parecido com Russell do que Charlotte jamais imaginara. Sentiu enjôo, mas, antes que pudesse respirar ou falar, ele continuou.

"Sim, por causa disso, de imediato eu a descartei, independente de quão forte fosse a atração. Não poderia fazer isso com você. Mesmo então, eu gostava muito de você para magoá-la. Mas imaginei que com qualquer outra mulher, se estivéssemos de acordo, ninguém se magoaria."

"Outra mulher." Charlotte mal conseguia soltar as palavras. "Assim, você pode dizer que gosta de mim e aceitar a idéia de dormir com outra mulher. Tão facilmente." Ela piscou para conter as lágrimas.

"Não." Ele apertava fortemente a mão dela. "Não. Eu estava confuso quando vim para casa. Nem sequer pensei nisso tudo até agora. Mas eu estava tonto com a diferença de fuso horário, preocupado com minha mãe e concordei com essa mudança de vida tudo em uma noite. Não estava pensando claramente sobre qualquer coisa, exceto que não queria magoá-la. Então me afastei."

"Quanta nobreza."

Ele fez uma pausa. Apenas o relógio que batia alto na parede atrás deles quebrava o silêncio, mas ela não iria facilitar.

Ele pigarreou. "Mas não consegui me manter longe. Toda vez que chegávamos perto um do outro, as coisas explodiam. Não apenas sexualmente, mas emocionalmente. Aqui." Ele indicou o peito. "Então soube que não poderia estar com ninguém mais." Ele levantou a cabeça e o olhar dele se encontrou com o dela. "Nunca mais."

"Não." Ela sacudiu a cabeça, com dificuldade de falar, uma dor devastadora se alojara entre sua garganta e seu peito. "Não diga todas as coisas certas tentando consertar o que está errado. Não pode ser. Então você me escolheu", disse ela, tentando voltar ao fio da conversa e afastar as emoções. "Porque a atração era forte. O que aconteceu com todo o gostar de que você falou?"

"Transformou-se em amor."

A garganta dela se apertou. Mas, por mais que quisesse acreditar, ela também encarava a verdade. "A palavra perfeita para me convencer a casar com você e dar à sua mãe o neto que ela quer."

"As palavras que nunca falei para ninguém antes. Palavras que não falaria a não ser que fossem verdadeiras." E eram. Mas Roman sabia que ela não acreditaria. Ela o escutara, mas suas conclusões não se baseavam nas emoções dele, mas nos fatos duros e frios.

Que ironia, pensou. Como jornalista, ele vivera e morrera pelos fatos. Agora queria que Charlotte jogasse fora os fatos e investisse sua felicidade futura em algo intangível. Queria que ela acreditasse nele, em sua palavra, sem levar em conta que os *fatos* apontavam na direção oposta.

Ela puxou a mão e apoiou a cabeça nelas. Ele esperou, dando-lhe tempo para pensar e recuperar a compostura. Quando ela ergueu os olhos, Roman não gostou da expressão fria em seus olhos nem da tensão na face.

"Me diga uma coisa. Planejava me deixar em Yorkshire Falls enquanto você voltava para seu amado trabalho?"

Ele sacudiu a cabeça. "Eu não sei o que planejava, a não ser que quero que dê certo. Tive uma oferta de trabalho do *Washington Post* para ficar na capital. Pensei que poderia ir conferir, nós poderíamos ir", disse ele, na trilha de uma idéia repentina. "Juntos chegaríamos a um arranjo viável." O coração dele batia acelerado ao perceber quanto queria isso.

O medo que expressara antes sobre mudar seu estilo de vida se fora, sendo substituído por outro – o de perder Charlotte para sempre. Este pensamento o fez suar frio.

Tristes olhos verdes. "Um arranjo viável", ela repetiu. "Em nome do amor ou em nome de um cara ou coroa perdido?"

Ele apertou os olhos, apesar de tudo magoado. "Você não precisaria nem perguntar."

"Bem, me perdoe, mas eu preciso perguntar." Ela se inclinou para trás e cruzou as mãos no colo.

Ele se inclinou para mais perto, entrando no espaço dela, sentindo seu perfume. Estava irracionalmente bravo com Charlotte por não confiar nele, apesar de não ter feito nada para ganhar essa confiança. Também estava furioso consigo mesmo e ridiculamente excitado, tudo ao mesmo tempo.

"Só vou dizer isso uma vez." Ele já pensara meticulosamente enquanto conversava com Chase. "O cara ou coroa me levou a você. Foi o catalisador para tudo o que aconteceu desde então. Mas a única razão de estar aqui com você é o amor."

Ela piscou. Uma lágrima solitária correu-lhe pela face. Em um impulso, ele a pegou com a ponta do dedo e sentiu o gosto salgado na língua. Ele sentira o gosto da dor dela. Agora ele queria que a dor fosse embora. Charlotte estava amaciando. Ele podia sentir e segurava o fôlego enquanto esperava pela resposta.

"Como saberei?", perguntou ela, pegando-o desprevenido. "Como saberei se você está comigo porque quer ou porque prometeu aos seus irmãos que seria aquele que daria a sua mãe um neto?" Ela sacudiu a cabeça. "A cidade inteira sabe que a lealdade à família é a característica dos Chandler. Chase é o exemplo perfeito, está seguindo os passos dele?"

"Tenho orgulho dele. Não é um exemplo ruim para seguir. Sobretudo se me levar na direção correta." Não tinha nada mais para falar. Já dissera que falaria apenas uma vez. Nada que dissesse mudaria a cabeça dela, a não ser que ela acreditasse.

"Tente a sorte comigo, Charlotte." Roman estendeu a mão. Seu futuro se estendia perante ele – seria completo ou vazio como estava sua palma agora?

Suas entranhas tremeram quando a viu apertar ainda mais os punhos. Ela nem sequer o encontraria no meio do caminho.

"Eu... eu não posso. Você quer que eu confie, mas sei muito bem que vocês, os Chandler, são solteirões convictos. Nenhum de vocês quer compromisso. Precisaram jogar a moeda para decidir quem daria sua vida pela família desta vez." Ela se levantou. "Não posso sequer dizer que sou o prêmio, mas a penalidade que o faz perder tudo que lhe é caro."

Ela erguera muralhas que ele duvidava poder romper. Pelo menos agora. Roman levantou-se e agarrou a mão de Charlotte pela última vez. "Eu não sou seu pai."

"Não vejo muita diferença entre vocês dois."

Este era o problema, ele pensou. Ela não enxergava além da história problemática da família. Estava com medo. Com medo de repetir a vida da mãe, os erros da mãe. Ele amaldiçoaria Annie e Russell, só que não podia lançar-lhes toda a culpa. Charlotte era adulta e capaz de ver a verdade e tomar suas próprias decisões.

A vontade de tomá-la nos braços era forte, mas duvidava que ajudasse. "Nunca pensei que fosse covarde."

Ela estreitou os olhos e o encarou. "Você é um desapontamento igual." Ela girou e correu da cozinha, deixando-o para trás.

"Droga!" Roman foi para a sala da frente e chutou a primeira lata de lixo que viu. O metal pesado cantou pelo chão e atingiu a parede com um estrondo surdo.

"Vejo que as coisas não correram bem." Chase o encontrou aos pés da escada que levava ao seu escritório no andar superior.

"Isso é pouco." Deixou escapar um gemido. "Não é assim que devia ser."

Chase bateu a porta. "Isso evitará que cheguem outros perdidos. Quem disse para você que a vida seria fácil? Você apenas teve sorte por um tempo. Acabou a folga, irmãozinho. Terá que batalhar por isso." Ele se virou e encostou-se ao batente. "Se é isso que você quer."

Roman gostaria de cair fora da cidade e ir para longe da dor e do desgosto. Do coração doente da mãe e do coração partido de Charlotte. Infelizmente, não havia para onde fugir. As emoções que havia libertado o seguiriam aonde quer que fosse. Esta viagem de volta lhe ensinara que Yorkshire Falls não era apenas um lugar para visitar, era o lar, com toda a bagagem que a palavra transmitia. Toda a bagagem da qual fugira a vida inteira.

"Pode ter certeza de que é o que quero. É *ela* que eu quero." Ainda assim, após evitar encargos e responsabilidade por anos, agora que estava pronto a se ombrear com os altos e baixos de uma relação de longo prazo, a mulher que desejava não queria nada com ele.

"Então, o que planeja fazer a respeito?"

Ele não tinha idéia. "Preciso ir para Washington", Roman falou para Chase, no momento em que Rick entrava no escritório da frente, com as chaves balançando na mão.

"O que tem Washington?", perguntou Rick.

"Roman vai ver um emprego de escritório." O tom de Chase destilava surpresa e ele franziu o nariz enquanto digeria a informação.

"Não extrapole", Roman resmungou. "Me ofereceram um cargo de editor-chefe no *Post*."

"Vai sair da cidade?" Rick enfiou as mãos nos bolsos da frente.

"Melhor para ele. Ninguém aqui vai sentir sua falta", Chase disse com um sorriso, ele deu um tapa nos ombros de Roman.

"Cale a boca e vá pro inferno."

Rick riu. "Problemas com Charlotte? Então penso que ela não juraria pelo seu paradeiro ontem à noite?"

Na cabeça de Roman começou uma surda e constante pulsação. "Não me diga."

O irmão do meio concordou. "Roubo de calcinhas número seis. Portanto, novamente devo perguntar. Onde estava a noite passada?"

Chase e Rick riram alto, sempre se divertindo à custa de Roman. Ele não respondeu, sabia que não era preciso. Pois, a despeito da gozação e risadas, Roman não se enganava. Como ele, nenhum dos irmãos estava contente em saber que ainda tinham uma onda de crimes sem solução em Yorkshire Falls.

Charlotte saiu da *Gazette* correndo, desacelerou quando perdeu o ar e começou uma caminhada lenta de volta à cidade. Uma dor que torcia seu estômago fez com que o sacolejar de uma caminhonete fosse bem-vindo.

Charlotte esticou o polegar e pegou carona pela primeira vez na vida. Fred Aames, o único encanador da cidade, ofereceu-se para levá-la até a sua porta. Estava quase na metade do caminho e longe de Roman quando percebeu que não tinha colocado o anúncio no jornal. Teria que ligar para Chase mais tarde. Não voltaria por nada para encarar os irmãos Chandler e seu cara ou coroa. Ela se indagou se estariam rindo sobre isso, então sacudiu a cabeça.

Roman não estaria rindo. Ele estava sem uma candidata e precisaria começar tudo de novo. Encontrar outra mulher com quem pudesse se deitar e deixar para trás, grávida. O estômago dela embrulhou e precisou de toda sua força de vontade para não pedir que Fred parasse para que ela pudesse vomitar na cerca viva de alguém.

"Já soube?", perguntou Fred. Antes que ela pudesse responder, ele continuou, obviamente acostumado a falar de sob as pias enquanto trabalhava nos canos, esquecido do mundo exterior. "Roubaram as calcinhas de Marge Sinclair."

Não, de novo, não. Ela começou a massagear as têmporas. "Marge? Acabei de remetê-las ontem."

Ele deu de ombros. Ia falar alguma coisa, mas foi interrompido quando a velha picape atingiu um buraco e bateu o ombro dela contra a porta. "Eu não boto fé nos comentários do velho Whitehall sobre Roman Chandler."

À menção ao nome de Roman, o estômago de Charlotte se torceu de dor. Vida de cidade pequena, ela pensou. Ela amava esta vida, mas às vezes não conseguia escapar, independente de quanto quisesse. "Não, não acredito que Roman Chandler roube calcinhas", disse ela, desempenhando seu papel na conversa.

"Ele roubaria se fosse uma brincadeira, mas não furtaria do jeito que os jornais contam."

"Hum, hum." Talvez, se ela não respondesse, Fred se mancaria e trocasse de assunto.

"Ele tem caráter."

"Sem dúvida", ela resmungou. Preferia não entrar no assunto do caráter de Roman bem agora ou acabaria por dar a Fred uma preleção que rapidamente se espalharia pela cidade. Tanto quanto Roman, ela não queria isso.

"Ele me defendeu no colégio. Nunca esquecerei e não deixarei que ninguém por aqui o faça. Estou dizendo para todo mundo que encontro que Roman Chandler não é ladrão." Ele pisou nos breques na frente da loja dela.

Ela esfregou a pele esfolada do ombro e pegou a bolsa. Quem estaria roubando as calcinhas? Mentalmente, ela arrolou as vítimas até agora. Whitehall, Sinclair... todas acima dos cinqüenta anos, concluiu, e se indagou se Rick ou alguém na polícia de Yorkshire Falls teria chegado à mesma conclusão e se isso significava alguma coisa. Estranho, pensou Charlotte. Para dizer o mínimo.

"Disse alguma coisa?", perguntou Fred, levantando-se do assento.

"Eu disse que me pergunto se você sabe que é um salvador de vidas. Obrigada por me trazer de volta até aqui."

"O prazer é meu." Ele se inclinou e colocou o braço no banco atrás dela. "Há uma maneira de você me pagar."

"E como seria?", ela perguntou cautelosamente.

"Adiante a minha Marianne na sua lista de calcinhas." Suas bochechas cheias estavam tingidas de um tom de vermelho fortíssimo. "Pelo menos para nossa noite de núpcias."

Ela sorriu e concordou. "Acho que isto pode ser feito." Charlotte pulou da picape antes que risse alto e envergonhasse o homem ainda mais. "Obrigada, Fred."

"Não tem de quê. E, quando suas clientes vierem discutir esses roubos, lembre-se de dizer que Roman Chandler não roubaria nada."

A não ser meu coração, ela pensou tristemente.

Fred partiu, deixando-a em pé na calçada. Olhou para sua loja, então para a janela do segundo andar que levava ao apartamento. Nenhum dos lugares a atraía agora. Desde que Roman passara a noite com ela, o pequeno apartamento não era um paraíso seguro para onde podia escapar. Seu escritório cheirava indescritivelmente mal e, na loja, a tagarela da Beth poria Charlotte a revelar segredos dolorosos em um instante. A casa da mãe estava fora de cogitação porque Russell estava em casa.

Sentia-se deslocada, sem lugar algum para ir – até que percebeu que havia um lugar para onde poderia ir e ficar sozinha em paz. Parou na loja apenas o tempo para dizer a Beth que estava tirando o dia de folga, deu uma passada no Norman para comer um sanduíche e tomar uma soda, antes de ir para o apartamento, trocar de roupas e se enfiar no terraço da escada de incêndio com seu precioso livro *Glamorous Gateways*.

Algumas pessoas preferiam se consolar com comida. Charlotte preferia livros. Um em particular. Uma brisa arrufou as páginas e ela virou até a que ela mais estudava, a famosa placa HOLLYWOOD. Encostou-se na parede com as pernas à frente, o livro apoiado em seus joelhos. Suspirou e traçou as letras que sabia de memória, então apoiou o queixo nas mãos e fitou as páginas brilhantes.

Era irônico que esse livro que lhe dava paz também representava sua maior dor. Charlotte compreendia por quê. *Glamorous Gateways* a levava de volta a tempos mais simples. Um tempo em que ela acreditava no Príncipe Encantado e em *felizes para sempre*. Um tempo em que pensava que o pai viria para casa e alçaria Charlotte e a mãe do chão direto para um avião rumo a Los Angeles. Para estar junto dele e devolver-lhe a segurança que perdera. Ele nunca fizera isso.

Portanto, esse livro deveria ser perturbador, mas a confortava de uma maneira que apenas as crenças inocentes de infância conseguiam. Charlotte não se aprofundou. A vida estava complicada o suficiente. E o cara ou coroa dos irmãos Chandler por certo havia confundido sua vida e emoções de uma maneira que nunca julgara possível.

Charlotte não estava para autopiedade, muito menos acreditava que tivesse feito algo para merecer essa mudança de sorte. Mas, somando tudo, ela não poderia dizer que estava surpreendida. Os psiquiatras teriam um farto campo de pesquisa com as meninas que se apaixonam por homens que lhes lembram seu pai. Uma assertiva que um dia ela teria negado com raiva, mas da qual, hoje, era a prova viva.

Os irmãos Chandler tinham muitas características: solteirões convictos, filhos devotados e homens intensamente leais. Sabia que Roman nunca pretendera magoá-la. Acreditava que a tivesse tirado de sua lista de mulheres disponíveis por causa de sua história familiar. Mas ela certamente facilitara a vida dele caindo em seus braços, que estavam à procura de descendência.

Após terminar com os irmãos, Roman se trancou no escritório de Chase e se dedicou ao que sabia fazer melhor: escrever. Desligouse tudo e de todos e passou o fim da manhã e boa parte da tarde digitando um artigo sobre a vida de uma pequena cidade. Artigo tipo cenas da vida não eram o seu forte, mas, de alguma maneira, desta vez as palavras jorravam de suas entranhas.

Grandes cidades, grandes histórias. Continentes maiores, ainda maiores histórias de interesse humano. Mas, no fundo de cada uma dessa peças mais abrangentes, Roman percebia que podia encontrar a essência das pessoas – sua ligação umas com as outras, suas comunidades, sua terra. Tal como as pessoas de Yorkshire Falls.

Quando Roman escrevia notícias – quer denunciasse as iniqüidades da pobreza ou da fome, a realidade brutal de limpeza étnica em terras estrangeiras ou a necessidade de mudança ou novas leis de zoneamento para que alguém com artrite degenerativa pudesse ter um bicho de estimação e sair sem sentir dor – as histórias se centravam nas pessoas, no que precisavam e faziam para sobreviver.

Como jornalista e homem, a visão objetiva sempre fora mais fácil para Roman; portanto, ele escolhera enfrentar o mundo exterior enquanto colocava barreiras em seus sentimentos por aquelas pessoas e histórias da cidade natal. Porque o lar representava o maior medo de Roman – dor, rejeição e perda, do tipo que assistira a mãe passar.

Do tipo que estava sentindo agora pelo que fizera para Charlotte. Esse artigo era uma catarse. Nunca o venderia, mas sempre o guardaria como prova do que a mãe lhe dissera – *Se você não amou, não viveu*. Com todas as suas viagens e experiências, Roman percebia que não havia realmente vivido. Mas como convencer Charlotte?

Após tentar a loja, ele passou no Norman, que disse que embrulhara um sanduíche e despachara Charlotte. O seu instinto lhe dizia onde encontrá-la. Nunca descartava o instinto.

Era a mesma intuição que insistira que, se Charlotte descobrisse sobre o cara ou coroa, ele estaria perdido. O mesmo que o informara de que ela nunca sairia de sua cabeça completamente. Deu a volta na esquina que levava ao apartamento.

O sol brilhava no céu. Em plena luz do dia, ele sabia que se arriscava a ser visto rondando o apartamento dela. Não dava a mínima. Queria ter certeza de que ela estava bem, apesar de saber ser melhor não tentar conversar com ela por enquanto.

Ele parou na sombra das árvores, olhou para cima e a viu sentada na escada de incêndio. Sozinha por escolha, sem atender à porta ou ao telefone. Ele sacudiu a cabeça, odiando haver causado essa mágoa. Mechas se desgarravam do rabo de cavalo e voavam ao redor de sua face pálida. Ela estava tocando as páginas do livro com reverência. Ele concluiu que era um dos malditos livros de viagens. Era uma sonhadora e ansiava por coisas que julgava fora de alcance. Viagens. Agitação. O pai. E Roman.

Tinha a ousadia de abrir uma loja cosmopolita em uma cidade pequena, mas não tinha a coragem para apostar na vida. Nele.

"*E se a realidade for uma decepção?*", ela perguntara quando Roman a questionou sobre os livros, os sonhos. Ele não respondera por estar seguro de poder concretizar as fantasias dela. Mas uma fuga de fim de semana estava longe de satisfazer um sonho de toda uma vida. Ele estivera certo de que poderia fazer também isso.

Agora ele queria se maldizer por ter sido tão arrogante, tão cheio de si, quando o importante eram os sentimentos de Charlotte. Graças ao pai, Charlotte esperava que a vida a desapontasse. Em vez de provar que ela estava errada, Roman confirmara toda a expectativa negativa que ela tinha dos homens.

Ele soltou uma praga. Uma última olhada e foi para casa.

Raina pegou a bolsa e aguardou enquanto a dra. Leslie Gaines anotava na ficha. Convivendo com Eric fora do trabalho, ela começou a consultar a dra. Gaines como sua médica. Tinha duas razões. Não queria colocar Eric em uma posição desconfortável, mentindo para seus filhos, e queria que permanecesse algum mistério entre eles como casal. Parecia bobagem. Se ele escutasse o seu peito com um estetoscópio e a visse como uma paciente através de seu olhar médico, como poderia vê-la como um homem vê uma mulher?

"Seu eletrocardiograma está bom, sem mudanças." A dra. Gaines fechou a pasta. "Você está bem, Raina. Tudo que posso dizer é que mantenha os exercícios e controle as calorias."

"Sim, doutora." Mas Raina sabia que as palavras eram fáceis, manter o disfarce de doença com os meninos não era. Apesar de sua pequena *fraude*, como passara a considerá-la, ainda lhe dar um sentimento de culpa, ela acreditava na causa. Queria ver os filhos estabelecidos e felizes com suas próprias famílias.

A dra. Gaines sorriu. "Gostaria que todos os meus pacientes colaborassem assim."

Raina apenas acenou em resposta. "Agradeço por tudo." Ela saiu do consultório sem ver Eric. Preferia guardar a sobremesa para depois, quando o assunto de sua "doença" não criasse discussões.

Visto que Roman passava o dia no jornal com Chase e Rick estava de plantão, Raina foi direto para casa. Trocou-se, colocou calças de moletom para uma corrida na esteira mecânica. Somente um jovem de vinte anos ou o Super-homem poderia manter esta rotina sem ser flagrado. Quando começou o exercício, ficou de olho na entrada de carros, caso seus filhos viessem para casa cedo. Ela deitaria no sofá rapidamente se um deles chegasse.

Vinte minutos depois, desceu da esteira e tomou um banho rápido, aliviada por não ter sido pega. Depois de ter-se arrumado e feito um lanche, estava pronta para enfrentar sua principal preocupação.

A vida amorosa de Roman.

O romance tomara um rumo perigoso, considerando o mau humor de Roman e sua súbita recusa em falar qualquer coisa sobre Charlotte. Ele cuidaria de seus problemas, dissera. Mas sua mãe lhe trocara as fraldas, enxugara as lágrimas que ele tinha vergonha de verter e conhecia todas as suas expressões. Independente de quanto se esforçasse para esconder seus sentimentos, ela os lia de qualquer jeito. E o caçula estava sofrendo.

Esse problema com Charlotte, o que quer que fosse, não poderia ser mais que um enrosco na estrada. Afinal, romance algum corria suavemente. Veja o bem que fizera ao mais novo até agora; sua "doença" trouxera Roman para casa e o mantivera em Yorkshire Falls, onde ele reencontrara seu primeiro amor. Um empurrãozinho e eles estariam juntos em um instante.

Esperando que ninguém notasse que fora à cidade duas vezes hoje e informasse os meninos, Raina entrou no Sótão da Charlotte de tardezinha. Graças a Deus, a loja parecia vazia. "Alguém aí?"

"Um minuto", a voz melódica de Charlotte ecoou do fundo da loja.

"Sem pressa." Raina foi para a seção de *lingerie* e apalpou uma camisola linda de pura seda de Natori* com o penhoar combinando.

"Combina com você", disse Charlotte. "Este tom de marfim realça o verde de seus olhos."

Raina se virou e fitou a beleza de cabelos negros que, assim como seu filho, estava sofrendo nas profundezas da alma. "Não tenho certeza de que quero algo tão branco."

Charlotte sorriu. "É claro, mas não branco. Está mais para uma cor antiga. Não há nada errado em se mimar. Não há significado algum nesse tom. Essa é uma premissa fora de moda, posso garantir." Ela cruzou os braços por cima do cabide de metal. "Posso ver o quanto você quer esta. Ainda está apalpando a barra de renda."

"Fui pega." Raina riu. "Está bem, pode embrulhar para mim." Raina se indagou se ficaria na gaveta ou se...

"Estou contente por você estar se sentindo bem o suficiente para estar em pé e passeando."

Charlotte interrompeu os pensamentos dela. Raina tinha medo até de pensar sobre tais intimidades. Há muito tempo que ninguém a via dessa maneira.

---

* Natori é uma cidade japonesa localizada na província de Miyagi. (N. T.)

"Eu sei que deveria descansar, mas precisava vir aqui." Por razões que Raina ainda não dissera. "Além do mais, as compras não são um alívio para o estresse?"

Charlotte riu. "Se é o que você diz." Ela estudou o cabide, passando pelas longas vestimentas acetinadas. A jovem se lembrava do tamanho de cada cliente sem precisar perguntar novamente, isso impressionara Raina desde o começo. Toda cliente que entrasse na loja recebia um tratamento pessoal, ou de Charlotte ou de Beth, e cada cliente saía com a sensação de ser a mais importante. A loja dela florescia e Charlotte atingira o sucesso profissional.

Ela merecia o sucesso pessoal também. Raina não agüentava ver duas pessoas tão obviamente apaixonadas se afastando. Charlotte tirou o cabide e foi para o caixa, mas Raina ainda não decidira se ou como entraria no assunto.

"Algo mais que possa fazer para você?", perguntou Charlotte com um sorriso tenso.

Que oportunidade! Raina sacudiu a cabeça. Certamente isso era um sinal de que fazer perguntas para Charlotte não teria nada de mau. Roman não ficaria bravo com ela. Não se estivesse com Charlotte ao seu lado. Raina se inclinou para a frente no balcão. "Pode me dizer por que você parece tão infeliz."

"Não sei ao que você se refere." Charlotte imediatamente começou a mexer com a *lingerie*, tirando o prendedor da etiqueta de preço e embrulhando a luxuosa peça em papel de seda rosa-claro.

Raina colocou a mão tranqüilizadora sobre a dela. "Você sabe. Roman está tão infeliz quanto você."

"Impossível." Charlotte começou a fechar a conta. "Cento e quinze dólares e noventa e três centavos."

Tirando o cartão de crédito da bolsa, Raina o colocou no balcão. "Posso garantir que é possível. Conheço o meu filho. Ele está sofrendo."

Charlotte passou o cartão pela registradora e concluiu o processo de cobrança. "Não acho que haja algo que você possa fazer por ele ou por mim. Devia esquecer isso."

Raina engoliu em seco. Algo no tom de Charlotte a prevenia de que era bom parar por aqui, mas era-lhe impossível. "Não posso."

Pela primeira vez desde que Raina levantara o assunto, Charlotte a encarou. "Pelo fato de se sentir responsável?", perguntou a moça maciamente. Sem malícia, mas com a firmeza de alguém que sabe de tudo.

Mesmo sem saber por que, o coração de Raina começou a bater acelerado. "Por que deveria me sentir responsável?", perguntou com cuidado.

"Você realmente não sabe?" Charlotte sacudiu a cabeça, abandonou a postura rígida e deu a volta para onde Raina estava. "Vamos nos sentar."

Raina seguiu para o escritório de Charlotte, imaginando como a conversa se virara para *ela* e não para o namoro de Roman e Charlotte.

"Quando você ficou doente, seus filhos se preocuparam."

Raina abaixou os olhos, incapaz de fitar o olhar sincero e preocupado de Charlotte, aquela maldita culpa aparecendo novamente.

"Juntos, eles decidiram realizar seu maior desejo."

"Que é?", perguntou Raina, sem certeza do que Charlotte queria dizer.

"Netos, naturalmente."

"Ah!" Raina suspirou de alívio ante a idéia equivocada de Charlotte. Ela abanou a mão no ar. "Não há como meus filhos quererem me dar netos, não interessa quanto eu deseje."

"Você está certa. Eles não queriam. Mas sentiam que deveriam." Charlotte ergueu os olhos e fitou Raina. "Jogaram um cara ou coroa. O perdedor teria de casar-se e ter um filho. Roman perdeu." Ela deu de ombros, mas a dor flutuava no ar, pairando entre elas, óbvia e intangível. "Eu era a candidata mais à mão."

A indignação tomou Raina, mas seu coração se apertou com algo pior que culpa. Ela pretendera coagir os filhos à sua idéia de *felizes para sempre*, mas não queria que pessoas se magoassem no processo. "Charlotte, você não acredita que Roman a escolheu porque perdeu no cara ou coroa, acredita? Afinal, vocês têm uma história."

Charlotte afastou o olhar. "Roman admitiu ter perdido na moeda. O resto é dolorosamente óbvio."

"Mas ele não a escolheu por ser a candidata mais à mão!" Raina cuidou primeiro da dor de Charlotte. Lidaria com o cara ou coroa e seu papel nisso mais tarde. Iria tratar do caso com os meninos depois. Ah, se iria!

Vivera sob a ilusão de que ela e John haviam dado o exemplo de uma família feliz e de um bom e amoroso casamento. Por certo que não, mas, em nome dos céus, o que acontecera para convencer os meninos do contrário? É verdade que Rick tivera aquele doloroso fiasco causado pela sua natureza de sempre tentar ajudar, mas a mulher certa derrubaria as paredes que ele erguera desde então. E Roman – Raina se lembrou do caçula dizendo-lhe que ela desistira da vida. Seria isso o suficiente para afastá-lo do casamento para sempre?

"Agora, realmente, não sei por que Roman me escolheu." A voz de Charlotte tremia de incerteza. Um bom sinal, esperava Raina.

"Você sabe mais do que admite." Raina se inclinou para a frente e apertou a mão de Charlotte. "Sei que, provavelmente, eu seja a última pessoa de quem você quer conselhos, mas me deixe dizer uma coisa."

Charlotte inclinou a cabeça. "Eu não a culpo, Raina."

Talvez a moça devesse. Talvez, então, ela e Roman não permanecessem infelizes. "Se você encontrou o amor verdadeiro, não deixe nada atrapalhar seu caminho. Um dia, apenas vinte e quatro horas, pode ser um dia perdido em uma vida que é muito curta."

Raina pensou ouvir um som engasgado vindo de Charlotte, levantou-se rapidamente sem querer intrometer-se nem mais um minuto. Além do mais, ela precisava estar sozinha para pensar e decidir o que pretendia fazer a respeito da dor e confusão que não planejara causar.

"Cuide-se." Deixando Charlotte sentada em silêncio, Raina saiu. Deixou a loja e pisou na luz do sol, não se sentindo nada quente e feliz. Estava completamente perdida, sem saber como consertar as coisas.

Considerando o desastre que seu grande plano tinha sido até agora, provavelmente era melhor ficar fora da vida de todos e concentrar-se em viver a própria. Eric estava certo todo esse tempo, mas não ficaria feliz em saber que Raina chegara a essa conclusão à custa dos outros.

Ainda assim, por mais que quisesse se retirar e parar de se intrometer, ela e os filhos tinham um assunto sério para discutir. O que aconteceria com Roman e Charlotte depois era uma incógnita para todos.

Roman batia pregos nas estantes da garagem. Enquanto ficasse por aqui, era melhor ser útil. Geralmente, Chase e Rick cuidavam da manutenção da casa, mas, agora que ele estava em casa, Roman gostava de fazer a sua parte. E, neste momento, dar marteladas era uma boa maneira de liberar a frustração.

Charlotte não ligara. Para ser preciso, não respondera às ligações dele. A esta altura, ele não tinha certeza se isso fazia diferença.

Levantou o martelo no mesmo momento em que a voz mandona da mãe atingiu seus ouvidos. "Roman, venha cá."

O martelo amassou seus dedos. "Merda!" Saiu da garagem, sacudindo a mão para aliviar a dor. Encontrou a mãe na entrada dos carros andando para a frente e para trás. "O que é que há?", perguntou.

"Tudo. E, por mais que me culpe, ainda assim quero respostas."

Ele passou o braço pela testa suada. "Não sei do que você está falando, mas me parece brava e isso não é bom para seu coração."

"Esqueça meu coração. Estou preocupada é com o seu. Um cara ou coroa? O perdedor se casa e tem filhos? O que, em nome dos céus, seu pai e eu fizemos de errado para vocês serem contra o casamento?" Os olhos castanho-claros dela estavam úmidos.

"Que droga, mamãe, não chore." Sempre fora um frouxo ante as lágrimas dela. Sempre fora, e isso era parte da resposta para a pergunta dela. "Quem lhe contou?" Pôs um braço ao redor das costas dela e a levou para as cadeiras no pátio do fundo.

Ela estreitou os olhos. "Isso não interessa. Agora me responda."

"Não quero que volte ao hospital. Isso interessa."

"Não acontecerá. Agora fale."

Ele deixou escapar um resmungo, mas reparou que ela parecia mais forte do que estivera desde o retorno dele.

"O cara ou coroa, Roman. Estou esperando", disse ela, quando ele não respondeu rápido o suficiente. A mãe batia um pé no chão.

Ele deu de ombros. "O que posso dizer? Pareceu a melhor solução na hora."

"Idiotas. Eu criei idiotas." Ela ergueu os olhos para os céus. "Esqueça o que falei. Criei homens normais."

Ela estava certa. Como homem normal e orgulhoso membro de carteirinha da espécie, ele não se sentia bem conversando sobre seus sentimentos ou emoções. Mas devia uma explicação à mulher que o criara sozinha da melhor maneira que podia. Tinha um pressentimento de que teria de fazer a mesma coisa com Charlotte – se quisesse uma segunda chance.

E ele queria.

"Começamos a conversar sobre isso no outro dia." Roman se inclinou para a frente na cadeira. "Eu tinha onze anos quando papai morreu. Vendo-a sentir tanta dor, bem, compreendi nesta viagem para casa, o que me fez querer ficar longe de tudo que me fosse muito chegado. Sendo jornalista, a natureza do trabalho permitiu que me mantivesse distante. Eu não podia ficar indiferente aqui em casa. Não com você nem com Charlotte."

Raina deixou escapar um longo suspiro carregado de raiva, medo e frustração. "Sinto muito por tudo."

"Você não pode se responsabilizar pelo destino. Ou por sua reação diante dele."

Ela o encarou. "Você não compreende."

"Compreendo. Eu lhe agradeço por sua preocupação, mas não se estresse". Ele se levantou. "Se você se estressar, vou direto ao seu médico." Eric ou sua associada poderiam dar a sua mãe uma boa palestra se ela arriscasse a saúde de alguma maneira.

Roman apertou os olhos e deu uma boa espiada em sua mãe. Anéis escuros circulavam seus olhos e tinha pouca maquiagem. Ela gastara menos tempo com sua aparência. Seria porque se cansava mais facilmente?, se perguntou. Preocupar-se com ele e Charlotte não ajudaria nesta situação e ele tentou acalmar a mente dela. "Você cumpriu sua missão admiravelmente bem. Chase, Rick e eu podemos nos cuidar. Eu garanto." Ele roçou um beijo na face dela.

Ela se levantou e acompanhou-o de volta à garagem. "Eu te amo, filho."

"Eu também, mamãe. Você tem um bom coração e..."

"Roman, falando do meu coração..."

Ele sacudiu a cabeça. "Chega de papo", disse ele com o tom de um sargento dando instrução, sem argumentação possível. "Quero que suba e descanse. Puxe as cortinas e tire uma soneca. Veja tevê. Alguma coisa, desde que fique deitada sem pensar demais em seus filhos."

"É impressão minha ou você deu um fim rápido nessa conversa sobre esse imbecil cara ou coroa?"

Ele riu. "Nunca consegui enganá-la, mas não, não estou tentando distraí-la, apenas mantê-la saudável. Eu respondi a sua pergunta sobre o porquê do jogo. Agora direi outra verdade que a ajudará a dormir bem. Eu estou grato por isso. Já não vejo o casamento como um castigo. Pelo menos, não com a mulher certa." Uma mulher que não queria nada com ele, mas, decidiu Roman, estava na hora de forçar a situação.

O rosto da mãe se iluminou, em seus olhos, o verde brilhava. "Sabia que algo mudara em você desde que chegou em casa. Mas, sobre seu recente... como posso dizer delicadamente? Seu mau humor?"

"Resolverei meus problemas. Vá descansar."

Ela franziu o cenho. "Mas garanta que acertará as coisas com Charlotte."

"Eu nunca disse..."

Ela passou a mão no rosto dele como fizera com freqüência quando ele era criança. "Você não precisa dizer. As mães sabem dessas coisas."

Ele girou os olhos e apontou para a casa. "Para a cama."

Ela bateu continência e foi para dentro. Roman a seguiu com os olhos, lembrando todos os conselhos que ela lhe dera nesses anos todos e do casamento feliz que tivera com o pai. Não a culpava por querer o mesmo para os filhos. Pensando agora, era difícil de acreditar que ele, Rick e Chase tinham optado pelo cara ou coroa para decidir seu destino.

Roman ponderou se deveria tentar mais uma vez explicar para Charlotte, mas decidiu que não. Ela não queria discutir o assunto novamente e tinha boas razões. Tudo o que ele poderia fazer em conversa era confirmar o passado. E o fato de que ele não tinha nada planejado para o futuro.

A próxima vez que encarasse Charlotte, deveria ter provas de seus sentimentos e intenções. Só assim poderia colocar seu coração nas mãos dela e desafiá-la a abandoná-lo.

Pegou o celular que deixara na garagem e ligou para seus irmãos. Dez minutos mais tarde, eles se reuniam nos fundos da garagem, no lugar em que o pesadelo começara. Roman começou a explicar a situação, incluindo o quanto a mãe sabia sobre o acordo deles.

"Agora que vocês estão informados, devem vigiar a mãe. Fazer que ela descanse e não fique tentando encontrar meios para consertar minha vida. Posso fazer isso sozinho."

"Como você pretende fazer isso?" Chase cruzou os braços sobre o peito.

"Indo para Washington." Ele precisava provar para Charlotte que conseguiria se estabelecer. Voltaria com um emprego fixo e um plano de ação. Um que fizesse a *ambos* felizes.

Não estaria se privando das notícias ou de sua paixão por transmitir a verdade para o mundo. Estaria apenas trocando as notícias que cobriria e o lugar de onde as cobriria. Após o tempo que passara em Yorkshire Falls com a família, incluindo as pessoas de sua cidade natal, Roman percebeu que, não apenas conseguiria se estabelecer, como desejava isso.

"Então?", perguntou, ante o silêncio estupefato. "Nenhuma gozação?"

Rick deu de ombros. "Queremos o seu bem."

"Pode fazer melhor que isso."

"Eu faço piada com muitas coisas, mas não quando tanto está em jogo. Isso é muito para você, Roman. Desejo que tudo dê certo."

Rick estendeu a mão e Roman a tomou, trazendo-o para um abraço fraternal. "Você pode me fazer um favor. Cuide de Charlotte enquanto estou fora."

"Bem, isso não é nenhum trabalho que vá me cansar." Rick deu-lhe um tapa nas costas e sorriu, voltando a ser o velho provocador de sempre.

Roman estreitou o olhar. "Mas guarde suas mãos para você mesmo", disse, por conta das provocações entre irmãos. Não que se preocupasse com Rick dar em cima de sua mulher. Sabia que poderia confiar a vida para os irmãos e esta incluía Charlotte.

"Ele é ciumento", disse Rick, com as mãos cruzadas sobre o peito.

Chase riu.

Roman grunhiu. "Cuide dela até que eu volte. Tenho de ir à lavanderia e fazer as malas." Roman dirigiu-se ao pequeno lance de escada de madeira que levava à casa.

"O que faz essa ser tão especial?", Rick perguntou alto.

"Além do fato de ela ser o álibi dele?" A risada de Chase o acompanhou até a porta.

Roman sacudiu a cabeça. Pegou a maçaneta e virou-se. "Mal posso esperar o dia em que a piada for com vocês."

Charlotte correu para dentro do seu apartamento e voou para o telefone. Ela o ouvira tocar do corredor, com os braços cheios de roupa lavada. Quando achou as chaves e conseguiu entrar, quem quer que fosse já desligara sem deixar recado.

Ela jogou a roupa no sofá. "Vamos ver se alguém ligou antes." O estômago dela estava travado e rogava que nem o pai nem Roman tivessem ligado. Não poderia evitar os dois homens para sempre, mas, até que entendesse o que queria da vida, apostava na fuga.

Acionou o botão e escutou o primeiro e único recado. "Oi, Charlotte, sou eu." A voz de Roman a atingiu como um soco no estômago, tirando-lhe o ar dos pulmões. Ela se sentou na primeira cadeira.

"Apenas liguei para dizer..."

O silêncio se seguiu e ela segurou a respiração, esperando que ele continuasse. Querendo ouvir não sabia o quê.

"Liguei para me despedir."

A dor correu pelas suas veias, penetrando todas as partes do seu ser. Ela queria que ele falasse mais, mas tudo que se seguiu foi o clique do telefone sendo desligado. Sentou-se em silêncio, com um enorme nó na garganta e uma dor intensa em seu peito.

Então havia acabado. Ele partira para lugares desconhecidos de novo, exatamente como ela sempre soubera.

Suas entranhas ardiam e ela pensou que enjoaria. Mas por quê? Por que deveria ficar transtornada com o fato de Roman seguir o caminho que estabelecera? O que ela esperava? Incapaz de agüentar o apartamento abafado e as perguntas que a perseguiam, pegou as chaves e correu pela porta sem olhar para trás.

Capítulo 12

CHARLOTTE ENTROU NO ARMAZÉM às sete horas da manhã, na hora em que Herb Cooper abria as portas.

"Terceira vez esta semana que você está aqui tão cedo. Novo horário?", perguntou ele.

Ela sorriu. "Pode-se dizer." Uma semana após a partida de Roman, ela estava admirada de ver como era fácil evitar as pessoas quando se é criativo. Ninguém fazia compras a esta hora e ela descobriu que podia entrar e sair sem ter de conversar com ninguém a não ser Herb e sua mulher.

"Bem, o pão fresco nem sequer foi desembrulhado, mas pegarei um filão e deixo para você perto do caixa para quando sair."

"Obrigada, Herb."

"É o meu trabalho. Você mantém as mulheres felizes e nós, os homens da cidade, decidimos que é melhor mantê-la feliz também."

Charlotte riu. "Eu não dispensaria o pão fresco, mas acho que vocês estão superestimando minha importância."

Herb ficou da cor dos tomates. "Não, senhora. É óbvio que mantém as mulheres felizes. É esse roubo de calcinhas que as está deixando loucas. As mulheres que tiveram as delas roubadas não podem substituí-las depressa o suficiente e as mais novas esperam que o menino Chandler as acorde de seus doces sonhos."

Charlotte levantou o olhar. O fim da fuga.

"Estão vivendo fantasias. Alguém como Roman Chandler tem mais o que fazer do que roubar calcinhas. Mas tente convencer essas mulheres." Ele sacudiu a cabeça, quando o telefone tocou, interrompendo-o. "Bem, pelo menos com ele fora, teremos paz. Quem quer que seja o ladrão, sabe que agora está sem álibi, por isso é que tem estado tão quieto." Ele pegou o telefone. "Armazém geral. Em que posso servi-lo?"

Charlotte fugiu pelos corredores enquanto tinha chance e deu um suspiro de alívio. Nos sete dias em que Roman se fora, ela desenvolvera um respeito estranho pela habilidade da mãe em se manter desligada da vida em uma pequena cidade. Não era fácil.

Além da conversinha com os vizinhos, todos na vida de Charlotte queriam algo com ela: Beth queria saber o que estava errado, por que Roman partira tão subitamente. Sua mãe queria saber quando ela viria jantar com a família; Rick queria uma lista atualizada de clientes e qualquer intuição que ela tivesse; e aquelas clientes queriam as calcinhas que haviam encomendado.

Como Beth estava cuidando da loja, Charlotte podia passar os dias fazendo crochê. Outra maneira de fugir, ela admitiu, mas pelo menos suas clientes ficariam satisfeitas.

A única pessoa que não pedia nada dela era aquela que ela dispensara. Ela se culpava por ter caído na armadilha de Roman tanto quanto o responsabilizava por tê-la atraído para lá. Apesar de saber que ele nunca pretendera magoá-la, restava o fato de que ele o fizera.

Ainda tinha o recado gravado que ele deixara na secretária. Não que pretendesse se torturar ouvindo-o sempre e se recusava a analisar por que não deixava que a mensagem seguinte passasse por cima da sedutora voz dele.

Meia hora mais tarde, voltou para seu apartamento para guardar as compras e se arrumar antes de ir para o trabalho. Passara a última semana escondendo-se do mundo. Supunha que todo mundo com o coração partido tinha direito a um tempo de cura. Ao contrário da mãe, não pretendia que fosse para toda a vida.

Olhou o sol esplendoroso pela janela. Estava na hora de voltar à rotina, começando pelo jogo de beisebol esta noite.

Quando o jogo terminou, os Rockets prosseguiam em sua rota de vitórias e, apesar de ter mostrado o rosto, Charlotte continuava fugindo dos pais. Estava pronta para muitas coisas. Falar com o pai não era uma delas. Ele a lembrava muito de sua mágoa, passada e presente. Charlotte não tinha dúvida de que, se adiasse o suficiente, ele também partiria. E sair era algo que ela precisava fazer, antes que Russell tentasse encurralá-la novamente. Como fizera no armazém e no seu apartamento. Nessas vezes, ela conseguira escapar dele.

"Aqui. Jogue isto fora para mim, sim?" Charlotte passou para Beth uma lata de refrigerante. "Não esqueça de pôr no reciclável." Pulou para a arquibancada de baixo. "Vejo você no trabalho amanhã."

"Covarde", Beth falou alto.

Charlotte continuou andando, apesar de não poder negar que a palavra da amiga a ferira profundamente, em parte porque Roman dissera o mesmo, mas sobretudo porque sabia que Beth estava certa. Acabaria tendo de encarar tudo do que fugia, inclusive os pais. Apenas não estava pronta.

No meio do caminho para a cidade, decidiu cortar caminho através do quintal de George e Rose Carlton. Os Carlton ainda estavam no jogo, assim como a maioria das pessoas da cidade, portanto, quando Charlotte ouviu um farfalhar na cerca viva, virou-se surpresa.

"Olá?", disse alto.

Um homem magro, com calças verde-floresta, blusão abotoado e um boné de beisebol, estava se esgueirando entre os arbustos. Quando ele ouviu a voz dela, abaixou-se, não antes que ela lhe visse o rosto.

"Samson?" Sua surpresa transformou-se em choque. Ela correu pelo caminho de pedras azuis. "Saia do mato agora." Puxou a camisa verde que se camuflava na folhagem. "O que faz aqui?"

Ele se levantou. "Você não mora aqui."

"Nem você. O que está fazendo aqui?" O olhar dela caiu na mão enluvada dele, que continha o que parecia ser uma de suas calcinhas. As calcinhas de crochê que ela vendia, Charlotte se corrigiu mentalmente. De todas as coisas estranhas... "Me dê isso." Ela estendeu a mão.

Ele soltou um grunhido. "Não é da sua conta."

"Se fosse apenas brincadeira e não roubo, não me preocuparia. Mas, como você está roubando, o assunto é comigo. E pretendo saber por quê. Mas primeiro vá lá dentro e ponha estas calcinhas no lugar."

"Não." Ele cruzou os braços, fazendo bico como uma criança.

"Os Carlton estarão de volta do jogo a qualquer minuto, portanto você vai devolvê-las e depois conversaremos." Ela olhou para a porta da frente que presumiu fora deixada destrancada.

Esta cidade ainda vivia em um tempo em que todos confiavam em todos. Mesmo com o roubo de calcinhas, ninguém levava a ameaça a sério o bastante para trancar as portas. No caso de George e Rose, eles provavelmente contavam com Mick como vigia, se bem que, com a idade e a artrite, ela não sabia o que o perdigueiro poderia fazer contra um invasor.

Falando do cachorro... "Onde está Mick?", ela perguntou, séria.

"Comendo carne."

Ela suspirou.

Os olhos escuros de Samson se obscureceram. "Por que isso? Você não pensa que eu faria mal a ele, pensa?"

Charlotte sacudiu a cabeça. Não, ela não pensava, e não apenas porque ninguém fora ferido durante os roubos. Em seu coração, ela confiava no velho ranzinza e pensava que, mesmo com esta virada nos acontecimentos, haveria alguma explicação que ela poderia entender. Tinha esperança nisso.

Antes que pudesse imaginar quais seriam os motivos dele, o perdigueiro saiu pesadamente de sua nova porta de entrada para cães, latindo e circulando em volta de Sam. Charlotte suspirou. "Não tem mais carne em seus bolsos?"

"Não pensei que iria precisar de mais. Se você não tivesse me parado, agora eu estaria longe daqui."

Ela girou os olhos e se inclinou para baixo, suspendendo o pesado cachorro nos braços. Ela não queria que ele decidisse atacar se pegasse Samson dentro da casa, não que Mick tivesse fama de bravo. Essa qualidade pertencia a Samson.

Mick não era apenas pesado, como também babava e lambuzava seu braço. "Estou com ele, agora entre e ponha essas calcinhas de volta antes que eu fique com hérnia", Charlotte sibilou. "Eu monto guarda."

Samson olhou feio para ela, mas felizmente se virou e subiu, batendo os pés nos degraus e entrou na casa. Mãos enluvadas, nada de impressões digitais, ela ponderou e sacudiu a cabeça. Charlotte resmungou e mudou de posição. As patas dianteiras de Mick estavam em seu ombro, seu corpo quente e gordinho se alinhava contra o dela. "Quer dançar?", ela perguntou para o cão.

Ele lambeu-lhe o rosto em resposta.

"Ai, amigo. Bem, pelo menos você sabe como beijar uma dama." Ela começou a dar voltas perto da cerca viva até se aperceber de que estava parecendo uma demente, então se escondeu atrás de uma árvore. Se fosse indagada sobre isso, teria de dizer que se tratava de um súbito amor por cães e comprar um bicho de estimação. Tudo em nome do disfarce.

Felizmente, Samson voltou antes que os Carlton chegassem em casa e ela precisasse explicar por que carregava o cão de duas toneladas deles nos braços. Pôs Mick no chão e ele voltou para dentro. Ela fora esquecida rapidamente. "Macho típico", resmungou ela.

Sem mais uma palavra, agarrou o braço de Samson e o arrastou através do jardim e rua abaixo, esperando sair do bairro antes de conversar com ele. "Fale comigo e não me dê respostas do tipo *não é de sua conta*. Por que está roubando calcinhas de mulher? As calcinhas que eu fiz?", perguntou.

"Um homem não pode ter um pouco de privacidade?"

"A não ser que você queira que eu vá direto falar com Rick Chandler, é melhor começar a se explicar." Continuaram caminhando para a cidade, mas ele se mantinha teimosamente em silêncio. Frustrada, Charlotte parou e puxou a manga dele. "Samson, não será nada bom se você forçar minha mão. Rick vai processá-lo e eles provavelmente o jogarão na cadeia por um tempo ou lhe farão um teste psiquiátrico, e então..."

"Eu fiz isso por você."

Essa era a última resposta que ela esperava.

"Não entendi."

"Sempre gostei de você." Ele olhou para baixo e chutou o chão com o tênis desgastado. "Você sempre foi uma criança amável. Todas as outras corriam de mim, mas você sempre acenava. Assim como sua mãe. E, quando voltou, não tinha mudado nada. Você ainda arranjava tempo para um homem esquisito."

"Então você roubou as calcinhas por que...?"

"Queria que sua loja desse certo para que você ficasse na cidade."

Estranhamente, Charlotte se sensibilizou com as palavras dele. Ele se importava com ela, mesmo que tivesse uma maneira estranha de demonstrar. “O que o fez pensar que o roubo de calcinhas ajudaria minha loja?”

“Primeiro achei que atrairia atenção.”

“Penso que minha propaganda faz isso.”

“Não em grande escala. Eu planejei apenas um roubo. Na manhã seguinte, fiquei sabendo que o caçula dos Chandler havia voltado para a cidade naquela noite. Aí, me lembrei do assalto de calcinhas dele”, Samson bateu na cabeça. “Memória de foto perfeita.”

“Você quer dizer memória fotográfica?”, perguntou Charlotte.

“Quero dizer que não esqueço nada. Quando percebi que todos os outros também se lembravam e vi as filas em sua loja, sabia que tinha feito bem. E mais, com o menino Chandler na cidade, eu sabia que tinha uma boa cobertura.”

A cabeça dela embaralhou-se com a maneira como o cérebro do velho funcionava. “Não se preocupou por Roman ser culpado pelo seu... crime?”

Ele dispensou as preocupações dela. “Não podia acreditar que o policial Rick prendesse o próprio irmão sem prova e, como Roman não era culpado, não haveria prova a ser encontrada.” Ele abanou as mãos enluvadas no ar e sorriu, satisfeito consigo.

Ela não estava. “Você deveria se envergonhar. Não me importa se o roubo foi inofensivo e se os seus motivos eram bons. Não deveria ter feito algo ilegal de jeito nenhum. Especialmente por mim.”

“Isso é o que chamo de gratidão”, ele resmungou de volta ao seu costumeiro mau humor.

Ela o olhou com cuidado. “Roman saiu da cidade há uma semana. Se importa em me dizer como explicaria o roubo desta noite?”

Ele sacudiu a cabeça de um lado para o outro e exagerou no suspiro, como a dizer que ela era bem burra e que ele sabia disso. “Eu coloquei o rapaz em confusão. Tinha de tirá-lo, não?”

"Arriscou-se esta última vez por Roman?" Não teriam fim as surpresas?

"Céus, não está ouvindo?", ele perguntou aborrecido. "Eu fiz isso por você. Porque você sorri para mim, o que ninguém mais faz, exceto a sua mãe, quando ela vem à cidade. E porque você me dá serviços e paga em vez de fazer caridade. Como pensa que eu saberia quem comprou as malditas calcinhas? Eu as despacho para você, não é? Além do mais, a sra. Chandler também é gentil comigo."

"Raina?"

Samson assentiu. Olhando para a calçada novamente. "Linda dama, me lembra de alguém que eu... não interessa. Mas vocês duas parecem se preocupar com Roman. Que raio de nome é esse?"

"Não é mais estranho que o seu. Agora, pare de enrolar."

"As mulheres são tão impacientes." Ele suspirou. "Não é óbvio? Com Roman fora da cidade, mais um par de calcinhas roubadas limparia o nome dele."

Ela piscou. "É um gesto elogiável o seu. Acho." Charlotte não sabia o que fazer. Apesar de os fatos agora fazerem sentido. Ela entendeu como o ladrão sabia que casa atacar – Samson fazia seus despachos e circulava pela cidade, escutando sem ser notado. "Apenas me diga que acabou. Não haverá mais roubos."

"Claro que não. Está ficando difícil, com intrometidas como você espiando por aí. Agora, se você terminou com o interrogatório, tenho assuntos a cuidar em casa."

Ela não perguntou o quê. Como ele dissera, sua vida não era da conta dela. "Terminei. Mas quero que saiba..." Como agradecer a um homem por roubar calcinhas para ajudá-la? "Eu agradeço o motivo atrás de seus atos." É, o que ela falara soava correto.

"Então eu posso pedir um favor em troca."

As palavras dele pareciam as de Fred Aames. "Não vou fazer calcinhas para você", ela disse. Queria dizer que não faria para a namorada que duvidava que ele tivesse, mas pensou melhor não se corrigir.

"Claro que não. Não sou fresco. Além do mais, tenho seis outras e não sei o que fazer com elas."

Ela suspirou. "Sugiro que as queime", disse entre dentes.

"Ainda tem o favor que quero."

Iria ele extorqui-la? Imaginou que ele queria uma promessa de silêncio sobre a escapada desta noite e de todas as outras em que entrara em casas para roubar calcinhas. "Não vou entregá-lo para a polícia", disse ela, achando que adivinhara o que estava na cabeça dele. Se bem que não podia deixar Rick com um crime não solucionado e não tinha a menor idéia do que diria a ele.

Samson abanou as mãos no ar, como se isso não lhe importasse nem um pouco. "Você sabe que as pessoas não prestam atenção em mim. Posso me sentar ao lado de alguém e ouvir tudo sobre a vida sexual deles porque julgam que sou muito bobo para saber do que falam."

Ela esticou a mão, pretendendo consolá-lo, mas ele fechou a cara e ela imediatamente se retraiu.

"Mas escuto outras coisas também. Ouvi sua mãe e seu pai conversando no outro dia. Eles estão sofrendo."

Ela empertigou-se. "Desta vez não é da sua conta", disse ela, usando as palavras dele.

"Verdade. Mas, como você sempre dá um carinho para um velho que mal conhece... Penso que deveria fazer o mesmo pelos seus." Ele começou a atravessar a rua, na direção oposta da cidade, rumo ao casebre onde vivia. Sem aviso, virou-se para ela. "Você sabe, alguns não têm pais nem parentes." Ele voltou a sua solitária caminhada para casa.

"Sam?", Charlotte chamou.

Ele não se virou.

"Você tem amigos", ela disse alto.

Ele continuou sua jornada para casa sem responder a ela, mas Charlotte sabia que ele a ouvira.

Ele a deixou sozinha, tão tocada quanto confusa com as ações dele. Ela já sabia que teria de lidar com Russell, por menos que quisesse. Mas, de imediato, era Samson que a preocupava. O que iria dizer para Rick?

Uma lista de expressões que se trombavam rolava em seu cérebro: *obstrução da justiça* e *cúmplice no crime* sendo apenas duas. Mas não podia entregar Samson. Seu papel de vigia nesta noite nada tinha a ver. Os crimes dele eram inofensivos, os roubos estavam acabados. Ela acreditara nele quando ele dissera que esta noite era o fim. Devia uma explicação ao departamento de polícia que lhe permitisse arquivar o caso, mas precisava manter Samson a salvo.

Desejava que Roman estivesse aqui para aconselhá-la. O pensamento surgiu livre, sem aviso. Roman, o jornalista, o advogado da verdade. Mesmo assim, se ele estivesse aqui, ela poderia confiar-lhe seu segredo, sabendo que ele não deixaria que Samson sofresse. Seu coração começou a bater acelerado no peito.

Como poderia confiar nele em tamanho segredo e não acreditar nas palavras que dissera? *Eu amo você. Nunca disse isso para outra pessoa. Não quero perdê-la.* Havia também a dor no olhar dele quando revelara a verdade – em um momento em que ele poderia ter disfarçado ou mentido para mantê-la no escuro. Para garantir o casamento, os filhos e a promessa familiar.

Ele não mentira. Revelara tudo sobre o cara ou coroa. E ele sabia que se arriscava a perdê-la com isso.

Que risco ela assumira em troca?

A luz da manhã brilhou na janela frontal da loja enquanto Charlotte conferia sua lista do que tinha para fazer. "Lembre-se de colocar no balcão uma travessa destes ovos de chocolate na semana que vem", disse para Beth, marcando o item seis de sua lista. "Mas ponha-os perto do caixa. Não queremos chocolate arruinando a mercadoria." Mordeu a tampa da caneta. "O que pensa de alugar um coelhinho da Páscoa na loja lá de Harrington para a Semana Santa? Talvez convençamos todos os donos de loja na First a dividir o custo."

Charlotte olhou para a amiga, que olhava pela janela da frente, alheia a tudo. Por isso, disse a Beth: "Tenho uma idéia melhor. Tiramos sua roupa e a pomos a desfilar pela First com uma placa nas costas dizendo VENHA COMPRAR NO SÓTÃO DA CHARLOTTE. Está bom para você?".

"Hum, hum."

Charlotte sorriu e bateu com o caderno na escrivaninha alto o suficiente para que a amiga se ligasse. Beth pulou da cadeira. "Por que isso?"

"Por nada. Aliás, você pode começar a desfilar pela First ao meio-dia. É o horário de maior movimento."

Beth ficou vermelha. "Acho que estava distraída."

Charlotte riu. "Acho que sim. Quer dizer por quê?"

Com um gesto de aparente despreocupação, Beth apontou para a vitrine, onde um homem desconhecido de cabelo castanho estava em pé conversando com Norman.

"Quem é ele?"

"Um carpinteiro. Tipo de rapaz que faz de tudo. Ele se mudou de Albany. Entrou para o corpo de bombeiros também." Beth suspirou e, distraída, pegou um ovo de chocolate embrulhado. "Ele não é lindo?", perguntou Beth.

Aos olhos de Charlotte, não se comparava a certo repórter de cabelos pretos, mas, para Beth, Charlotte via um potencial. "É interessante", ela concordou. Todavia, Beth estava saindo de um tremendo desengano amoroso. "Não é muito cedo após... bem, você sabe?"

"Não estou correndo para entrar em nada, mas posso olhar, não posso?"

Charlotte riu. "Olhar já é um bom sinal."

A amiga concordou. "Além do mais, tudo que eu faço ou deixo de fazer agora é com os olhos bem abertos."

Seus olhos brilharam como Charlotte nunca vira antes. Uma lição aprendida, pensou ela. Uma mulher *podia*, de fato, se recuperar de um homem. Ainda assim, a despeito da capacidade de Beth de voltar à vida, Charlotte tinha suas dúvidas se era tão fácil como parecia. Ainda assim, sorriu feliz por ouvir que a amiga estava pensando sensatamente, mesmo enquanto sonhava com o pedaço de mau caminho do dia. "Ele tem nome?"

"Thomas Scalia. Soa exótico, não?" Enquanto Beth falava, o homem em questão virou-se e olhou a vitrine, parecendo encontrar o olhar fixo dela. "Ele veio falar comigo no último jogo de beisebol. Depois que você me largou e correu."

Charlotte não respondeu à provocação. Já deixara um recado na secretária da mãe dizendo que gostaria de se encontrar com os pais. Suas entranhas haviam queimado nervosamente o dia inteiro porque eles não haviam respondido e ela estava esperando esse momento ansiosamente.

Por mais surpreendente que parecesse, as palavras de Samson tiveram efeito nela. Assim como a ausência de Roman. Ela ainda não sabia como reconciliar o cara ou coroa com os desejos reais dele, mas ela sabia no coração que não queria que *estes* tivessem acabado.

Chegara a hora de lidar com os pais e seu passado. Caso contrário, ela não teria futuro.

"Oh, meu Deus." O grito de Beth tirou Charlotte de seus absorventes pensamentos. "Ele vai entrar."

A porta se abriu e Thomas Scalia entrou. Ele tinha o arrogante e confiante passo de um macho dominador e Charlotte cruzou os dedos. Ela não queria que Beth caísse na mesma armadilha com outro homem que quisesse controlar e modificar a linda pessoa que ela era por dentro e por fora.

Os sinos sobre a porta cantaram atrás dele enquanto se encaminhava para a escrivaninha. "Boa tarde, senhoras." Ele inclinou a cabeça em saudação. "Beth eu já conheço." Ele sorriu, revelando covinhas que não tinham efeito algum em Charlotte, mas que, obviamente, punham Beth indócil. "Mas não tive o prazer de conhecê-la." Ele olhou para Charlotte apenas brevemente.

"Charlotte Bronson", disse ela, estendendo a mão.

Ele a apertou. "Thomas Scalia. Mas pode me chamar de Tom." Ele falou com Charlotte, mas seu olhar de admiração não saía do rosto corado de Beth.

Charlotte observou a troca silenciosa deles com uma mistura de diversão e anseio por Roman. Sentia falta dele com um desespero de que não se sabia capaz e que fazia o último encontro com ele e as palavras agressivas trocadas parecerem triviais. Mas não havia nada de trivial no cara ou coroa ou nos sentimentos dele sobre compromisso. Uma vez que Charlotte fizesse as pazes com seus próprios fantasmas, não havia garantia de que ele quisesse se estabelecer, sobretudo agora que voltara para a estrada.

"Então, em que posso servi-lo?" A voz de Beth tinha uma ressonância rouca que trouxe Charlotte de volta ao presente.

"Eis uma questão perigosa." Thomas se inclinou para a frente.

Beth mexeu no pote de chocolate no balcão. Sua mão tremia quando ela levantou o ovo de chocolate embrulhado. Charlotte observou sem acreditar enquanto Beth, a paqueradora perfeita e acabada, colocava o ovo de Páscoa embrulhado em papel prateado na boca com as mãos tremendo.

"Admiro uma mulher que come de tudo sem pensar em calorias ou peso", disse Thomas com um sorriso.

Beth cuspiu o doce e colocou o rosto nas palmas.

Charlotte engoliu uma risada. Aparentemente, até a mais exímia sedutora fica nervosa com o homem certo. "Estou humilhada", choramingou Beth, a voz abafada nas mãos fechadas.

Desta vez, Charlotte riu. Thomas sussurrou baixo alguma coisa obviamente pessoal no ouvido de Beth. No que dizia respeito aos dois, não existia ninguém no mundo. Hora de sair, pensou Charlotte.

Espiou o relógio de pulso. Quatro e meia da tarde. "Sabem de uma coisa? Está um dia calmo. Por que não fechamos e saímos cedo?"

"Perfeito", disse Thomas para Beth. "Estava esperando persuadi-la a jantar comigo. Você também será muito bem-vinda, Charlotte", acrescentou educadamente. Mas ela sentiu a reticência no tom dele e sorriu.

Beth lhe mandou um olhar suplicante. Ah, não, não havia como Charlotte servir de vela no início de um romance. Deixaria que estes dois mergulhassem nos embaraços do início por conta própria. Charlotte tocou a mão de Beth para encorajá-la. Beth podia cuidar desse jantar facilmente. Desde que ela desembrulhasse a manteiga primeiro.

Charlotte fez uma negativa com a cabeça e começou a juntar seus pertences. "De qualquer jeito, obrigada, mas tenho outros planos", mentiu. "Mas Beth está livre. Ela me disse isso esta tarde." Sentiu o olhar de Beth lançando chamas nela, mas não se importou. Charlotte tinha problemas mais prementes. "Eu fecho a loja."

"Não quero nem ouvir falar disso. Pode subir", disse Beth. "Eu fecho quando sair."

Ganhando tempo. Charlotte conhecia esta tática também. Beth, por certo, pensava que ela e seu Romeu estariam mais seguros na loja do que sozinhos em qualquer outro lugar. Pouco sabia Beth de todas as coisas eróticas que podiam acontecer nesta loja. Charlotte e Roman sabiam. Em primeira mão.

"Prazer em conhecê-lo, Thomas", disse ela, por cima do nó na garganta causado pelas lembranças.

"O mesmo."

Em menos de um minuto, Charlotte partira e correra escada acima para seu apartamento. Os sons de panelas e de conversa a receberam quando colocou a chave na fechadura e entrou. Sentiu o cheiro delicioso de galinha frita e purê de batatas, que lhe trouxe surpreendentemente boas lembranças da infância.

Seu estômago roncou, uma combinação de fome e medo, porque não tinha dúvida de que os pais a esperavam.

"Querido, ela chegou." As palavras da mãe provaram que Charlotte tinha razão.

Dentro de seu apartamento quase sempre solitário, Charlotte encontrou sua família e a mesa posta para três, flores frescas e uma jarra com chá gelado no centro. Seus pais a encontraram na pequena sala de estar. Cumprimentos constrangidos se seguiram e Charlotte rapidamente pediu licença para se lavar, precisando jogar água fria no rosto para ter coragem e força.

A caminho do quarto, ouviu o sussurro de duas pessoas que se conheciam bem. Um tremor passou por ela. Isso não era, de jeito nenhum, o modo como via sua família. Porém, haviam feito um grande esforço para celebrar este encontro, e era óbvio que tomaram o telefonema dela como uma abertura – e era. Agora precisava apenas encontrar um jeito de fazer as pazes com seus fantasmas pessoais.

O jantar foi silencioso. Não porque Charlotte pretendesse incomodar seus pais, mas porque não sabia o que dizer. Anos demais haviam se passado para que alguém perguntasse como fora o dia de trabalho do pai ou como Charlotte aproveitara o seu. Ela imaginou se seria muito tarde para tudo. Se fosse, era muito tarde para ela e Roman, uma idéia que Charlotte se recusava a aceitar.

Acabada a refeição, Charlotte olhou dentro de sua xícara e mexeu o café com a colherinha, juntando coragem. "Então..." Pigarreou.

"Então..." Annie olhou para Charlotte, com tanta esperança e expectativa em seus olhos que Charlotte pensou que ela poderia engasgar-se.

Sua mãe queria uma reconciliação e Charlotte podia pensar apenas uma maneira. "Por que vocês dois não se divorciam?", perguntou, por cima da recém-assada torta de maçã de sua mãe. Os garfos de seus pais ressoaram na mesa juntos. Mas ela não se desculparia por perguntar o que estava em sua mente há anos.

Precisava entender como haviam chegado a esse ponto. Estava na hora.

Capítulo 13

RUSSELL FITOU A FILHA, NÃO olhando para a mulher deliberadamente. Se deixasse Annie influenciá-lo, continuaria a ser culpado pela separação deles, mas agora não. E não só porque queria acertar-se com Charlotte, mas porque tinha a intuição de que o futuro dela dependia de suas respostas.

Suas respostas verdadeiras. "Sua mãe e eu nunca nos divorciamos porque nos amamos."

Charlotte abaixou o garfo e jogou o guardanapo na mesa. "Me desculpe, mas você tem um jeito engraçado de demonstrar."

Esse era o problema, pensou Russell. "As pessoas têm muitas maneiras de expressar seus sentimentos. Às vezes até escondem algumas coisas para proteger aqueles que amam."

"Isso é uma desculpa por ter estado ausente todos esses anos?" Ela sacudiu a cabeça. "Sinto muito. Pensei que pudesse fazer isso. Mas não posso."

Ela se levantou e Russell também, agarrando-lhe o braço. "Sim, você pode. É por isso que me chamou. Se quiser falar alto, gritar e ter um ataque, vá em frente. Sei que mereço. Mas, se você escutar e continuar sua vida, tenho certeza de que ganhará muito mais."

Seguiu-se um silêncio e ele permitiu que Charlotte avaliasse, decidisse para onde ir. Não escapou à sua observação que Annie permanecia sentada, assistindo a tudo. O dr. Fallon havia dito que o antidepressivo levava um tempo para fazer efeito, portanto Russell não esperava milagres esta noite. Se ela não se sentia pronta para tomar parte na conversa, ao menos estava aqui, e ele sabia que passo enorme era para ela.

Charlotte cruzou os braços sobre o peito e soltou um suspiro de aceitação. "Certo, estou ouvindo."

"Sua mãe sempre soube que eu queria atuar e que não conseguia ganhar a vida em Yorkshire Falls."

Charlotte olhou para Annie para confirmar e a mãe assentiu.

"Para fazer os fatos 100% claros, nós nos casamos antes que ela engravidasse de você e nos casamos porque queríamos", seu pai disse.

"Então, por que você..." Charlotte parou e engoliu saliva.

Vendo a filha sofrendo, o coração dele quase se rasgou, mas não haveria cura sem que primeiro se rasgassem mutuamente os corações. Sabia disso agora. "Por que eu o quê?"

"Partiu?"

Russell indicou o sofá na outra sala e eles se acomodaram. Annie os seguiu e sentou-se do outro lado da filha. Pegou a mão de Charlotte e apertou-a.

"Por que foi para a Califórnia sem a gente?", perguntou Charlotte. "Se amava a mamãe como diz, por que não ficar aqui ou nos levar com você? Ter uma mulher e uma filha seria um fardo tão pesado? Teria limitado seu estilo de vida?"

"Não", ele disse, visivelmente irritado pelo fato de ela pensar tal coisa. "Nunca acredite nisso. Eu não podia ficar porque sou um ator. Não poderia me sacrificar. Egoísta, suponho, mas verdadeiro. Eu precisava representar e precisava estar no melhor lugar para seguir meus sonhos."

"Eu sempre soube disso", Annie falou pela primeira vez e tirou uma lágrima da face de Charlotte.

Charlotte levantou-se e foi para a janela, amparando-se no parapeito enquanto olhava para fora. "Sabia que eu costumava sonhar que você nos levava para a Califórnia? Eu tinha uma mala pronta embaixo da minha cama para o caso. Não sei por quantos anos mantive essa fantasia. Por fim, percebi que ser um ator era mais importante para você do que nós." Deu de ombros. "Não posso dizer que aceitei isso."

"Fico contente. Talvez algum lugar aqui dentro..." Ele apontou o coração. "Talvez você entendesse que não era verdade que eu me importava mais com a minha carreira do que com você."

"Então por que não me conta como as coisas realmente se passaram?"

Russell desejava que a explicação fosse tão curta e simples como Charlotte parecia crer. Mas emoções estavam envolvidas. Dele, de Annie... não era tão fácil. Todo esse tempo, Russell pensara que, preenchendo a necessidade de Annie de estar em ambiente familiar e o fato de a criança precisar estar com a mãe, ele estava ajudando a ambas. Mas, quando sua filha o encarava com enormes olhos acusatórios, sabia o tamanho do erro que cometera.

Respirou profundamente, sabendo que suas próximas palavras a magoariam muito mais do que suas longas ausências. "Toda vez que voltei, incluindo esta, eu pedi a sua mãe para vir para a Califórnia comigo."

Charlotte recuou um passo, vacilando com essa informação. Toda sua vida fora construída na premissa de que seu pai não se importava o suficiente para levá-las com ele. Annie cultivara essa crença. Ela nunca dissera que Russell pedira que elas se juntassem a ele.

Charlotte tremeu, sacudindo sua negativa. "Não e não. A mãe teria ido para a Califórnia. Não teria escolhido ficar aqui sozinha, consumindo-se por você. Permitindo que o povo falasse sobre nós. Deixando que as crianças rissem de mim porque eu não tinha um pai que me amasse." Olhou para a mãe buscando confirmação. Porque, saber o contrário agora, significaria que ela, desnecessariamente, passara anos sem ter um pai. Mesmo que ele não estivesse na cidade, se Charlotte soubesse que ele a amava, soubesse que ele a queria, sua base emocional teria sido mais sólida.

Certamente a mãe sabia disso. "Mãe?" Detestou esse tom de menininha em sua voz e endireitou os ombros. Enfrentaria tudo o que acontecesse a seguir.

Inacreditavelmente, Annie assentiu. "É... é verdade. Eu não sairia da cidade onde tudo me era familiar. E não suportava a idéia de me separar de você, portanto, fiquei aqui."

"Por que, pelo menos, não me contou que o pai nos queria? Você sabia que ele queria *você*. Você tinha esse pensamento para aquecê-la e confortá-la de noite. Por que não quis o mesmo para mim?"

"Eu queria o que fosse melhor para você. Mas tenho vergonha de admitir que só fiz o que era melhor para mim. A maneira como você reagia ao seu pai e como ficava lendo todos aqueles livros sobre Hollywood me dava medo de perdê-la se soubesse. Você sempre se pareceu mais com seu pai do que comigo." Ela fungou, enxugando os olhos com as costas da mão. "Pensei que você fosse para ele e me deixasse para trás. Sozinha."

Charlotte piscou. Sentindo-se entorpecida, ela se sentou no sofá. "Todos esses anos, eu o culpei." Ela fitou o pai.

"Eu permiti, querida."

E ele permitira. Enquanto a mãe deixara a criança sofrer, o pai mantivera a mentira de que ele as abandonara. "Por quê?"

"A princípio, era por amor e respeito pelos desejos de sua mãe. Ela tinha medo de perdê-la, e eu não deixava de sentir que ela precisava de você mais do que eu. Como explicar tudo isso para uma menina pequena?"

"E depois?"

"Você ficou uma adolescente rancorosa." Ele colocou a mão na nuca, sacudiu a cabeça e começou a massagear. "Nas minhas viagens para casa, você não tinha uma conversa civilizada comigo nem sequer sobre o clima. Depois, foi para a faculdade, mudou-se para Nova York e tinha idade suficiente para programar suas viagens para casa de jeito a evitar as minhas."

Isso era verdade, ela reconheceu com súbitas e inesperadas tristeza e culpa. Talvez haja culpa o suficiente para todos, ela pensou.

"Suponho que não tentei o bastante."

"E eu não tentei nada", disse Charlotte. A admissão não viera com facilidade.

"É minha culpa, mas há uma explicação. Não estou tentando me livrar da responsabilidade, mas veja..." Com as mãos tremendo, Annie pegou a bolsa e tirou um pequeno frasco de remédios. "O dr. Fallon disse que parece que eu tinha uma séria depressão."

Charlotte não procurara o médico sentindo exatamente essa possibilidade?

Annie piscou segurando as lágrimas. "Talvez devesse ter tomado isso antes, mas eu não compreendia que precisava de ajuda. Seu pai disse... ele disse que o dr. Fallon havia falado com você e que você achava que poderia haver um problema. Eu não sabia. Pensei que devia me sentir assim. Pensei que era normal. Quero dizer que sempre me senti assim." A voz dela falhou, mas continuou. "Eu não poderia agüentar perder você. Eu lhe causei dor por causa de minha... doença, sinto muito." Annie abraçou Charlotte. "Sinto muito."

A mãe dela cheirava como a mãe dela – quente, macia e confortável. Mas sempre houvera algo infantil nela. Sempre parecera muito frágil, Charlotte percebeu agora. Até o emprego de bibliotecária era perfeito para ela, devido ao silêncio e às vozes baixas.

"Não estou brava com você, mãe." Ela estava confusa. O nó em sua garganta era tão grande que doía e ela não sabia como absorver a verdade.

Olhando para trás, muita coisa fazia sentido, mas só recentemente Charlotte percebeu que havia um problema mais sério. Ela ainda tinha a intuição de que lidavam com algo mais enraizado que uma leve depressão, algo próximo de doença mental. O que mais levaria uma pessoa a manter suas cortinas e janelas fechadas, preferindo a solidão à companhia de outras pessoas, inclusive do marido que ela amava?

Por que nenhum deles percebera os sinais antes? Talvez porque estivessem muito absorvidos em si mesmos, Charlotte pensou tristemente.

"Penso que devemos deixar você sozinha para pensar sobre isso", disse Russell a Charlotte. Ele pegou a mão da esposa. "Annie?"

Ela concordou. "Sim", disse ela, antes de olhar para Charlotte. "Novamente, sinto muito."

Dirigiram-se para a porta juntos e Charlotte deixou que se fossem.

Ela esperava e rezava que, com essa verdade, viesse o entendimento e a paz. Mas precisava de tempo para compreender o que ouvira e entender como se sentia agora. Como se sentiria quando o estupor passasse.

Horas mais tarde, Charlotte se acomodou na cama, mas manteve as cortinas abertas para poder olhar o negro céu da noite. Estava muito agitada para dormir e pensou que, talvez, contar estrelas a ajudasse a relaxar. Infelizmente, seus pensamentos corriam por sua mente em um passo rápido. Isso sim é que era viver uma ilusão, pensou ela. O pai que imaginara não se importar com ela, na verdade se importava.

Ainda assim, por uma vida, Charlotte havia modelado seu comportamento e tratamento com os homens – homens como Russell e viajantes como Roman Chandler – influenciada pela mentira do abandono sustentada pelos pais. Russell Bronson não era o que Charlotte pensava que fosse. Ele era egoísta e tinha seus defeitos, mas amava sua mãe. Charlotte lhe devia algum crédito por isso. Mesmo se pudesse ter feito mais para ajudar Annie e sua filha, ele não podia sacrificar toda sua vida em nome do amor.

Charlotte nem pediria isso de Roman. Não mais. Pedir que ele ficasse em Yorkshire Falls era tão egoísta quanto Russell fora a sua maneira. Roman merecia algo melhor dela.

Era irônico, realmente. Roman não era o homem que ela precisava que fosse. Charlotte precisava que Roman fosse um errante sem sentimento, um solteirão tipo ame-as e deixe-as que não se importava com ninguém a não ser consigo mesmo. Ela precisava que Roman fosse assim para ter uma desculpa para mantê-lo distante emocionalmente. Evitar magoar-se da maneira que pensara que sua mãe fora magoada.

Agora, ela apenas precisava dele.

Ajeitou-se mais no colchão, puxou as cobertas e bocejou. O amor tinha um jeito de jogar fora todas as redes de proteção, pensou Charlotte. Amanhã ela daria seu salto de fé sem garantia alguma de onde aterrissaria.

Em algum momento, Charlotte cochilou, porque o sol, brilhando pela janela, acordou-a no alvorecer. Dormira bem pela primeira vez em muito tempo e abriu os olhos para receber uma carga de adrenalina que não esperava. Tomou um banho, um copo de iogurte de pêssego e então decidiu que já era hora de ligar para Rick.

Ele atendeu ao primeiro toque. "Rick Chandler a seu serviço."

"Alguém está de bom humor", disse Charlotte.

"Sim, uma boa corrida faz isso por você. O que há, Charlotte? Tudo bem?"

"Sim", disse ela, pensando em sua decisão de ir atrás de Roman. "E não", resmungou, sabendo que teria de contar para Rick sobre

Samson e fazê-lo prometer que iria proteger em vez de entregar o velho. "Preciso falar com você."

"Sabe que sempre tenho tempo para você. Mas estou de saída. Tenho reuniões marcadas em Albany e só vou voltar à tarde."

O desapontamento dela foi grande. Agora que estava pronta para agir.

"Que tal se eu passar por aí na volta para casa?", perguntou ele. "Provavelmente por volta das sete."

Prensou o fone com a orelha e o ombro e lavou a colher pensando em seu programa. "É a noite dos patrocinadores. Tenho de fazer o lançamento inaugural no jogo dos Rockets esta noite." Por mais que preferisse descartar todo o seu dia e chegar até Roman o mais depressa possível, não podia desapontar as crianças. E ela não queria.

O que precisava conversar com Rick não podia ser em público e teria de esperar até mais tarde. "Por que não vem aqui depois do jogo?", ela sugeriu.

"Parece boa idéia. Tem certeza de que está bem?"

Ela girou os olhos. "Quer parar de perguntar? Você está parecendo um irmão mais velho que eu nunca tive."

"Sim, eu prometi."

"Você prometeu o quê?" O estômago dela se agitou. E para quem?

O silêncio se estendeu pela linha telefônica. "Vamos, Rick. O que você quis dizer?"

Ele pigarreou. "Nada. Apenas que é meu trabalho assegurar que você esteja bem."

Seu trabalho como policial ou como irmão?, perguntou-se ela. Teria Roman feito Rick prometer algo antes de partir?

"Bem, tudo certo." Por mais curiosa que estivesse, aceitou a resposta vaga de Rick. Sabia que não podia esperar que um irmão Chandler entregasse o outro.

"Eu a vejo esta noite."

"Certo. Dirija com cuidado." Charlotte desligou o telefone e respirou fundo. Um longo dia de trabalho e sete voltas de jogo a cumprir, então descobriria para onde Roman fora. Charlotte tinha doze horas para juntar coragem de fazer a viagem para onde quer que fosse. Deixar Yorkshire Falls e aterrissar sem convite na porta de Roman, sem a menor idéia da recepção que receberia.

O dia foi mais longo do que Charlotte previra, cada hora parecendo uma eternidade. Ouvindo Beth tagarelar sobre Thomas Scalia lhe trouxera emoções misturadas, alegria pela amiga, e inveja por estar sozinha e com o futuro incerto.

Mas o dia passou e Charlotte, finalmente, fez o lançamento inaugural, enquanto seus pais, sentados no palanque, a assistiam. Juntos. Admirada, ela sacudiu a cabeça. Não que tivesse ilusões. Russell voltaria para a Califórnia no começo da próxima semana. Sozinho desta vez, mas talvez não por muito tempo.

Annie concordara em ir ao terapeuta. Harrington tinha uma ótima clínica de saúde mental e sua mãe decidira, com o apoio de seu pai, consultar um psiquiatra de lá que o dr. Fallon recomendara. Enquanto isso, o pai decidira acertar algumas pendências em Los Angeles e voltar para casa por um tempo, pelo menos o bastante para Annie começar a terapia e ver se conseguia encarar a possibilidade de mudar para a Costa Oeste.

As surpresas nunca parariam? Charlotte devaneou, mais feliz e esperançosa com a vida do que nunca. Como que sabendo disso, os Rockets de Charlotte ganharam de seus adversários novamente, a despeito de a estrela do time, o arremessador, estar fora com um punho quebrado e algumas outras escoriações. Apesar de ainda ser o começo da temporada, eles escolheram Charlotte como seu amuleto de sorte e lhe ofereceram um pingente em forma de nave espacial para pendurar no pescoço em agradecimento pelo patrocínio e por não faltar a nenhuma das partidas até agora. O gesto lhe deu um nó na garganta e a fez feliz por não haver dispensado as crianças em favor de sua vida pessoal.

"Que vida pessoal?", perguntou alto ao entrar no apartamento, a noite enfim terminada.

A piada era com ela. Até sua mãe tinha vida pessoal. Mas, assim que visse Rick e conseguisse informação sobre Roman, estaria a caminho de uma.

Charlotte jogou as chaves na mesa da cozinha e foi para a secretária eletrônica que piscava e acionou o *play*. "Alô, Charlotte. Sou eu, Rick. Fiquei enroscado em Albany e depois fui chamado para um caso assim que peguei a estrada novamente. Precisamos conversar, por isso, aguarde."

Como se ela tivesse algum lugar para ir. Sem estar cansada e ainda agitada pelo jogo, foi para a cozinha e procurou no congelador um pote de sorvete de baunilha que escondia no fundo. Com a colher na mão, resolveu passar o tempo no quarto. Desde que se mimara com uma pequena televisão colorida de treze polegadas para as noites na cama, descobriu que gostava de relaxar no quarto mais do que ficar sozinha na sala de estar do pequeno apartamento. Com sorte, encontraria algo na televisão para matar o tempo até Rick chegar.

Ela foi até o quarto, escavando o sorvete com a colher pelo caminho. A luz fraca do rés da porta a surpreendeu. Não se lembrava de haver deixado a luz do criado-mudo acesa quando saíra para trabalhar esta manhã. Deu de ombros, então entrou no seu santuário particular ao mesmo tempo em que lambia o sorvete dos lábios.

"Posso ajudá-la a fazer isso. Se estiver a fim de conversar comigo."

Charlotte parou no ato. Seu coração parou de bater por um segundo antes de recomeçar, mais arrítmico e rápido que antes. "Roman?" Pergunta estúpida. Claro que a voz rouca e profunda era dele.

E era Roman, sensualmente recostado, em um moletom cinza, uma camiseta azul-marinho e os pés descalços, em sua colcha branca e cheia de babados com almofadas diversas. Apenas um homem com a estatura e constituição dele poderia parecer ainda mais masculino reclinado em femininos babados e bordados. Apenas uma mulher apaixonada desejaria jogar a precaução pela janela e cair nos braços dele.

Ela respirou profundamente. Sentira falta dele e estava estupidamente alegre por vê-lo, mas tinham assuntos a acertar. E, até que discutissem esses problemas e chegassem a um entendimento que satisfizesse a ambos, muito permaneceria incerto entre eles. Se bem que, neste momento, Charlotte sentia que podia viver apenas de amor e do ar que ele respirava, mas sabia também que não podia deixar-se enganar por esse sentimento.

Pelo menos achava que sabia. Porque sua decisão de aguardar estava desmoronando rapidamente.

Roman se forçou a permanecer calmo e relaxado. Difícil fazer isso estando acolchoado na cama macia de Charlotte, cercado pelo seu perfume, um perfume do qual sentira falta enquanto estivera fora. E mais difícil ainda de segurar com ela o olhando, uma mistura de saudade e cautela em seus lindos olhos verdes.

Ele chegara à cidade e, como todos estavam jantando ou no jogo da Liga Juvenil, não fora notado, o que era bom, pois contava com o elemento-surpresa.

Querendo estar com ela sozinho o quanto antes, planejara pegá-la e fugir – para sua casa, para o apartamento dela, não importava. Tinha muito a falar sobre sua viagem a Washington e um futuro em que ele desejava incluí-la.

Independente de quão ansioso estivesse para atravessar a distância física entre eles, não aceleraria as coisas. Primeiro era preciso que ela confiasse nele.

"Sentiu minha falta?", ele perguntou.

"Sentiu a *minha*?", ela devolveu.

Roman sorriu. Bem, pelo menos ela não perdera o topete; além do mais, ele não esperava que ela caísse em seus braços. "Claro que senti sua falta."

Em vez de encontrar Charlotte em casa ou na loja, ele a descobrira no campo, fazendo o arremesso de honra. Depois fora abraçada pelo pai dela. *O pai dela.* Vendo sua capacidade de perdoar, Roman caiu de paixão novamente.

Ele a observou sorrir para Russell e, no ato, Roman soube que ela fizera as pazes com essa parte de sua vida. Tinha esperanças de que isso permitisse que ela fizesse as pazes com ele também.

Ele deu uma palmada no lugar ao lado dele. "Junte-se a mim."

"Como você entrou?", perguntou ela.

"Pela escada de incêndio. Eu sabia que você voltaria a deixar sua janela destrancada se eu não estivesse aqui para cuidar de você." E ela tinha mesmo. Então ele subira pela escada de incêndio e se instalara na sua cama para esperar. "Você precisa de um guardião, Charlotte." Ele se lembrava de ela lhe dizer isso no dia do primeiro reencontro deles nos fundos do Norman. Nunca previu que terminariam nesta situação, o coração e o futuro dele pendente das escolhas desta linda mulher.

"Está se candidatando ao emprego?", perguntou ela.

Ele deu de ombros, tentando não mostrar suas emoções. Ainda não. "Penso que já fiz isso."

"Porque você pediu cara e Chase escolheu coroa?", perguntou ela, à vontade demais.

A pequena farpa ardeu, porque significava que ela ainda estava magoada e que ele era a razão. "Na verdade, Chase não tomou parte."

Ela ergueu a sobrancelha. "Me deixe adivinhar. Porque ele já pagara seus deveres."

"Bem que Rick disse que você era esperta."

Ela girou os olhos.

"E, de fato, você é. Esperta o suficiente para vir atrás de mim?" Perguntou, vendo a mala aberta do outro lado do quarto que estivera lhe insinuando essa possibilidade desde que entrara no cômodo. Apenas o fato de ela ter coragem o suficiente para fazer a viagem lhe dizia o que já sabia. Charlotte tinha mais do pai do que jamais percebera, e ele, agora, entendia que isso não era ruim. Tinha a intuição de que ela sabia disso também.

Ela era a perfeita alma gêmea de Roman. E, para um homem que nunca pensara nesses termos antes, esse passo era enorme – e ele desejava compartilhar com ela.

"Vamos, Charlotte. Será que eu lhe economizei uma viagem?" Ele ouviu a esperança em sua voz, mas não se importava. Se colocar o coração para ela pisar em cima fosse a solução para tê-la de volta, ele o faria.

"Que raiva, Roman." Ela alcançou uma almofada de crochê de sua penteadeira e jogou nele com força, batendo na cabeça dele. "Ser tão convencido não lhe faz bem."

"Mas a você faz, não? Me desculpe, Charlotte."

Ela engoliu e bateu o pé no chão, fazendo-o esperar. "Você é arrogante", ela resmungou, enquanto procurava reprimir um sorriso, mas que não conseguia esconder, independente de quão brava estivesse e do quanto tentasse.

"É uma das minhas qualidades mais charmosas. Agora pare de protelar e acabe com a minha infelicidade."

Esta declaração a pegou de surpresa e ela ergueu a sobrancelha admirada. Ela estava claramente surpreendida que ele tivesse estado infeliz. A expressão de Charlotte o deixou pasmado. Como poderia ela não saber que ele era apenas meio homem sem ela ao seu lado? "Me diga que você pretendia ir."

Ela sacudiu a cabeça. "Ah, não. Você primeiro. Para onde você foi, ou melhor, por que voltou?"

"Venha sentar-se perto de mim e eu conto."

"Você está me convidando para sentar na minha própria cama com você, a visita não convidada. O que está errado nesta cena?"

Ele olhou em volta, os olhos parando em um grande espelho oval do outro lado do quarto. O vidro lhe dava uma visão perfeita de si deitado na cama dela. Deu de ombros. "Nada, pelo que posso ver."

Com um gemido, Charlotte atravessou o quarto e se acomodou ao lado dele; um pote de sorvete derretendo era a única barreira física. "Agora fale."

"Só se você prometer me alimentar mais tarde."

"Roman..."

"Não estou protelando. Falo sério. Há horas que não como. Eu voei para cá e vim direto aqui para vê-la." Com uma pequena passada pelo jogo de beisebol, sobre o qual conversariam uma vez que ela lhe revelasse sua nova relação com o pai. "Então, se você gostar do que ouvir, promete me alimentar?"

"Vai pedir que eu lhe dê comida com a mão."

"Com a boca também daria certo", ele provocou.

Os lábios dela puxaram para cima em um sorriso hesitante.

Pelo menos ele ainda mexia com ela, pensou. "Fui a Washington."

"Certo", ela resmungou e colocou o pote no criado-mudo. "Prometo alimentá-lo."

"Ótimo. Lembra que eu contei sobre uma proposta de trabalho em Washington?" Seu pensamento seguinte foi interrompido por fortes batidas na porta de Charlotte. O cantar ininterrupto da campainha se seguiu.

Ela pulou da cama. "É Rick. Eu pedi que ele viesse aqui para que eu descobrisse..." Interrompeu-se antes de terminar.

"Descobrir o que, Charlotte?" Mas ele já sabia. Ou desconfiava. Ela estava procurando por ele.

"Nada com que se preocupar." Ela corou, mas, antes que ele pudesse responder, Rick bateu à porta mais uma vez. "Preciso ver Rick sobre outro assunto também. Você vai achá-lo interessante, prometo."

Mais interessante que eles? Roman duvidava. "Está bem, deixe o chato entrar."

Ele levantou-se da cama confortável e acompanhou Charlotte até a sala de estar, recebendo o irmão com um olhar especial.

"Não sabia que você estava de volta." Rick fez um aceno para Roman. "Bem-vindo ao lar... merda!"

"Não é a recepção que eu esperava."

"Você não vai acreditar nisso." Rick sacudiu a cabeça.

"Bem, antes que você conte sua história, tenho algo a lhe dizer", disse Charlotte.

Roman sacudiu a cabeça. "Vocês dois me deixam curioso." Rick soltou a respiração.

"Tudo bem, então. As senhoras primeiro."

"Certo." Ela torceu as mãos em um gesto que nada tinha dela. Roman ficou preocupado.

"Não", disse ela, mudando de idéia. "Errado. Você primeiro."

Rick deu de ombros. "Eu cheguei à cidade planejando vir direto para cá, mas recebemos alguns chamados no plantão. Na verdade, vários. Parece que o ladrão de calcinhas atacou novamente."

"O quê?" Roman e Charlotte falaram juntos.

"Na verdade, é o contrário. As calcinhas foram devolvidas."

Roman começou a rir. "Você está brincando."

"Negativo. Cada uma delas, até a última, foi deixada ou dentro da casa ou na entrada. Apesar de nunca termos considerado Roman um suspeito, planejava dizer para Charlotte que as senhoras na cidade teriam que desistir de sua fantasia de que Roman era um ladrão de calcinhas." Rick passou a mão pelos cabelos.

"Por quê? Pegaram o cara?", perguntou Charlotte, cuidadosamente.

"Não, maldição."

Seria imaginação de Roman ou ela soltou um enorme suspiro de alívio?

"Mas, com Roman fora da cidade, teriam de abandonar suas fantasias em relação a ele", Rick continuou.

"Qual o problema? Você está com inveja porque elas não estão abanando suas calcinhas para você?" Roman sorriu.

"Muito gozado." Rick sacudiu a cabeça. "Mas acaba de me ocorrer que você está de volta à cidade e parece que terá de viver com este estigma." Riu com a idéia.

Para total surpresa de Roman, Charlotte se pôs ao lado dele e passou sua mão na dele. Ela ficou em pé a seu lado, olhou para Rick e disse: "Não, não terá".

"Você sabe algo sobre isso, não é?", Roman perguntou.

"Pode ser." Ela apertou a mão dele um pouco mais. Apesar de não precisar que ela cuidasse dele, Roman gostava desse lado protetor dela. Especialmente por ainda não estarem nem perto de resolver os problemas entre eles, ainda assim ela o defendia.

"Vamos lá, Charlotte. Não pode negar informação para mim", disse Rick.

"Ah, não sei, Rick. Eu nunca disse que sabia de coisa alguma." Ela olhou para Roman, os olhos bem abertos e suplicantes. "Alguém o viu esta noite? Alguém além de nós sabe que você voltou?"

Ele sacudiu a cabeça. "Apesar desta coisa de cidade pequena, não acho realmente que alguém me notou." Ele fora discreto, apesar de não pensar que Rick gostaria de indiciá-lo.

"Rick, se eu soubesse de alguma coisa, não contaria para você até que me prometesse duas coisas. Uma é de nunca usar a informação que eu lhe daria e a segunda é de nunca contar para ninguém que Roman estava na cidade esta noite."

O rosto do irmão corou profundamente. "Você não pode pretender subornar um policial."

Ela revirou os olhos. "Nesse caso, não sei de nada. Foi bom vê-lo, Rick. Boa noite."

Roman não tinha noção do que estava acontecendo, mas ia pôr um fim nisso agora. "Isso é ridículo, Charlotte. O que quer que seja, você deve falar. E, Rick, você prometa o que quer que ela peça."

Rick caiu na risada. "Está bem, certo."

"Samson é o responsável pelo roubo das calcinhas e, se você repetir isso, prendê-lo, interrogá-lo ou erguer a sobrancelha para ele, eu nego ter dito qualquer coisa. Pagarei o advogado dele e o processaremos por assédio. Aliás, sem maldade. A verdade é que gosto de você, Rick." Ela ofereceu ao aturdido irmão de Roman seu sorriso mais doce.

Esse sorriso açucarado poria Roman aos pés dela. Infelizmente, Rick não era Roman, e o irmão polícia estava pálido, depois ficou vermelho. "Você sabia disso e negou a informação? Por quanto tempo?"

"Qual o bem que teria feito em contar? Ele é um velho inofensivo que estava querendo me ajudar. Eu sou gentil com ele e Samson pensou em criar interesse para a minha loja. A culpa ter caído em Roman não foi planejada."

"Mas serviu para ele." Roman via a graça da situação mesmo que Rick não visse. Sua traquinice do colégio beneficiara a causa de Samson.

"O que ele fez foi ilegal", Rick ressaltou. "Ou vocês se esqueceram disso?"

Ela colocou as mãos na cintura. "Me diga quem se feriu e então me diga também quem se beneficiaria com o pobre homem preso por qualquer coisa. Agora acabou. Eu prometo. Ele não fará novamente."

Roman se inclinou e cochichou no ouvido dela. "Você não deveria fazer promessas que não pode cumprir, querida. Você não tem controle sobre o homem." Não tinha mais controle do que Roman tinha sobre seu próprio corpo agora que sentira aquele perfume delicioso dela e que as longas mechas de cabelo despenteado tinham roçado seu nariz e sua face, excitando-o.

Era hora de o irmão sair rapidamente, pensou Roman. "Ela está certa e você sabe disso, Rick. Não estará fazendo justiça se processar o cara."

"Ele não fará novamente. Por favor..." Charlotte suplicou com a voz macia.

"Está bem. Como não tenho uma testemunha, eu livro Samson, mas, se isto acontecer novamente..."

"Não acontecerá", Charlotte e Roman falaram juntos. Roman presumiu que fariam uma excursão juntos para visitar o homem-pato e garantir que ele entendesse a oportunidade que estava tendo.

"E, como Samson se deu ao trabalho de devolver as peças durante a ausência de Roman, você não viu Roman na cidade esta noite, certo?" Ela disse com a voz determinada. "A primeira vez que você o verá desde que ele partiu há uma semana é..."

"Vinte e quatro horas a partir de agora, quando eu bater à sua porta", Roman decidiu. "Até lá, nós não existimos." Ele pôs a mão nas costas de Rick e o empurrou para a porta. "Se alguém perguntar, Charlotte está com gripe."

"Eu não acredito nisso", resmungou Rick, dando um passo para o corredor externo.

"Você é um bom homem, Rick Chandler", disse Charlotte para ele.

Rick se virou. "As coisas que faço em nome do amor", disse ele e desapareceu escada abaixo, resmungando por todo o caminho.

As próximas vinte e quatro horas. As palavras ecoavam no cérebro de Charlotte enquanto fechava a porta atrás de Rick e se virava para encarar Roman. "Posso perguntar onde você pretende se esconder durante esse tempo?"

Vinte e quatro horas, ela pensou novamente. Um longo, longo tempo para duas pessoas permanecerem fora de contato. Sozinhos, juntos. Seria todo o tempo que restara a ele? Ou teria Roman algo diferente na cabeça?

"Sua cama parece bem confortável. Naturalmente, seria mais se você estivesse nela comigo."

Mais uma vez, o coração dela acelerou. "Me conte sobre Washington."

Roman estendeu a mão e, quando ela percebeu, ele a levara de volta ao quarto e estavam confortavelmente instalados em sua cama cheia de babados. Tão confortável quanto ela podia estar com a tensão sensual e a expectativa flutuando entre eles e o macio colchão que os tentava.

"Washington já está quente e úmida. É um bom lugar para morar. Divertida, alto-astral."

"Pretende mudar sua base? Trocar Nova York por Washington?"

"A oferta de emprego é para um cargo de editor, mas eu não teria liberdade..."

"Para viajar?", ela adivinhou, sentindo em seu tom que ele dispensara o famoso jornal.

"Sim. Queria poder trabalhar a partir de um *laptop*. O trabalho de editor exige ficar muito tempo na escrivaninha e eu precisaria estar disponível para os subordinados."

Ela mordeu a bochecha. "Estou consciente de que trabalhar em Washington não daria certo para você. Está acostumado a viajar, grandes histórias e tudo mais."

"Eu me acostumei a você." Pegando-a de surpresa. Ele passou um dedo pela face dela. "Não posso ficar bem, enterrado atrás de uma escrivaninha em Washington se você tiver uma loja para administrar aqui."

Ela estava confusa, frustrada e esperançosa ao mesmo tempo. Mais que tudo, estava cansada por ele falar em círculos sem ir direto ao assunto. Em um movimento que assustou até ela mesma, conseguiu colocar Roman embaixo de si, prendendo seus ombros na cama e montando-o pela cintura. "Vamos tentar novamente, e experimente falar claro desta vez. Você aceitou ou não o emprego?"

Ele observou os olhos bem abertos dela, claramente divertido e, pela ereção dele entre suas coxas, muito excitado. "Eu não peguei o emprego de editor."

Ela sentiu a sutil nuança. "Que emprego você aceitou?"

"Para uma coluna de opinião. Gostaram de um texto que escrevi enquanto estava em casa, sobre cenas do cotidiano que lhes mostrou que posso cobrir todos os ângulos. Deixei meu emprego na Associated Press e agora posso trabalhar em casa e ir apenas de vez em quando para a capital. E viajar para os lugares exóticos deste mundo no momento em que nós tivermos vontade."

"Nós." Ela deveria ter engolido saliva, mas sua boca estava seca. Mal podia falar, mas conseguiu. Alguns itens eram importantes. "Onde estará a sua casa, Roman?"

"Onde você estiver, Charlotte." Aqueles incríveis olhos azuis penetraram os dela.

Ela piscou sem poder acreditar que este viajante do mundo deixara de compartilhar as notícias mundiais para se estabelecer em Washington e Yorkshire Falls. Com ela. Balançou a cabeça. "Não pode abandonar tudo que ama", ela lhe disse.

"O que não posso é deixar você. Foi um inferno ficar a algumas horas de distância, em Washington. Não posso imaginar nada mais longe. Morreria de solidão." Ele sorriu.

"Não se precipite." Ela acarinhou a face dele e a segurou em sua palma. "Eu quero você feliz. Não que se ressinta das escolhas que fez."

"Você disse bem. São escolhas que eu fiz."

Antes mesmo de ter a aceitação de Charlotte, ele percebeu. Ele tomara passos concretos para mudar sua vida. Já se desligara do emprego na *Associated Press* e pegara outro. Tudo sem um compromisso de Charlotte sobre o futuro deles. Ele fizera as escolhas que queria, ela agora compreendeu. E, apesar de ele não ter mencionado filhos ou o cara ou coroa, Charlotte conhecia Roman o suficiente para saber que ele não tomara essas decisões por ela ou pelos deveres familiares. Ele seguira o coração.

Assim como ela estivera pronta para seguir o dela, pensou, espiando a mala aberta.

"Washington é a melhor solução para nós dois que eu achei", disse ele. "Você gostará quando estiver lá e Beth pode cuidar do Sótão da Charlotte nesse período. Eu encontrei um apartamento, mas, se você não gostar, podemos pegar outra coisa lá e comprar ou construir uma casa por aqui. E o melhor é que existe um vôo fácil para Albany que servirá para nós dois. Se você estiver disposta."

"E se eu não estiver?" Ela precisava perguntar. Precisava saber que ele faria isso de qualquer jeito. Porque, se ele planejasse voltar para o emprego antigo se ela o recusasse, não tinham chances. Charlotte segurou a respiração e esperou.

"Teremos muitos encontros estranhos para o resto de nossas vidas. Fiz minhas escolhas, Charlotte. Quero que elas a incluam, mas elas são definitivas de qualquer..."

Ela o interrompeu com o beijo ardente que demorara muito a vir. A língua dele encontrou a dela e ele a enfiou fundo, tomando posse, fazendo-a saber que agora ela era dele e para sempre. Charlotte sentia as palavras e os pensamentos em cada movimento dele. E, apesar de ter começado como a agressora, logo se encontrou na posição oposta, deitada de costas, as roupas no chão e Roman a devorando com um brilho malicioso nos olhos. "Eu sei que temos alguns detalhes a acertar."

"Eles podem esperar." A respiração dela vinha em golpes.

Ele se livrou da camisa enquanto ela abria o zíper do *jeans* dele e segurava seu membro enrijecido.

"Meu Deus." As palavras vieram junto com um suspiro. "Espere um segundo ou vou explodir."

Charlotte riu e largou, não querendo arruinar tudo antes que começasse. Seria esta a vida que deveria esperar?, pensou ela, enquanto observava o homem que amava tirar a roupa. De repente, uma vida com os dois trabalhando em cidades diferentes não parecia tão ruim. Não se fosse com Roman.

Também de repente, foi capaz de compreender a mãe um pouco mais. Por que ela ficara com o homem que amava apesar da distância e de sua própria incapacidade de mudar com ele. Afinal, talvez ela e Annie não fossem tão diferentes, e talvez isso não fosse uma coisa ruim, pensou Charlotte.

Roman se acomodou novamente em cima dela e alcançou o pote de sorvete. "Lembra que eu estava com fome?"

Charlotte inclinou a cabeça para um lado com o desejo sem restrições em seus olhos verdes. "Eu me lembro de prometer que o alimentaria", disse ela, com um tom malicioso na voz.

Ele pingou o sorvete derretido na pele dela. O líquido frio fez a barriga de Charlotte tremer e ela sentiu a necessidade arder profundamente entre suas pernas. "Ah, sim." Deixou escapar um gemido. "Rick tinha razão, você sabe", disse ela para Roman.

"O quê?"

Ela fitou o olhar derretido dele. "Eu amo você."

"Também a amo." Ele começou a mostrar para ela o quanto, começando com o sorvete que havia derramado na barriga dela. Ele deu-lhe uma lambida quente. O contraste do quente com o frio fez a barriga de Charlotte ondular e suas pernas tremerem, enquanto o desejo crescia dentro dela.

Quando Roman inclinou a cabeça para cuidar desse desejo, Charlotte pensou que poderia realmente lidar com o tipo de vida de Roman. Para o resto da sua vida e mais além.

Epílogo

Charlotte estava deitada nua em cima dos lençóis brancos. A luz do sol passava através das cortinas transparentes, porém privacidade não era um problema. O quarto de hotel ficava no décimo quinto andar sem nenhum outro prédio alto ao redor. Enquanto Roman a observava, foi tocado mais uma vez pela beleza interior e exterior dela, assim como a incrível sorte que tivera.

Como pôde quase ter desprezado esse presente, pensando que não queria nada de longo prazo? Como pôde pensar que conseguiria viver separado dela?

Ele se inclinou e balançou um cacho de uvas. Ela pegou uma com os dentes e então sorriu. "Você está me mimando."

"É essa a idéia."

"Como recusar? O que está na agenda do dia?", perguntou ela.

Haviam visto castelos na Escócia e o Loch Ness. "Poderíamos ligar para o agente de viagem e acrescentar uma pequena volta pela Califórnia na volta para casa, na semana que vem." Roman prendeu a respiração enquanto esperava a resposta, porque já agendara a viagem. Querendo mais tempo para medir a reação dela, ele aguardou antes de falar-lhe sobre isso. Sempre poderia cancelar e eles voariam direto para casa em Yorkshire Falls, visitariam a mãe dela e a dele assim como a loja, antes de começar a vida na capital. Ele esperava que Charlotte quisesse ver tudo que Hollywood tinha para oferecer, mas não podia ter certeza se as lembranças seriam tristes, apesar da reconciliação com o pai.

"Pensei que você já estava ansioso para ver Raina", disse Charlotte.

"Você sabe tão bem quanto eu que azia nunca matou ninguém."

"Então eu adoraria ver Hollywood com você. Talvez Russell possa nos guiar." Seus olhos verdes brilhavam de prazer.

Este era o plano-surpresa, mas Roman não revelou tudo agora. "Talvez."

Ela caiu de volta nos travesseiros e riu. "Eu ainda não acredito nos esforços que sua mãe fez para nos casar." Era claro que ela estava pensando nas farsas de Raina novamente.

"Graças a Deus, eu descobri. Todo aquele chá e antiácido foram a primeira pista de que ela tratava mais de uma indigestão do que de um coração fraco. Mas, além disso, ela exibia os sintomas clássicos de um mentiroso incompetente." Ele sacudiu a cabeça, lembrando-se. "Ela nunca me olhava nos olhos quando eu perguntava sobre sua saúde e, quando pensava que eu não estava por perto, subia as escadas como uma velocista." Revirou os olhos com a lembrança.

"Para não mencionar o fato de que ela esqueceu de esconder suas roupas de ginástica." Roman riu. Antes de sua viagem para Washington, ele jogou um monte de roupas na máquina de lavar e encontrou o moletom e a camiseta úmidas de sua mãe. Estava claro que ele tinha diante de si roupas de ginástica recém-usadas. Ele queria estrangulá-la quando juntou os fatos, mas precisava primeiro confirmar a história.

Foi fácil enganar a dra. Leslie Gaines e fingir que a mãe havia confessado tudo para ele. Roman levou a médica a acreditar que sabia que os problemas de saúde da mãe não eram sérios, mas que estava preocupado com aquele antiácido líquido não ser muito saudável. A dra. Gaines concordou que o refluxo gástrico não era um problema tão sério quanto o ataque de coração que eles pensaram que Raina tivesse sofrido na noite em que foi levada para a emergência. A médica garantiu que, apesar disso, ainda estava monitorando o coração de Raina e disse que ela pensaria em uma medicação mais forte para o refluxo.

"Como pôde sua mãe não perceber que lidava com Chandler com instintos genéticos de repórter?", perguntou Charlotte.

"Porque ela lidava com filhos que põem o amor e a preocupação por ela em primeiro lugar." Se Roman não morasse com ela, nunca teria descoberto.

"Tem certeza de que está fazendo a coisa certa não contando para ela que sabe?"

Roman sorriu. "Ela pensa que está dando tudo certo com seu plano. Por que arruinar seu bom humor? Além do mais, depois que passou o choque e a raiva, eu dei o troco, não dei?"

Charlotte espreguiçou no colchão seu corpo esguio, tentando-o tanto quanto a primeira vez que a vira. "Por dizer que não terá netos tão cedo porque queremos um tempo sozinhos primeiro, eu sei. E ainda me sinto culpada por mentir para ela."

"Ela merece a vingança", ele resmungou. "E eu não sei se mereço você, mas vou desfrutar do mesmo jeito." Inclinou a cabeça para correr beijos preguiçosos em torno do seio dela, provocando-a com pequenas estocadas da língua, mas não tocando o bico, que implorava por isso, pela língua e pelos dentes dele.

Charlotte se arqueou e gemeu, uma súplica e um pedido para ele acabar com sua agonia e pegar o bico intumescido. Ele aprendera bem os sinais e avisos do corpo dela nas últimas semanas e não se cansava de aprender. "Ainda não, meu bem."

"Precisamos..."

"Eu sei exatamente o que precisamos", disse ele, com o seu membro pulsando e pronto para penetrá-la. Ele a atormentou primeiro com os dedos, escorregando-os entre as pernas dela e enfiando um em suas dobras úmidas.

Ela apertou as pernas, prendendo a mão dele entre suas coxas e impedindo qualquer movimento. "Precisamos deixar que Chase e Rick saibam da saúde dela."

Roman grunhiu. "Como você pode pensar em qualquer coisa neste momento, inclusive, ou deveria dizer, em especial, meus irmãos?"

"Chama-se ordenar prioridades, e não é fácil, me acredite. Não pensa que prefiro fazer amor com você a lembrar isso?"

Eles tinham tido esta discussão antes, Charlotte lhe dizendo que não era justo manter Chase e Rick no escuro sobre a boa saúde de Raina. "Meu bem, quando chegarmos em casa, conversaremos sobre contar para Rick e Chase. Por enquanto, vamos deixar tudo como está. Quanto mais tempo estiverem à mercê de mamãe, maior a chance de encontrarem a felicidade que encontramos."

Ela suspirou. "Talvez você esteja certo."

"Eu sei que estou."

"Então por que me sinto culpada?"

Ele sorriu. "Porque você tem muito tempo para pensar. O que quer dizer que devo distraí-la."

Roman se acomodou sobre sua mulher. *Sua mulher*. As palavras, que já o puseram a fugir pelo mundo, agora o enchiam de satisfação. E tudo por causa de Charlotte.

Não apenas ela o amava como adorava a família dele da mesma maneira que a sua própria. Esta mulher linda e dedicada era dele e seria para sempre. Ele pretendia desfrutar cada momento vivo e palpitante da vida de casado, enquanto fazia os sonhos e fantasias de Charlotte se tornarem realidade.

Seu membro pulsou contra o macio monte de Vênus dela. "Abra-se para mim, Charlotte."

Os lábios dela se viraram para cima em um sorriso sensual ao mesmo tempo em que suas coxas se separavam. Ela estava sempre molhada e pronta para ele, que se colocou dentro dela com facilidade e rapidez, mas não tinha nenhuma intenção de fazer amor com pressa.

O suspiro de satisfação de Charlotte foi complementado pela reação do corpo. Ela se apertou ao redor do duro membro dele. "Gostoso", ele murmurou. O calor escorregadio o enchia não apenas com um desejo ardente, mas também com um profundo calor emocional. Seus dias de solteiro estavam há tempo e felizmente para trás.

"Eu te amo, Roman", sussurraram os lábios dela contra a pele do pescoço dele.

"Eu também te amo, Charlotte", disse ele. E então prosseguiu mostrando o quanto a amava.